【張愛玲全集】

海上花開
海上花落

【韓子雲著】
【張愛玲註譯】

海上花列傳序

胡適

探尋海上花列傳的作者

海上花列傳的作者自稱『花也憐儂』，他的歷史我們起先都不知道。民國九年，蔣瑞藻先生的小說考證卷八引譚瀛室筆記說：

海上花作者為松江韓君子雲。韓為人風流蘊藉，善弈棋，兼有阿芙蓉癖；旅居滬上甚久，曾充報館編輯之職。所得筆墨之資悉揮霍於花叢。閱歷既深，此中狐媚伎倆洞燭無遺，筆意又足以達之。……

民國十一年，上海清華書局重排的『海上花』出版，有許堇父先生的序，中有云：

海上花列傳……或曰松江韓太癡所著也。韓初業幕，以伉直不合時宜，中年後乃匿身海上，以詩酒自娛。既而病窮，……於是乎有海上花列傳之作。

這段話太浮泛了，使人不能相信。所以我便打定主意另尋可靠的材料。

我先問陳陶遺先生，托他向松江同鄉中訪問韓子雲的歷史。陶遺先生不久就做了江蘇省長；在他往南京就職之前，他來回覆我，說韓子雲的事實一時訪不著；但他知道孫玉聲先生（海上漱石生）和韓君認識，也許他能供給我一點材料。我正想去訪問孫先生，恰巧他的退醒廬筆記出版了。我第一天見了廣告，便去買來看；果然在筆記下卷（頁十二）尋得『海上花列傳』一條：

> 雲間韓子雲明經，別篆太仙，博雅能文，自成一家言，不屑傍人門戶。嘗主申報筆政，自署曰大一山人，太仙二字之拆字格也。辛卯（一八九一）秋應試北闈，余識之於大蔣家衕衕松江會館，一見有若舊識。場後南旋，同乘招商局海定輪船，長途無俚，出其著而未竣之小說稿相示，顏曰花國春秋，回目已得二十有四，書則僅成其半。時余正撰海上繁華夢初集，已成二十一回；舟中乃易稿互讀，喜此二書異途同歸，相顧欣賞不置。惟韓謂花國春秋之名不甚愜意，擬改爲海上花。而余則謂此書通體皆操吳語，恐閱者不甚了了；且吳語中有音無字之字甚多，下筆時殊費研考，不如改易通俗白話爲佳。乃韓言：『曹雪芹撰石頭記皆操京語，我書安見不可以操吳語？』並指稿中有音無字之朆覅諸字，謂『雖出自臆造，然當日倉頡造字，度亦以意爲之。文人遊戲三昧，更何妨自我作古，得以生面別開？』余知其不可諫，斯勿復語。逮至兩書相繼出版，韓

書已易名曰海上花列傳，而吳語則悉仍其舊，致客省人幾難卒讀，遂令絕好筆墨竟不獲風行於時。而繁華夢則年必再版，所銷已不知幾十萬册。於以慨韓君之欲以吳語著書，獨樹一幟，當日實爲大誤。蓋吳語限於一隅，非若京語之到處流行，人人暢曉，故不可與石頭記並論也。

我看了這一段，便寫信給孫玉聲先生，請問幾個問題。

(1)韓子雲的『考名』是什麼？

(2)生卒的時代？

(3)他的其他事蹟？

孫先生回信說這幾個問題他都不能回答；但他允許我托松江的朋友代爲調查。

直到今年二月初，孫玉聲先生親自來看我，帶來小時報一張，有『松江顚公』的一條懶窩隨筆，題爲『海上花列傳之著作者』。據孫先生說，他也不知道這位『松江顚公』是誰；他托了松江金劍華先生去訪問，結果便是這篇長文。孫先生又說，松江雷君曜先生（瑨）從前作報館文字時署名『顚』字，大概這位顚公就是他。

顚公說：

……作者自署爲『花也憐儂』，因當時風氣未開，小說家身價不如今日之尊貴，故不願使世人知眞實姓名，隨意署一別號。按作者之眞姓名爲韓邦慶，字子雲，別號太仙，又自署大一山人，即太仙二字之拆字格也。籍隸舊松江府屬之婁縣。本生父韓宗文，字六一，清咸豐戊午（一八五八）科順天榜擧人，素負文譽，官刑部主事。作者自幼隨父宦遊京師，資質極聰慧，讀書別有神悟。及長，南旋，應童試，入婁庠爲諸生。越歲，食廩餼，時年甫二十餘也。屢應秋試，不獲售。嘗一試北闈，仍鎩羽而歸。自此遂淡於功名。爲人蕭洒絕俗，家境雖寒素，然從不重視『阿堵物』，彈琴賦詩，怡如也。尤精於弈；與知友枰枰相對，氣宇閒雅；偶下一子，必精警出人意表。至今松人之談善弈者，猶必數作者爲能品云。

作者常年旅居滬瀆，與申報主筆錢忻伯、何桂笙諸人暨滬上諸名士互以詩唱酬，亦嘗擔任申報撰著；顧性落拓不耐拘束，除偶作論說外，若瑣碎繁冗之編輯，掉頭不屑也。與某校書最暱，常日匿居其粧閣中，興之所至，拾殘紙禿筆，一揮萬言。蓋是書即屬稿于此時。

書共六十四回，印全未久，作者即赴召玉樓，壽僅三十有九。歿後詩文雜著散失無存，聞者無不惜之。妻嚴氏，生一子，三歲即夭折；遂無嗣。一女字童芬，嫁聶姓，今亦夫婦雙亡。惟嚴氏現猶健在，年已七十有五，蓋長作者五歲云。……

過了幾個月，時報（四月廿二日）又登出一條懶窩隨筆，題爲『太仙漫稿』，其中也有許多可以補充前文的材料。我們把此條的前半段也轉載在這裡：

小說海上花列傳之著作者韓子雲君，前已略述其梗概。某君與韓爲文字交，茲又談其軼事云：君小名三慶，及應童試，即以慶爲名，嗣又改名奇。幼時從同邑蔡藹雲先生習制舉業，爲詩文聰慧絕倫。入泮時詩題爲『春城無處不飛花』。所作試帖微妙清靈，藝林傳誦。踰年應歲試，文題爲『不可以作巫醫』，通篇係游戲筆墨，見者驚其用筆之神妙，而深慮不中程式。學使者愛其才，案發，列一等，食餼於庠。君性落拓，年未弱冠，已染煙霞癖。家貧不能傭僕役，惟一婢名雅蘭，朝夕給使令而已。時有父執謝某，官於豫省，知君家況清寒，特函招入幕。在豫數年，主賓相得。某歲秋闈，辭居停，由豫入都，應順天鄉試。時攜有短篇小說及雜作兩册，署曰太仙漫稿。小說筆意略近聊齋，而詼詭奇誕，又類似莊、列之寓言。都中同人皆嘖嘖歎賞，譽爲奇才。是年榜發，不得售，乃鎩羽而歸。君生性疏懶，凡有著述，隨手散棄。今此二册，不知流落何所矣。稿末附有酒令燈謎等雜作，無不俊妙，郡人士至今猶能道之。

海上奇書

『海上花』作者自己說全書筆法是從儒林外史脫化出來的。『脫化』兩個字用的好，因爲海上花的結構實在遠勝於儒林外史，可以說是脫化，而不可說是模仿。儒林外史是一段一段的記載，沒有一個鳥瞰的布局，所以前半說的是一班人，後半說的是另一班人——並且我們可以說，儒林外史每一個大段落都可以截作一個短篇故事，自成一個片段，與前文後文沒有必然的關係。所以儒林外史裡並沒有什麼『穿插』與『藏閃』的筆法。海上花便不同了。作者大概先有一個全局在腦中，所以能從容布置，把幾個小故事都摺疊在一塊，東穿一段，西插一段，或藏或露，指揮自如。所以我們可以說，在結構的方面，海上花遠勝於儒林外史；儒林外史只是一串短篇故事，沒有什麼組織；海上花也只是一串短篇故事，卻有一個綜合的組織。

然而許多不相干的故事——甲客與乙妓，丙客與丁妓，戊客與己妓……的故事——究竟不能有眞正的，自然的組織。怎麼辦呢？只有用作者所謂『穿插，藏閃』之法了。這部書叫做『海上花列傳』，命名之中就表示這書是一種『合傳』。這個體裁起於史記；但在史記裡，這個合傳體已有了優劣之分。如滑稽列傳每段之末用『其後若干年，某國有某人』一句作結合的關鍵，這是很不自然的牽合。如魏其武安侯列傳全靠事實本身的連絡，時分時合，便自然成一篇合傳。這種地方應該給後人一種教訓：凡一個故事裡的人物可以合傳；幾個不同的故事裡的人物不可以合傳。竇嬰、田蚡、灌夫可以合傳，但淳于髡、優孟、優旃只可以『彙編』在一塊，而不可以合傳。儒林外史只是一種『儒林故事的彙編』，而不能算作有自然連絡的合傳。水滸傳稍好一點，因爲其中的主要人物彼此都有點關係；然而有幾個人——例如盧俊義——已是很勉强的了。海上花的人物各有各的故事，本身並沒有什麼關係；本不能合傳，故作者不能不煞費苦心，把許多故事打通，摺疊在一塊，讓這幾個故事同時進行，同時發展。主腦的故事是趙樸齋兄妹的歷史，從趙樸齋跌交起，至趙二寶做夢止。其中插入羅子富與黃翠鳳的故事，王蓮生與張蕙貞、沈小紅的故事，陶玉甫與李漱芳、李浣芳的故事，朱淑人與周雙玉的故事，此外還有無數小故事。作者不願學儒林外史那樣先敍完一事，然後再敍第二事，所以他改用『穿插，藏閃』之法，『一波未平，一波又起』，閱者『急欲觀後文，而後文又舍而敍他事矣。』其中牽線的人物，前半是洪善卿，後半是齊韻叟。這是一種文學技術上的試驗，要試試幾個不相干的故事裡的人物是否可以合傳。所謂『穿插，藏閃』的筆法，不過是實行這種試驗的一種方法。至於這個方法是否成功，這卻要讀者自己去評判。看慣了西洋那種格局單一的小說的人，也許要嫌這種『摺疊式』的格局有點牽强，有點不自然。反過來說，看慣了官場現形記和九尾龜那一類毫無格局的小說的人，也許能賞識海上花是一部很有組織的書。至少我們對於作者這樣自覺地作文學技術上的試驗，是應該十分表敬意的。

例言另一條說：

> 合傳之體有三難。一曰無雷同：一書百十人，其性情言語面目行爲，此與彼稍有相仿，即是雷同。一曰無矛盾：一人而前後數見，前與後稍有不符，即是矛盾。一曰無掛漏：寫一人而無結局，掛漏也；叙一事而無收場，亦掛漏也。知是三者，而後可與言說部。

這三難之中，第三項並不重要，可以不論。第一第二兩項即是我們現在所謂『個性的描寫』。彼與此無雷同，是個性的區別；前與後無矛盾，是個人人格的一致。海上花的特別長處不在他的『穿插，藏閃』的筆法，而在於他的『無雷同，無矛盾』的描寫個性。作者自己也很注意這一點，所以第十一期上有例言一條說：

> 廿二回如黃翠鳳、張蕙貞、吳雪香諸人皆是第二次描寫，所載事實言語自應前後關照；至於性情脾氣態度行爲有一絲不合之處否？閱者反覆查勘之，幸甚。

這樣自覺地注意自己的技術，眞可令人佩服。前人寫妓女，很少能描寫他們的個性區別的。十九世紀的中葉（一八四八）邗上蒙人的風月夢出世，始有稍稍描寫妓女個性的書。到海上花出世，一個第一流的作者用他的全力來描寫上海妓家的生活，自覺地描寫各人的『性情，脾氣，態度，行爲』，這種技術方才有充分的發展。海上花寫黃翠鳳之辣，張蕙貞之庸凡，吳雪香之憨，周雙玉之驕，陸秀寶之浪，李漱芳之癡情，衛霞仙之口才，趙二寶之忠厚，……都有個性的區別，可算是一大成功。

海上花是吳語文學的第一部傑作

但是海上花的作者的最大貢獻還在他的採用蘇州土話。我們要知道，在三十多年前，用吳語作小說還是破天荒的事。海上花是蘇州土話的文學的第一部傑作。蘇白的文學起於明代；但無論爲傳奇中的說白，無論爲彈詞中的唱與白，都只居於附屬的地位，不成爲獨立的方言文學。蘇州土白的文學的正式成立，要從海上花算起。

我在別處（吳歌甲集序）曾說：

老實說罷，國語不過是最優勝的一種方言；今日的國語文學在多少年前都不過是方言的文學。正因爲當時的人肯用方言作文學，敢用方言作文學，所以一千多年之中積下了不少的活文學，其中那最有普遍性的部分逐漸被公認爲國語文學的基礎。我們自然不應該僅僅抱著這一點歷史遺傳下來的基礎就自己滿足了。國語的文學從方言的文學裡出來，仍需要向方言的文學裡去尋他的新材料，新血液，新生命。這是從『國語文學』的方面設想。若從文學的廣義著想，我們更不能不倚靠方言了。文學要能表現個性的差異；乞婆娼女人人都說司馬遷、班固的古文固是可笑，而張三、李四人人都說紅樓夢、儒林外史的白話也是很可笑的。古人早已見到這一層，所以魯智深與李逵都打著不少的土話，金瓶梅裡的重要人物更以土話見長。平話小說如三俠五義、小五義都有意夾用土話。南方文學中自晚明以來崑曲與小說中常常用蘇州土話，其中很有絕精采的描寫。試舉海上花列傳中的一段作個例：

……雙玉近前，與淑人並坐床沿。雙玉略略欠身，兩手都搭著淑人左右肩膀，教淑人把右手勾著雙玉頸項，把左手按著雙玉心窩，臉對臉問道：『倪七月裡來裡一笠園，也像故歇實概樣式一淘坐來浪說個閒話，耐阿記得？』……（六十三回）

假如我們把雙玉的話都改成官話：『我們七月裡在一笠園，也像現在這樣子坐在一塊說的話，你記得嗎？』——意思固然一毫不錯，神氣卻減少多多了。……

中國各地的方言之中，有三種方言已產生了不少的文學。第一是北京話，第二是蘇州話（吳語），第三是廣州話（粵語）。京話產生的文學最多，傳播也最遠。北京做了五百年的京城，八旗子弟的游宦與駐防，近年京調戲劇的流行：這都是京語文學傳播的原因。粵語的文學以『粵謳』爲中心；粵謳起於民間，而百年以來，自從招子庸以後，仿作的已不少，在韻文的方面已可算是很有成績的了。但如今海內和海外能說廣東話的人雖然不少，粵語的文學究竟離普通話太遠，他的影響究竟還很少。介於京語文學與粵語文學之間的，有吳語的文學。論地域，則蘇、松、常、太、杭、嘉、湖都可算是吳語區域。論歷史，則已有了三百年之久。三百年來，凡學崑曲的無不受吳音的訓練；近百年中，上海成爲全國商業的中心，吳語也因此而佔特殊的重要地位。加之江南女兒的秀美，久已征服了全國少年心；向日所謂南蠻鴃舌之音，久已成了吳中女兒最繫人心的軟語了。故除了京語文學之外，吳語文學要算最有勢力又最有希望的方言文學了。……

這是我去年九月裡說的話。那時我還沒有見著孫玉聲先生的退醒廬筆記，還不知道三四十年前韓子雲用吳語作小說的困難情形。孫先生說：

> 余則謂此書通體皆操吳語，恐閱者不甚了了；且吳語中有音無字之字甚多，下筆時殊費研考，不如改易通俗白話爲佳。乃韓言：『曹雪芹撰石頭記，皆操京語，我書安見不可以操吳語？』並指稿中有音無字之『朆，覅』諸字，謂『雖出自臆造，然當日倉頡造字，度亦以意爲之。文人游戲三昧，更何妨自我作古，得以生面別開？』

這一段記事大有歷史價值。韓君認定石頭記用京話是一大成功，故他也決計用蘇州話作小說。這是有意的主張，有計劃的文學革命。他在例言裡指出造字的必要，說，若不如此，『便不合當時神理』。這眞是一針見血的議論。方言的文學所以可貴，正因爲方言最能表現人的神理。通俗的白話固然遠勝於古文，但終不如方言的能表現說話的人的神情口氣。古文裡的人物是死人；通俗官話裡的人物是做作不自然的活人；方言土話裡的人物是自然流露的活人。

我們試引本書第二十三回裡衛霞仙對姚奶奶說的一段話做一個例：

耐個家主公末，該應到耐府浪去尋啘。耐佸辰光交代撥倪，故歇到該搭來尋耐家主公？倪堂子裡倒勿曾到耐府浪來請客人，耐倒先到倪堂子裡來尋耐家主公，阿要笑話！倪開仔堂子做生意，走得進來，總是客人，阿管俚是佸人個家主公！……老實搭耐說仔罷：二少爺來裡耐府浪，故末是耐家主公；到仔該搭來，就是倪個客人哉。耐有本事，耐拿家主公看牢仔；爲佸放俚到堂子裡來白相？來裡該搭堂子裡，耐再要想拉得去，耐去問聲看，上海夷場浪阿有該號規矩？故歇覅說二少爺勿曾來，就來仔，耐阿敢罵俚一聲，打俚一記！耐欺瞞耐家主公，勿關倪事，要欺瞞仔倪個客人，耐當心點！

這種輕鬆痛快的口齒，無論翻成那一種方言，都不能不失掉原來的神氣。這眞是方言文學獨有的長處。

但是方言的文學有兩個大困難。第一是有許多字向來不曾寫定，單有口音，沒有文字。第二是懂得的人太少。

然而方言是活的語言，是常常變化的；語

言變了，傳寫的文字也應該跟著變。即如二百年前崑曲說白裡的代名詞，和現在通用的代名詞已不同了。故三十多年前韓子雲作海上花時，他不能不大膽地作一番重新寫定蘇州話的大事業。有些音是可以借用現成的字的。有時候，他還有創造新字的必要。他在例言裡說：

> 蘇州土白彈詞中所載多係俗字；但通行已久，人所共知，故仍用之。蓋演義小說不必沾沾於考據也。

這是採用現成的俗字。他又說：

> 惟有有音而無字者。如說『勿要』二字，蘇人每急呼之，併為一音。若仍作『勿要』二字，便不合當時神理；又無他字可以替代。故將『勿要』二字併寫一格。閱者須知『覅』字本無此字，乃合二字作一音讀也。
>
> ……

讀者請注意：韓子雲只造了一個『覅』字；而孫玉聲去年出版的筆記裡卻說他造了『朆』『覅』等字。這是什麼緣故呢？這一點可以證明兩件事：

（1）方言是時時變遷的。二百年前的蘇州人說：

> 弗要說哉。那說弗曾？（金鎖記）

三十多年前的蘇州人說：

> 故歇覅說二少爺勿曾來。（海上花二十三回）

現在的人便要說：

> 故歇覅說二少爺朆來。

孫玉聲看慣了近年新添的『朆』字，遂以為這也是韓子雲創造的了。（海上奇書原本可證。）

（２）這一點還可以證明這三十多年中吳語文學的進步。當韓子雲造『覅』字時，他還感覺有說明的必要。近人造『朆』字時，便一直造了，連說明都用不著了。這雖是九尾龜一類的書的大功勞，然而韓子雲的開山大魄力是我們不可忘記的。（我疑心作者以『子雲』爲字，後又改名『奇』，也許是表示仰慕那喜歡研究方言奇字的揚子雲罷？）

關於方言文學的第二層困難——讀者太少，我們也可以引證孫先生的筆記：

> 逮至兩書（海上花與繁華夢）相繼出版，韓書……吳語悉仍其舊，致客省人幾難卒讀，遂令絕好筆墨竟不獲風行於時。而繁華夢則年必再版，所銷已不知幾十萬册。於以慨韓君之欲以吳語著書，獨樹一幟，當日實爲大誤。蓋吳語限於一隅，非若京語之到處流行，人人暢曉，故不可與石頭記並論也。

『松江顛公』似乎不贊成此說。他說海上奇書的銷路不好，是因爲『彼時小說風氣未盡開，購閱者鮮，又以出版屢屢愆期，尤不爲閱者所喜。』但我們想來，孫先生的解釋似乎很近於事實。海上花是一個開路先鋒，出版在三十五年前，那時的人對於小說本不熱心，對於方言土話的小說尤其不熱心。那時道路交通很不便，蘇州話通行的區域很有限；上海還在轎子與馬車的時代，還在煤油燈的時代，商業遠不如今日的繁盛；蘇州妓女的勢力範圍還只限於江南，北方絕少南妓。所以當時傳播吳語文學的工具只有崑曲一項。在那個時候，吳語的小說確然沒有風行一世的可能。所以海上花出世之後，銷路很不見好，翻印的本子絕少。我做小學生的時候，只見著一種小石印本，後來竟沒有見別種本子。以後二十年中，連這種小石印本也找不著了。許多愛讀小說的人竟不知有這部書。這種事實使我們不能不承認方言文學創始之難，也就使我們對於那決心以吳語著書的韓子雲感覺格外的崇敬了。

然而用蘇白卻不是海上花不風行的唯一原因。海上花是一部文學作品，富有文學的風格與文學的藝術，不是一般讀者所能賞識的。海上繁華夢與九尾龜所以能風行一時，正因爲他們都只剛剛夠得上『嫖界指南』的資格，而都沒有文學的價值，都沒有深沉的見解與深刻的描寫。這些書都只是供一般讀者消遣的書，讀時無所用心，讀過毫無餘味。海上花便不然了。海上花的長處在於語言的傳神，描寫的細緻，同每一故事的自然地發展，讀時耐人仔細玩味，讀過之後令人感覺深刻的印象與悠然不盡的餘韻。魯迅先生稱贊海上花『平淡而近自然』。這是文學上很不易做到的境界。但這種『平淡而近自然』的風格是普通看小說的人所不能賞識的。海上花所以不能風行一世，這也是一個重要原因。

然而海上花的文學價值究竟免不了一部分人的欣賞。即如孫玉聲先生，他雖然不贊成此書的蘇州方言，卻也不能不承認他是『絕好筆墨』。又如我十五六歲時就聽見我的哥哥紹之對人稱贊海上花的好處。大概海上花雖然不曾受多數人的歡迎，卻也得著了少數讀者的欣賞贊歎。當日的不能暢銷，是一切開山的作品應有的犧牲；少數人的欣賞贊歎，是一部第一流的文學作品應得的勝利。但海上花的勝利不單是作者私人的勝利，乃是吳語文學的運動的勝利。

我們在這時候很鄭重地把海上花重新校印

出版。我們希望這部吳語文學的開山作品的重新出世能夠引起一些說吳語的文人的注意，希望他們繼續發展這個已經成熟的吳語文學的趨勢。如果這一部方言文學的傑作還能引起別處文人創作各地方言文學的興味，如果從今以後有各地的方言文學繼續起來供給中國新文學的新材料，新血液，新生命，——那麼，韓子雲與他的海上花列傳眞可以說是給中國文學開一個新局面了。

十五，六，三十，在北京

（轉載節錄自遠東圖書公司出版『胡適文存』第三集卷六海上花列傳序）

譯者識

張愛玲

半世紀前，胡適先生為『海上花』作序，稱為『吳語文學的第一部傑作』。滄海桑田，當時盛行的寫妓院的吳語小說早已跟著較廣義的『社會小說』過時了，絕跡前也並沒有第二部傑作出現。『吳語文學的第一部傑作』，不如說是方言文學的第一部傑作，既然粵語閩南語文學還是生氣蓬勃，閩南語的尤其前途廣闊，因為外省人養成欣賞力的更多。

自『九尾龜』以來，吳語小說其實都是夾蘇白，或是妓女說蘇白，嫖客說官話，一般人比較容易懂。全部吳語對白，『海上花』是最初也是最後的一個，沒人敢再蹈覆轍——如果知道有這本書的話。『海上花』在十九世紀末出版；民初倒已經湮滅了。一九二〇年蔣瑞藻著『小說考證』，引『譚瀛室筆記』，說『海上花列傳』作者『花也憐儂』是松江韓子雲。一九二二年清華書局翻印『海上花』，許堇父序中說：『或曰松江韓太癡所著也。』三年後胡適另托朋友在松江同鄉中打聽，發現孫玉聲（海上漱石生）曾經認識韓子雲，但是也不知道他的底細，輾轉代問小時報專欄作家『松江顛公』（大概是雷瑨，字君曜），答覆是小時報上一篇長文關於韓邦慶（字子雲），這才有了些可靠的傳記資料。胡適算出生卒年。一八九四年『海上花』出單行本，同年作者逝世，才三十九歲。

一九二六年亞東書局出版的標點本『海上花』有胡適、劉半農序。現在僅存的亞東本，海外幾家大學圖書館收藏的都算是稀有的珍本了。清華書局出的想必絕版得更早，曇花一現。迄今很少人知道。我等於做打撈工作，把書中吳語翻譯出來，像譯外文一樣，難免有些地方失去語氣的神韻，但是希望至少替大衆保存了這本書。

胡適指出此書當初滯銷不是完全因爲用吳語。但是到了二〇、三〇年間，看小說的態度不同了，而經胡適發掘出來，與劉半農合力推薦的結果，怎麼還是一部失落的傑作？關於這一點，我的感想很多，等這國語本連載完了再談了，也免得提起內容，洩露情節，破壞了故事的懸疑。

第三十八回前附記：

亞東本劉半農序指出此書缺點在後半部大段平鋪直敍寫名園名士——內中高亞白文武雙全，還精通醫道，簡直有點像『野叟曝言』的文素臣——借此把作者『自己以爲得意』的一些詩詞與文言小說插入書中。我覺得尤其是幾個『四書酒令』是卡住現代讀者的一個瓶頸——過去讀書人『四書』全都滾瓜爛熟，這種文字遊戲的趣味不幸是有時間性的，而又不像『紅樓夢』裡的酒令表達個性，有的還預言各人命運。

所以『海上花』連載到中途，還是不得不照原先的譯書計劃，爲了尊重原著放棄了的：刪掉四回，用最低限度的改寫補綴起來，成爲較緊湊的『六十回海上花』。回目沒動，除了第四十、四十一回兩回併一回，原來的回目是：

縱翫賞七夕鵲填橋　善俳諧一言雕貫箭

銜繡閣惡語牽三劃（註①）佐瑤觴陳言別四聲

代擬爲：

渡銀河七夕續歡娛　銜繡閣一旦斷情誼

第五十、五十一回也是兩回併一回，回目本來是：

軟厮纏有意捉訛頭（註②）　惡打岔無端嘗毒手

胸中塊『穢史』寄牢騷（註③）　眼下釘小蠻（註④）爭寵眷

改爲：

軟裡硬太歲找碴　眼中釘小蠻爭寵

書中典故幸而有宋淇夫婦幫忙。本來還要多，多數在刪掉的四回內。好像他們還不夠忙，還要白忙！實在眞對不起人。但是資料我都保留著，萬一這六十回本能成爲普及本，甚至於引起研究的興趣，會再出完整的六十四回本，就還可以加註。

註①即『三劃王』。

註②流氓尋釁，捉出一個由頭，好訛人。

註③書中高亞白與尹癡鴛打賭，要他根據一本春宮古畫冊寫篇故事，以包下最豪華的粵菜館請客作交換條件。尹癡鴛大概因為考場失意，也就借此發洩胸中塊壘。

註④白居易詩：『櫻桃樊素口，楊柳小蠻腰』，寫擅歌舞的家妓。

【張愛玲全集】

海上花開

——國語海上花列傳一

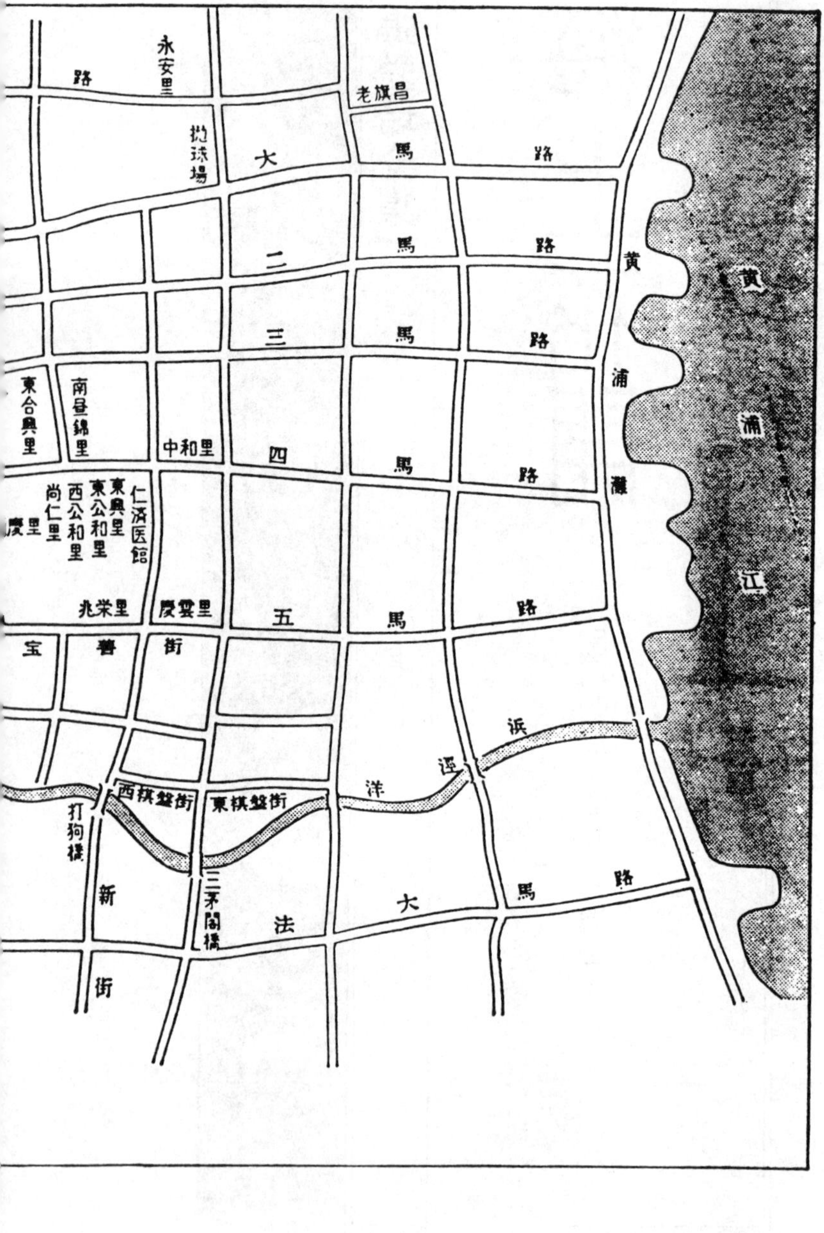
永安里
老旗昌
抛球場
大馬路
二馬路
三馬路
四馬路
五馬路
黄浦灘
黄浦江
東合興里
南昼錦里
中和里
仁済医館
東興里
東公和里
西公和里
尚仁里
慶里
兆栄里
慶雲里
宝善街
洋涇浜
西棋盤街
東棋盤街
打狗橋
新街
三茅閣橋
法大馬路

海上花列傳參考地圖

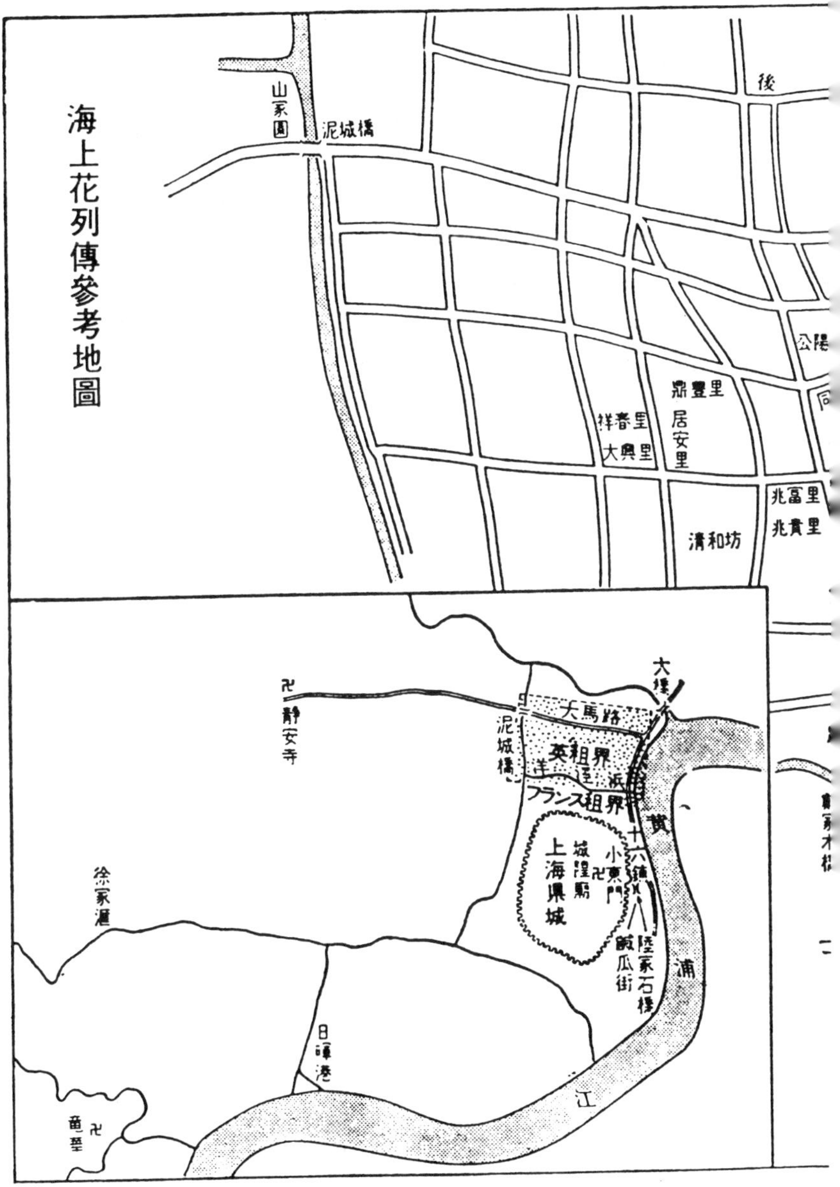
山家園
泥城橋
後
公陽
鼎豐里
祥春里
居安里
大興里
兆富里
兆貴里
清和坊
大橋
大馬路
泥城橋
靜安寺
英租界
洋涇浜
フランス租界
上海県城
城隍廟
小東門
十六舖
鹹瓜街
陸家石橋
黄
浦
江
徐家滙
日暉港
龍華

第一回

趙樸齋鹹瓜街訪舅　洪善卿聚秀堂做媒

按此一大說部書係花也憐儂所著，名曰海上花列傳。只因海上自通商以來，南部煙花，日新月盛，凡冶游子弟，傾覆流離於狎邪者，不知凡幾。雖有父兄，禁之不可；雖有師友，諫之不從。此豈其冥頑不靈哉？獨不得一過來人爲之現身說法耳。方其目挑心許，百樣綢繆，當局者津津乎若有味焉；一經描摹出來，便覺令人欲嘔，其有不爽然若失，廢然自返者乎？花也憐儂具菩提心，運廣長舌，寫照傳神，屬辭此事，點綴渲染，躍躍如生，卻絕無半個淫褻穢污字樣，蓋總不離警覺提撕之旨云。苟閱者按跡尋踪，心通其意，見當前之媚於西子，即可知背後之潑於夜叉；見今日之密於糟糠，即可卜他年之毒於蛇蝎：也算得是欲覺晨鐘，發人深省者矣。此海上花列傳之所以作也。

看官，你道這花也憐儂究是何等樣人？原來古槐安國之北有黑甜鄉，其主者曰趾離氏，嘗仕爲天祿大夫，晉封醴泉郡公，乃流寓於衆香國之溫柔鄉，而自號花也憐儂云。所以花也憐儂，實是黑甜鄉主人，日日在夢中過活，自己偏不信是夢，只當眞的作起書來；及至捏造了這一部夢中之書，然後喚醒了那一場書中之夢。看官啊，你不要只在那裡做夢，且看看這書，倒也不錯。

這書即從花也憐儂一夢而起；也不知花也憐儂如何到了夢中，只覺得自己身子飄飄蕩蕩，把握不定，好似雲催霧趕的滾了去，舉首一望，已不在本原之地了，前後左右，尋不出一條道路，竟是一大片浩淼蒼茫無邊無際的花海。

看官須知道，『花海』二字非是杜撰的，只因這海本來沒有什麼水，只有無數花朵，連枝帶葉，漂在海面上，又平勻，又綿軟，渾如繡茵錦罽一般，竟把海水都蓋住了。

花也憐儂只見花，不見水，喜得手舞足蹈起來，並不去理會這海的闊若干頃，深若干尋，還當在平地上似的，躑躅留連，不忍舍去。不料那花雖然枝葉扶疏，卻都是沒有根蒂的，花底下即是海水，被海水沖激起來，那花也只得隨波逐流，聽其所止。若不是遇著了蝶浪蜂狂，鶯欺燕妒，就爲那蚱蜢蜣螂蝦蟆螻蟻之屬，一味的披猖折辱，狠藉蹂躪。惟夭如桃，穠如李，富貴如牡丹，猶能砥柱中流，爲羣芳吐氣；至於菊之秀逸，梅之孤高，蘭之空山自芳，蓮之出水不染，那裡禁得起一些委屈，早已沉淪汩沒於其間！

花也憐儂見此光景，輒有所感，又不禁愴然悲之。這一喜一悲也不打緊，只反害了自己，更覺得心慌意亂，目眩神搖；又被罡風一吹，身子越發亂撞亂磕的，登時闖空了一腳，便從那花縫裡陷溺下去，竟跌在花海中了。

花也憐儂大叫一聲，待要掙扎，早已一落千丈，直墜至地，卻正墜在一處，睜眼看時，乃是上海地面，華洋交界的陸家石橋。

花也憐儂揉揉眼睛，立定了腳跟，方記今日是二月十二日；大清早起，從家裡出門，走了錯路，混入花海裡面，翻了一個筋斗，幸虧這一跌倒跌醒了；回想適纔多少情事，歷歷在目，自覺好笑道：『竟做了一場大夢！』嘆息怪詫了一回。

看官，你道這花也憐儂究竟醒了不曾？請各位猜一猜這啞謎兒如何？但在花也憐儂自己以爲是醒的了，想要回家裡去，不知從那一頭走，模模糊糊，踅下橋來。剛至橋堍，突然有一個後生，穿著月白竹布箭衣，金醬甯綢馬褂，從橋下直衝上來。花也憐儂讓避不及，對面一撞，那後生撲塌地跌了一交，跌得滿身淋漓的泥漿水。那後生一骨碌爬起來拉住花也憐儂亂嚷亂罵，花也憐儂向他分說，也不聽見。當時有青布號衣中國巡捕過來查問。後生道：『我叫趙樸齋，要到鹹瓜街去。哪曉得這冒失鬼跑來撞我跌一交！你看我馬褂上爛泥！要他賠的！』

花也憐儂正要回言，只見巡捕道：『你自己也不小心嘿。放他去罷。』趙樸齋還咕噥了兩句，沒奈何，放開手，眼睜睜地看著花也憐儂揚長自去。看的人擠滿了路口，有說的，有笑的。趙樸齋抖抖衣襟，發急道：『教我怎樣去見我舅舅呢？』巡捕也笑起來道：『你到茶館裡拿手巾來揩揩㖸。（註①）』

一句提醒了趙樸齋，即在橋堍近水台茶館佔著個靠街的座兒，脫下馬褂，等到堂倌舀面水來，樸齋絞把手巾，細細的擦那馬褂，擦得沒一些痕跡，方才穿上，呷一口茶，會賬起

趙樸齋鹹
瓜街訪舅

身，逕至鹹瓜街中市，尋見永昌參店招牌，踱進石庫門，高聲問洪善卿先生。有小夥計答應，邀進客堂，問明姓字，忙去通報。

不多時，洪善卿匆匆出來。趙樸齋雖也久別，見他削骨臉，爆眼睛，卻還認得，趨步上前，口稱『舅舅』，行下禮去。洪善卿還禮不迭，請起上坐，隨問：『令堂可好？有沒一塊來？寓在那裡？』樸齋道：『小寓寶善街悅來客棧。媽沒來，說給舅舅請安。』

說著，小夥計送上煙茶二事。洪善卿問及來意。樸齋道：『也沒什麼事，要想找點生意做做。』善卿道：『近來上海灘上倒也沒什麼生意好做嚜。』樸齋道：『因為媽說，人嚜一年大一年了，在家裡幹什麼？還是出來做做生意罷。』善卿道：『話也不錯。你今年十幾歲？』樸齋說：『十七。』善卿道：『你還有個令妹，也好幾年不見了，比你小幾歲？有沒定親？』樸齋說：『沒有；今年也十五歲了。』善卿道：『家裡還有什麼人？』樸齋道：『不過三個人，用個娘姨。』善卿道：『人少，開消到底也有限。』樸齋道：『比起從前省得多了。』

說話時，只聽得天然几上自鳴鐘連敲了十二下，善卿即留樸齋便飯，叫小夥計來說了。

須臾，搬上四盤兩碗，還有一壺酒，甥舅兩人，對坐同飲，絮語些近年景況，閒談些鄉下情形。善卿又道：『你一個人住在客棧裡，沒有照應嚜？』樸齋道：『有個米行裡朋友，叫張小村，也到上海來找生意，一塊住著。』善卿道：『那也罷了。』喫過了飯，揩面漱口。善卿將水煙筒授與樸齋道：『你坐一會，等我幹掉點小事，跟你一塊北頭（註②）去。』樸齋唯唯聽命。善卿仍匆匆的進去了。

樸齋獨自坐著，把水煙吸了個不耐煩，直

敲過兩點鐘，方見善卿出來，又叫小夥計來叮囑了幾句，然後一同出去到寶善街悅來客棧。房中先有一人躺著吸煙。善卿略一招呼，便問：『閣下想是小村先生？』小村說道：『正是。老伯可是善卿先生？』善卿道：『豈敢，豈敢。』小村道：『沒過來奉候，抱歉之至。』謙遜一回，對面坐定。趙樸齋取一支水煙筒送上善卿。善卿道：『舍甥初次到上海，全仗大力照應照應。』小村道：『小姪也不懂什麼事，一塊出來嘍，自然大家照應點。』又談了些客套，善卿把水煙筒送過來，小村一手接著，一手讓去床上吸鴉片煙。善卿說：『不會喫。』仍各坐下。

樸齋坐在一邊，聽他們說話，慢慢的說到堂子倌人。樸齋正要開口問問，恰好小村送過水煙筒，樸齋趁勢向小村耳邊說了幾句。小村先哈哈一笑，然後向善卿道：『樸兄說要到堂子裡見識見識，好不好？』善卿道：『到哪去嘸？』小村道：『還是棋盤街上去走走罷。』善卿道：『我記得西棋盤街聚秀堂裡有個倌人，叫陸秀寶，倒還不錯。』樸齋插嘴道：『那這就去囉。』小村只是笑。善卿不覺也笑了。

樸齋催小村收拾起煙盤，又等他換了一副簇新行頭，頭戴瓜棱小帽，腳登京式鑲鞋，身穿銀灰杭紡棉袍，外罩寶藍甯綢馬褂，再把脫下的衣裳，一件件都摺疊起來，方纔與善卿相讓同行。

樸齋正自性急，拽上房門，隨手鎖了，跟著善卿小村出了客棧。轉兩個彎，已到西棋盤街，望見一盞八角玻璃燈，從鐵管撐起在大門首，上寫『聚秀堂』三個朱字。善卿引小村樸齋進去。外場認得善卿，忙喊：『楊家媽，莊大少爺朋友來。』只聽得樓上答應一聲，便登登登一路腳聲到樓門口迎接。

三人上樓，那娘姨楊家媽見了道：『噢，洪大少爺，房裡請坐。』一個十三四歲的大姐（註③），早打起簾子等候。不料房間裡先有一人橫躺在榻床上，摟著個倌人，正戲笑哩；見洪善卿進房，方丟下倌人，起身招呼，向張小村趙樸齋也拱一拱手，隨問尊姓。洪善卿代答了，又轉身向張小村道：『這位是莊荔甫先生。』小村說聲『久仰』。

那倌人掩在莊荔甫背後，等坐定了，纔上前來敬瓜子。大姐也拿水煙筒來裝水煙。莊荔甫向洪善卿道：『正要來找你，有好些東西，你看看，可有什麼人作成。』即去身邊摸出個摺子，授與洪善卿。善卿打開看時，上面開列的，或是珍寶，或是古董，或是書畫，或是衣服，底下角明價值號碼。善卿皺眉道：『這種東西，消場倒難哝。聽見說杭州黎篆鴻在這裡，可要去問他一聲看？』莊荔甫道：『黎篆鴻那兒，我教陳小雲拿了去了，沒有回信。』善卿道：『東西在哪裏？』荔甫道：『就在宏壽書坊裡樓上。可要去看看？』善卿道：『我是外行，看什麼哝。』

趙樸齋聽這等說話，好不耐煩，自別轉頭，細細的打量那倌人：一張雪白的圓面孔，五官端正，七竅玲瓏；最可愛的是一點朱唇，時時含笑，一雙俏眼，處處生情；見她家常只戴得一支銀絲蝴蝶，穿一件東方亮竹布衫，罩一件元色縐心緞鑲馬甲，下束膏荷縐心月白緞鑲三道繡織花邊的袴子。

樸齋看的出神，早被那倌人覺著，笑了一笑，慢慢走到靠壁大洋鏡前，左右端詳，掠掠鬢腳。樸齋忘其所以，眼光也跟了過去。忽聽洪善卿叫道：『秀林小姐，我替你秀寶妹子做個媒人好不好？』樸齋方知那倌人是陸秀林，不是陸秀寶。只見陸秀林回頭答道：『照應我

洪善卿聚秀堂做媒

妹子，有什麼不好！』即高聲叫楊家媽。正値楊家媽來絞手巾，沖茶碗。陸秀林便叫她喊秀寶上來加茶碗。楊家媽問：『哪一位呀？』洪善卿伸手指著樸齋，說是『趙大少爺。』楊家媽睖了兩眼道：『可是這位趙大少爺？我去喊秀寶來。』接了手巾，忙登登跑了去。

不多時，一路咭咭咯咯小腳聲音，知道是陸秀寶來了，趙樸齋眼望著簾子，見陸秀寶一進房間，先取瓜子碟子，從莊大少爺洪大少爺（註④）挨順敬去；敬到張小村趙樸齋兩位，問了尊姓，卻向樸齋微微一笑。樸齋看陸秀寶也是個小圓面孔，同陸秀林一模一樣，但比秀林年紀輕些，身材短些，若不是同在一處，竟認不清楚。

陸秀寶放下碟子，挨著趙樸齋肩膀坐下。樸齋倒有些不好意思的，左不是，右不是，坐又坐不定，走又走不開。幸虧楊家媽又跑來說：『趙大少爺，房間裡去。』陸秀寶道：『一塊請過去囉。』大家聽說，都立起來相讓。莊荔甫道：『我來引導。』正要先走，被陸秀林一把拉住袖口，說道：『你不要去㖸。讓他們去好了。』

洪善卿回頭一笑，隨同張小村趙樸齋跟著楊家媽走過陸秀寶房間裡，就在陸秀林房間的間壁，一切鋪設裝潢不相上下，也有著衣鏡，也有自鳴鐘，也有泥金箋對，也有彩畫絹燈，大家隨意散坐。楊家媽又亂著加茶碗，又叫大姐裝水煙。接著外場（註⑤）送進乾濕（註⑥）來。陸秀寶一手托了，又敬一遍，仍來和趙樸齋並坐。

楊家媽在一旁問洪善卿道：『趙大少爺公館在哪呀？』善卿道：『他跟張大少爺一塊在悅來客棧。』楊家媽轉問張小村道：『張大少爺可有相好啊？』小村微笑搖頭。楊家媽道：『張大少爺沒有相好嘿，也攀一個囉。』小村道：『是不是你教我攀相好？我就攀你嘿囉。好不好？』說得大家鬨然一笑。楊家媽笑了，又道：『攀了相好嘿，跟趙大少爺一塊走走，不是熱鬧點？』小村冷笑不答，自去榻床躺下吸煙。楊家媽向趙樸齋道：『趙大少爺，你來做個媒人罷。』樸齋正和陸秀寶鬼混，裝做不聽見，秀寶奪過手說道：『教你做媒人，怎麼不作聲哪？』樸齋仍不語。秀寶催道：『你說說嗱。』樸齋沒法，看看張小村面色要說。小村只管吸煙，不理他。

正在爲難，恰好莊荔甫掀簾進房，趙樸齋借勢起身讓坐。楊家媽見沒意思，方同大姐出去了。

莊荔甫對著洪善卿坐下，講論些生意場中情事。張小村仍躺下吸煙。陸秀寶兩隻手按住趙樸齋的手，不許動，只和樸齋說閒話，一回說要看戲，一回說要喫酒。樸齋嘻著嘴笑。秀寶索性擱起腳來，滾在懷裡。樸齋騰出一手，伸進秀寶袖子裡去。秀寶掩緊胸脯，發急道：『不要嗱！』

張小村正吸完兩口煙，笑道：『你放著「水餃子」不喫，倒要喫「饅頭」！』樸齋不懂，問小村道：『你說什麼？』秀寶忙放下腳，拉樸齋道：『你不要去聽他！他在拿你開心哦！』復睖著張小村，把嘴披下來道：『你相好嘿不攀，說倒會說得很呢！』一句說得張小村沒趣起來，訕訕的起身去看鐘。

洪善卿覺小村意思要走，也立起來道：『我們一塊喫晚飯去。』趙樸齋聽說，慌忙摸塊洋錢丟在乾濕碟子裡。陸秀寶見了道：『再坐會嗱。』一面喊秀林：『姐姐，要走了。』陸秀林也跑過這邊來，低聲和莊荔甫說了些甚麼，纔同陸秀寶送至樓門口，都說：『等會一塊來。』四人答應下樓。

註①原文作『哴』。作者在『例言』中云『哴』音『眼』，當是吳語『眼』字，額顏切，近代口音變化爲『𡞞』，亦即本世紀二〇、三〇年間吳語小說中的『噓』字，含有不耐煩催促之意，兼用作加强的問號或驚嘆號，可能帶氣憤或無可奈何的口吻，爲吳語最常用的語助詞之一，里巷中母親喚孩子，一片『來𡞞！』『去𡞞！』聲。普通白話沒有可代用的字眼，只好保存原音。

註②上海租界和閘北叫北頭，城內及南市——華界——叫南頭。

註③未婚女傭。

註④二等妓院客人不分老少一律稱大少爺。

註⑤妓院男僕。

註⑥桂圓等乾菓與菓脯。

第二回

小夥子裝煙空一笑　清倌人喫酒枉相識

按四人離了聚秀堂，出西棋盤街北口，至斜角對過保合樓，進去揀了正廳後面小小一間亭子坐下。堂倌送過煙茶，便請點菜。洪善卿開了個菜殼子（註①）另外加一湯一碗。堂倌鋪上檯單，擺上圍籤（註②），旋亮了自來火（註③）。看鐘時，已過六點。洪善卿叫湯酒來，讓張小村首座。小村執意不肯，苦苦的推莊荔甫坐了。張小村次坐。趙樸齋第三。洪善卿主位。

堂倌上了兩道小碗，莊荔甫又與洪善卿談起生意來，張小村還插嘴說一兩句。趙樸齋本自不懂，也無心去聽他，只聽得廳側書房內，彈唱之聲，十分熱鬧，便坐不住，推做解手，溜出來，向玻璃窗下去張看。只見一桌圓檯，共是六客，許多倌人團團圍繞，夾著些娘姨大姐，擠滿了一屋子。其中向外坐著紫膛面色三綹烏鬚的一個胖子，叫了兩個局。右首倌人正唱那二黃『採桑』一套，被琵琶遮著臉，不知生的怎樣。那左首的年紀大些，卻也風流倜儻；見胖子划拳輸了，便要代酒；胖子不許代，一面攔住他手，一面伸下嘴去要呷；不料被右首倌人，停了琵琶，從袖子底下伸過手來，悄悄的取那一杯酒授與他娘姨喫了；胖子沒看見，呷了個空，引得鬨堂大笑。

趙樸齋看了，滿心羨慕；只可恨不知趣的堂倌請去用菜，樸齋只得歸席。席間六個小碗陸續上畢，莊荔甫還指手劃腳談個不了。堂倌見不大喫酒，隨去預備喫飯的菜。洪善卿又每位各敬一杯，然後各揀乾稀飯喫了，揩面散坐。堂倌呈上菜帳。洪善卿略看一看，叫寫永昌參店。堂倌連聲答應。

四人相讓而行，剛至正廳上，正值書房內那胖子在廳外解手回來，已喫得滿面通紅，一見洪善卿，讓道：『善翁也在這兒，巧極了。裡邊坐。』不由分說，一把拉住，又攔著三人道：『一塊敍敍囉。』

莊荔甫辭了先走，張小村向趙樸齋丟個眼色，兩人遂也辭了，與洪善卿作別，走出保合樓。趙樸齋在路上咕嚕道：『你為什麼要走嘛？「鑲邊酒」嘤樂得擾擾他囉。』被張小村咄了一口道：『他們叫了長三書寓在這兒，你去叫么二（註④），該多坍台！』樸齋方知有這個緣故，便想了想道：『莊荔甫只怕在陸秀林那兒，我們也到秀寶那兒去打茶圍，好不好？』小村又哼了一聲道：『他不跟你一塊去，你去找他幹什麼？多討人嫌！』樸齋道：『那麼到哪去嘛？』小村只是冷笑，慢慢說道：『也不怪你，頭一趟到上海，哪曉得玩有玩的多少路數。我看起來，不要說什麼長三書寓，就是么二上，你也不要去的好。她們都看慣了大場面了，你拿三四十洋錢去用在她身上也不在她眼睛裡。況且陸秀寶是淸倌人，你可有幾百洋錢來替她開寶？就省點也要一百開外啱。你也不犯著嘤。你要玩嘤，還是到老老實實地方去，倒還好。』樸齋道：『哪裡呢？』小村道：『你要去，我同你去好了。比起長三書寓，不過地方小些，人是也差不多。』樸齋道：『那麼去噲。』

小村立住腳一看，恰走到景星銀樓門前，便說：『你要去嘍打那邊走。』當下領樸齋轉身，重又向南，過打狗橋，至法租界新街盡頭，一家門首掛一盞薰黑的玻璃燈，跨進門口，便是樓梯。樸齋跟小村上去看時，只有半間樓房，狹窄得很，左首橫安著一張廣漆大床，右首把擱板拼做一張煙榻，卻是向外對樓梯擺的，靠窗杉木妝台，兩邊『川』字高椅。便是這些東西，倒鋪得花團錦簇。

樸齋見房裡沒人，便低聲問小村道：『此地是不是么二哪？』小村笑道：『不是么二，叫阿二。』樸齋道：『阿二嘍比么二可省點？』小村笑而不答。忽聽得樓梯下高聲喊道：『二小姐，來噲。』喊了兩遍，方有人遠遠答應，一路戲笑而來。樸齋還只管問，小村忙告訴他說：『是花煙間。（註⑤）』樸齋道：『那為什麼說是阿二呢？』小村道：『她名字叫王阿二。你坐這兒，不要話這麼多。』

話聲未絕，那王阿二已上樓來了。樸齋遂不言語。王阿二一見小村，便竄上去嚷道：『你好啊！騙我是不是？你說回去兩三個月嘍，直到這時候才剛剛來！這是兩三個月啊？只怕有兩三年了！我叫娘姨到棧房裡看了你幾趟，說是沒來，我還不信，隔壁郭孝婆也去看你，倒說是不來的了。你隻嘴可是放屁？說過的話可有一句做到？倒給我記得清清楚楚在這兒。你再不來嘍，索性找上你了，跟你來一手，試試看好了！』小村忙陪笑央告道：『你不要生氣，我跟你說。』便湊著王阿二耳朵邊輕輕的說話。說不到三四句，王阿二忽跳起來沉下臉道：『你倒聰明死了，你想拿件濕布衫給別人穿了，你嘸脫身了，是不是？』小村發急道：『不是呀，你也等我說完了噥。』

王阿二便又爬在小村懷裡去聽，也不知咕咕唧唧說些什麼。只見小村說著又努嘴，王阿二即回頭把趙樸齋瞟了一眼。接著小村又說了幾句。王阿二道：『你嘸怎樣呢？』小村道：『我是還照舊嘸。』

王阿二方才罷了，立起身來剔亮了燈台，問樸齋尊姓，又自頭至足細細打量。樸齋別轉臉去裝做看單條。只見一個半老娘姨，一手提水銚子，一手托兩盒煙膏，蹭上樓來，見了小村，也說道：『阿唷，張先生嘸。我們只道你不來的了，還算你有良心噠。』王阿二道：『呸！人要有了良心是狗也不吃屎了！』小村笑道：『我來了倒說我沒良心，從明天起不來了！』王阿二也笑道：『你敢！』

說時，那半老娘姨已把煙盒放在煙盤裡，點了煙燈，沖了茶碗，仍提銚子下樓自去。王阿二靠在小村身旁燒起煙來，見樸齋獨自坐著，便說：『榻床上來躺躺噥。』

樸齋巴不得一聲，隨向煙榻下手躺下，看著王阿二燒好一口煙裝在槍上授與小村，颼颼颼的直吸到底。又燒了一口，小村也吸了。至第三口，小村說：『不吃了。』王阿二調過槍來授與樸齋。樸齋吸不慣，不到半口，斗門噎住。王阿二接過槍去打了一籤，再吸再噎。王阿二嗤的一笑。樸齋正自動火，被她一笑，心裡越發癢癢的。王阿二將籤子打通煙眼，替他把火。樸齋趁勢捏她手腕。王阿二奪過手，把樸齋腿膀儘力摔了一把，摔得樸齋又瘦又痛又爽快。樸齋吸完煙，卻偷眼去看小村，見小村閉著眼，朦朦朧朧似睡非睡光景。樸齋低聲叫：『小村哥。』連叫兩聲，小村只搖手不答應。王阿二道：『煙迷呀，隨他去罷。』樸齋便不叫了。

王阿二索性挨過樸齋這邊，拿籤子來燒煙。樸齋心裡熱的像熾炭一般，卻關礙著小村，不敢動手，只目不轉睛的呆看；見她雪白的面孔，漆黑的眉毛，亮晶晶的眼睛，血滴滴的嘴唇，越看越愛，越愛越看。王阿二見他如此，笑問：『看什麼？』樸齋要說又說不出，也嘻著嘴笑了。王阿二知道是個沒有開葷的小伙子，但看那一種靦腆神情，倒也惹人生氣，裝上煙，把槍頭塞到樸齋嘴邊說道：『哪，請你吃了罷。』自己起身，向桌上取碗茶呷了一口，回身見樸齋不吃煙，便問：『可要用口茶？』把半碗茶授與樸齋。慌的樸齋一骨碌爬起來，雙手來接，與王阿二對面一碰，淋淋漓漓，潑了一身的茶，幾乎砸破茶碗。引得王阿二放聲大笑起來。這一笑連小村都笑醒了，揉揉眼，問：『你們笑什麼？』王阿二見小村呆呆的出神，更加彎腰拍手，笑個不了。樸齋也跟著笑了一陣。

小村抬身起坐，又打個呵欠，向樸齋說：『我們走罷。』樸齋知道他爲這煙不過癮，要緊些回去，只得說好。王阿二和小村兩個又輕輕說了好些話。小村說畢，一逕下樓。樸齋隨後要走。王阿二一把拉住樸齋袖子，悄說：『明天你一個人來。』

樸齋點點頭，忙跟上小村，一同回至悅來客棧，開門點燈。小村還要吃煙過癮。樸齋先自睡下，在被窩裡打算，想小村的話倒也不錯，況且王阿二有情於我，想也是緣分了；只是丟不下陸秀寶，想秀寶畢竟比王阿二標緻些；若要兼顧，又恐費用不敷。這個想想，那個想想，想得翻來覆去的睡不著。

一時，小村吸足了煙，出灰洗手，收拾要

小彩子
裊烟
空一笑

睡。樸齋重又披衣坐起，取水煙筒吸了幾口水煙，再睡下去，卻不知不覺睡著了。睡到早晨六點鐘，樸齋已自起身，叫棧使舀水洗臉，想到街上去喫點心，也好趁此逛逛；看小村時，正鼾鼾的好睡；因把房門掩上，獨自走出寶善街，在石路口長源館裡吃了一碗廿八個錢的悶肉大麵；由石路轉到四馬路，東張西望，大踱而行，正碰著拉垃圾的車子下來，幾個工人把長柄鐵鏟鏟了垃圾拋上車去，落下來，四面飛洒，濺得遠遠的。樸齋怕沾染衣裳，待欲回棧，卻見前面即是尙仁里；聞得這尙仁里都是長三書寓，便進衖去逛逛。只見衖內家家門首貼著紅牋條子，上寫倌人姓名；中有一家，石刻門坊，掛的牌子是黑漆金書，寫著『衛霞仙書寓』五字。

樸齋站在門前，向內觀望，只見娘姨蓬著頭，正在天井裡漿洗衣裳，外場蹺著腿，正在客堂裡揩拭玻璃各式洋燈。有一個十四五歲的大姐，嘴裡不知咕嚕些什麼，從裡面直跑出大門來，一頭撞到樸齋懷裡，樸齋正待發作，只聽那大姐張口罵道：『撞死你娘起來了！眼睛可長著！』樸齋一聽這嬌滴滴聲音，早把一腔怒氣消化淨盡；再看她模樣俊秀，身材伶俐，倒嘻嘻的笑了。那大姐撇了樸齋，一轉身又跑了去。忽又見一個老婆子，也從裡面跑到門前，高聲叫『阿巧』；又招手兒，說：『不要去了。』那大姐聽了，便噘著嘴，一路咕嚕著，慢慢的回來。

那老婆子正要進去，看見樸齋有些詫異，即立住腳，估量是什麼人。樸齋不好意思，方訕訕的走開，仍向北出衖，先前垃圾車子早已過去，遂去華衆會樓上泡了一碗茶，一直吃到七八開，將近十二點鐘時分，始回棧房。

那時小村也起身了。棧使搬上中飯，大家

吃過，洗臉。樸齋便要去聚秀堂打茶圍。小村笑道：『這時候倌人都睡在床上，去幹什麼？』樸齋無可如何。小村打開煙盤，躺下吸煙。樸齋也躺在自己床上，眼看著帳頂，心裡轆轆的轉念頭，把右手抵住門牙去咬那指甲；一會兒又起來向房裡轉圈兒，踱來踱去，不知踱了幾百圈；見小村剛吸得一口煙，不好便催，哎的一聲嘆口氣，重復躺下。小村暗暗好笑，也不理他。等得小村過了癮，樸齋已連催四五遍。小村勉强和樸齋同去，一逕至聚秀堂。只見兩個外場同娘姨在客堂裡一桌碰和。一個忙丟下牌去樓梯邊喊一聲『客人上來。』

樸齋三腳兩步，早已上樓，小村跟著到了房裡。只見陸秀寶坐在靠窗桌子前，擺著紫檀洋鏡台（註⑥），正梳頭哩，楊家媽在背後用篦子篦著，一邊大姐理那脫下的頭髮。小村樸齋就桌子兩邊高椅上坐下。秀寶笑問：『有沒用飯哪？』小村道：『吃過有一會了。』秀寶道：『怎麼這麼早哇？』楊家媽接口道：『他們棧房裡都是這樣的，到了十二點鐘嘿就要開飯了。不像我們堂子裡，沒什麼數目，好晚喏！』

說時大姐已點了煙燈，又把水煙筒給樸齋裝水煙。秀寶即請小村榻上用煙，小村便去躺下吸起來。外場提水銚子來沖茶。楊家媽絞了手巾。樸齋看秀寶梳好頭，脫下藍洋布衫，穿上件元色縐背心，走過壁間大洋鏡前自己端詳一回。忽聽得間壁喊楊家媽，是陸秀林聲音。楊家媽答應著，忙收拾起鏡台，過那邊秀林房裡去了。

小村問秀寶道：『莊大少爺可在這兒？』秀寶點點頭。樸齋聽說，便要過去招呼。小村連聲喊住。秀寶也拉著樸齋袖子，說：『坐著。』樸齋被他一拉，趁勢在大床前籐椅上坐了。秀

清倌人喫酒枉相譏

寶就坐在他膝蓋上與他唧唧說話，樸齋茫然不懂；秀寶重說一遍，樸齋終聽不清說的是甚麼。秀寶沒法，咬牙恨道：『你這人啊！』說著，想了一想，又拉起樸齋來，說：『你過來，我跟你說哝！』

兩個去橫躺在大床上，背著小村，方漸漸說明白了。一會兒，秀寶忽格格笑說：『啊唷！不要哝！』一會兒又急聲喊道：『哎喲！楊家媽快點來哝！』接著『哎喲喲』喊個不住。楊家媽笑著從隔壁房裡跑過來，著實說道：『趙大少爺，不要鬧哝！』樸齋只得放手。秀寶起身掠鬢腳。楊家媽向枕邊拾起一支銀絲蝴蝶替她戴上，又道：『趙大少爺可眞會鬧！我們秀寶小姐是清倌人哝！』

樸齋只是笑，卻向煙榻下手與小村對面歪著，輕輕說道：『秀寶跟我說，要吃檯酒。』小村道：『你吃不吃呢？』樸齋道：『我答應她了。』小村冷笑兩聲，停了半晌，始說道：『秀寶是清倌人哝，你可曉得？』秀寶插嘴道：『清倌人嘿，就沒客人來吃酒了？』小村冷笑道：『清倌人只許吃酒不許鬧，倒凶得很喏！』秀寶道：『張大少爺，我們娘姨她們說錯句把話，又有什麼要緊啊？你是趙大少爺朋友嘿，我們也指望你照應照應。哪有什麼攛掇趙大少爺來挑我們的眼？你做大少爺的也不犯著嘿。』楊家媽也說道：『我說趙大少爺不要鬧，也沒說錯什麼話嘿。我們要是說錯了，得罪了趙大少爺，趙大少爺自己也蠻會說的，還要人攛掇？』秀寶道：『幸虧我們趙大少爺是明白人；要聽了朋友們的話——好了！』

一語未了，忽聽得樓下喊道：『楊家媽，洪大少爺上來。』秀寶方住了嘴。楊家媽忙迎出去。樸齋也起身等候。不料隨後一路腳聲，卻至隔壁侯莊荔甫去了。

註①只籠統的點三炒四冷盆等，是什麼菜由飯館決定。

註②在第二十九回開始，席散後到房裡去坐，『外場送進檯面乾濕。』顯然酒席上也吃打茶圍時例有的乾菓菓脯。『圍籤』可能就是菓盤，在官話普及後被菓盤這名稱取代『圍』，因爲菓盤分隔爲幾隻小碟子，圍繞中央的一隻；『籤』似指菓脯上戳的牙籤。當時已有木製牙籤出售。第十回有人用『柳條剔牙杖』。打茶圍即吃茶與圍籤之意。

註③煤氣燈。

註④一等妓女叫長三，因爲她們那裡打茶圍——訪客飲茶談話——三元，出局——應名侑酒——也是三元，像骨牌中的長三，兩個三點並列。所以二等妓女叫么二，打茶圍一元，出局二元。

晚清王廷鼎日記『南浦行雲錄』（一八八六年）自杭州至南昌沿途記聽書：『此技獨盛行於蘇，業此者多常熟人，男女皆有之，而總稱之曰說書先生。所說如水滸西遊記鐵冠圖之類曰大書。玉蜻蜓珍珠塔三笑白蛇傳之類曰小書。所說之處皆在茶室，曰書場。……難後[滅太平天國後]女說書者風行於滬上，實即妓也，亦稱先生。女稱先生即此。十一月二十五日到滬往聽，已京腔是尚矣。』女說書先生在上海淪爲娼妓，稱『書寓』，自高身價，在原有的長三之上，逐漸放棄說書，與其他妓女一樣唱京戲侑酒。長三也就跟著書寓稱爲『先生』——么二仍舊稱『小姐』。吳語『先生』讀如『西桑』，上海的英美人聽了誤以爲『sing song』，因爲她們在酒席上例必歌唱；singsong girl因此得名，並非『歌女』譯名。『歌女』是一九二〇末葉至三〇年間的新名詞，還在有舞女之後。當時始有秦淮河夫子廟歌女，經常上場清唱，與上海妓女偶一參加『羣芳會唱』不同，而且也只有南京有。

註⑤有妓女的鴉片館。

註⑥尺來長的盒子，大概是日本製，內裝梳妝用品，盒蓋內鑲鏡子，可以撐起來。

第三回

議芳名小妹附招牌　拘俗禮西崽翻首座

按不多時，洪善卿與莊荔甫都過這邊陸秀寶房裡來。張小村趙樸齋忙招呼讓坐。樸齋暗暗教小村替他說請喫酒。小村微微冷笑，尚未說出。陸秀寶看出樸齋意思，插嘴說道：『喫酒嘸有什麼不好意思說噠？趙大少爺請你們兩位用酒。說一聲嘸就是了。』樸齋只得跟著也說了。莊荔甫笑說：『應得奉陪。』洪善卿沉吟道：『可就是四個人？』樸齋道：『四個人太少。』隨問張小村道：『你曉得吳松橋在哪裡？』小村道：『他在義大洋行裡。你哪請得著啊！要我替你自己去找他。』樸齋道：『那麼費神你替我跑一趟，好不好？』

小村答應了。樸齋又央洪善卿代請兩位。莊荔甫道：『去請了陳小雲罷。』洪善卿道：『等會我隨便碰著什麼人，就跟他一塊來好了。』說了，便站起來道：『那麼等會六點鐘再來，我要去幹掉點小事。』樸齋重又懇託。陸秀寶送洪善卿走出房間，莊荔甫隨後追上，叫住善卿道：『你碰著了陳小雲，替我問聲看，黎篆鴻那兒東西有沒拿去。』

洪善卿答應下樓，一直出了西棋盤街，恰有一把東洋車拉過。善卿坐上，拉至四馬路西薈芳里停下，隨意給了些錢，便向弄口沈小紅書寓進去，在天井裡喊『阿珠』。一個娘姨從樓窗口探出頭來見了道：『洪老爺，上來噥。』善卿問：『王老爺可在這兒？』阿珠道：『沒來；有三四天沒來了。可曉得在哪裡？』善卿道：『我也好幾天沒碰著。先生呢？』阿珠道：『先生坐馬車去了。樓上來坐會噥。』善卿已自轉身出門，隨口答道：『不坐了。』阿珠又叫道：『碰著王老爺嘍，同他一塊來。』

善卿一面應一面走，由同安里穿出三馬路至公陽里周雙珠家，直走過客堂，只有一個相幫的（註①）喊聲：『洪老爺來。』樓上也不見答應。善卿上去，靜悄悄的；自己掀簾進房看時，竟沒有一個人。善卿走向榻床坐下。隨後周雙珠從對過房裡款步而來，手裡還拿著一隻水煙筒，見了善卿，微笑問道：『你昨天晚上從保合樓出來，到哪去了？』善卿道：『我就回去了嘍。』雙珠道：『我只道你同朋友打茶圍去，教娘姨她們等了好一會呢，你嘍倒回去了。』善卿笑說：『對不住。』

雙珠也笑著，坐在榻床前杌子上，裝好一口水煙給善卿吸。善卿伸手要接，雙珠道：『不要噥，我裝你喫，』把水煙筒湊到嘴邊，善卿一口氣吸了。忽然大門口一陣嚷罵之聲，蜂擁至客堂裡，劈劈拍拍打起架來。善卿失驚道：『幹什麼？』雙珠道：『又是阿金他們囉。成天成夜吵個沒完。阿德保也不好。』

善卿便去樓窗口望下張看。只見娘姨阿金揪著她丈夫阿德保辮子要拉，卻拉不動，被阿德保按住阿金髮髻，只一揿，直揿下去。阿金伏倒在地，掙不起來，還氣呼呼的嚷道：『你打我啊！』阿德保也不則聲，屈一隻腿，壓在她背上，提起拳來，擂鼓似的從肩膀直敲到屁股，敲得阿金殺豬也似叫起來。雙珠聽不過，向窗口喊道：『你們算什麼！要不要臉？』樓下衆人也齊聲喊住。阿德保方才放手。雙珠挽著善卿手臂，扳轉身來笑道：『不要去看他們嘛。』將水煙筒授與善卿自吸。

須臾，阿金上樓，噘著嘴，哭得滿面淚痕。雙珠道：『成天成夜吵個沒完，也不管有沒客人在這兒。』阿金道：『他拿我皮襖去當掉了，還要打我！』說著又哭了。雙珠道：『還有什麼可說的？你自己乖覺點也喫不著眼前虧囉。』

阿金沒得說了，卻去客堂裡坐著哭。接著阿德保提水銚子進房。雙珠道：『你爲什麼打她哪？』阿德保笑道：『三先生有什麼不知道的！』雙珠道：『她說你當掉了她皮襖，可有這事啊？』阿德保冷笑兩聲道：『三先生，你問她一聲看，前天收來的會錢到哪去嘍？我說，送阿大去學生意也要五六塊洋錢哪，教她拿會錢來，她拿不出了呀，這才拿了件皮襖去當了四塊半洋錢。想想可氣死人！』雙珠道：『會錢嘿也是她賺來的錢去合的會，你倒不許她用！』阿德保笑道：『三先生也蠻明白的哦。她眞是用掉了倒罷了。你看她可有什麼用項啊？丟到黃浦裡也還聽見點響聲，她是一點點響聲也沒有嘿！』

雙珠微笑不語。阿德保沖了茶，又隨手絞了把手巾，然後下去。善卿挨近雙珠悄問道：『阿金有多少姘頭啊？』雙珠忙搖手道：『你不要去多嘴。你嘿算說著玩，給阿德保聽見了要吵死了。』善卿道：『你還替她瞞什麼。我也有點曉得了。』雙珠大聲道：『瞎說嘍！坐下來，我跟你說句話。』

善卿仍退下歸座。雙珠道：『我媽有沒跟

你說起過什麼？』善卿低頭一想道：『可是要買個討人（註②）？』雙珠點頭道：『說好了呀，五百塊洋錢呢！』善卿道：『人可標緻呢？』雙珠道：『就快要來了。我是沒看見。想必總比雙寶標緻點。』善卿道：『房間舖在哪兒？』雙珠道：『就是對過房間。雙寶嘿搬到下頭去。』善卿嘆道：『雙寶心裡是也巴不得要好，就喫虧了老實點，不會做生意。』雙珠道：『我媽為了雙寶也糟掉了多少錢。』善卿道：『你還是照應點她，勸勸你媽，看開點，譬如做好事。』

正說時，只聽得一路大腳聲音，直跑到客堂裡，連說：『來了！來了！』善卿忙又向樓窗口去看，乃是大姐巧囡跑得喘吁吁的。

善卿知道那新買的討人來了，和雙珠爬在窗檻上等候。只見雙珠的親生娘周蘭親自攙著一個清倌人進門，巧囡前走，逕上樓來。周蘭直拉到善卿面前，問道：『洪老爺，你看看，我們小先生好不好？』善卿故意上前去打個照面。巧囡教她叫洪老爺。她便含含糊糊叫了一聲，卻羞得別轉臉去，徹耳通紅。善卿見那一種風韻可憐可愛，正色說道：『出色了！恭喜，恭喜！發財！發財！』周蘭笑道：『謝謝你金口，只要她巴結點，也像了她們姊妹三個就好了。』口裡說，手指著雙珠。

善卿回頭向雙珠一笑。雙珠道：『姐姐是都嫁了人了好了，單剩我一個人，沒誰來討了去，要你養到老死的哦，有什麼好啊？』周蘭呵呵笑道：『你有洪老爺在這兒嘿。你嫁了洪老爺，比雙福要加倍好呢。——洪老爺，是不是？』

善卿只是笑。周蘭又道：『洪老爺先替我們起個名字，等她會做生意了嘿，雙珠就給你罷。』洪善卿道：『名字叫周雙玉，好不好？』雙珠道：『可有什麼好聽點的呀？還是雙什麼

讓芳名小妹附招牌
海上花列傳
十五

雙什麼，多討人厭！』周蘭道：『雙玉不錯；把勢裡要名氣響嘍好；叫了周雙玉，上海灘上隨便什麼人，看見牌子就曉得是周雙珠她們的妹子囉，總比新鮮名字好點的哦。』巧囝在旁大笑道：『倒有點像大先生的名字。周雙福，周雙玉，可是聽著差不多？（註③）』雙珠笑道：『你嘍曉得什麼！「差不多！」——陽台上晾著的一塊手帕子替我拿來！』

巧囝去後，周蘭挈過雙玉，和她到對過房裡去。善卿見天色晚將下來，也要走了。雙珠道：『你忙什麼噥？』善卿道：『我要找個朋友去。』雙珠起身，待送不送的，只囑咐道：『你等會要回去嘍，先來一趟，不要忘記。』

善卿答應出房。那時娘姨阿金已不在客堂裡，想是別處去了。善卿至樓門口，隱隱聽見亭子間有飲泣之聲；從簾子縫裡一張，也不是阿金，竟是周蘭的討人周雙寶，淌眼抹淚，面壁而坐。善卿要安慰她，跨進亭子，搭訕問道：『一個人在做什麼？』那周雙寶見是善卿，忙起身陪笑，叫一聲『洪老爺』，低頭不語。善卿又問道：『是不是你要搬到下頭去了？』雙寶只點點頭。善卿道：『下頭房間倒比樓上要便當好些呢。』雙寶手弄衣襟，仍是不語。善卿不好深談，但道：『你有空還是到樓上來姐姐這兒多坐會，說說話，也不錯。』雙寶方微微答應。善卿乃退出下樓。雙寶倒送至樓梯邊而回。

善卿出了公陽里，往東轉至南晝錦里中祥發呂宋票店（註④），只見管帳胡竹山正站在門首觀望。善卿上前廝見。胡竹山忙請進裡面。善卿也不歸坐，問：『小雲可在這兒？』胡竹山道：『走了沒一會，朱藹人來同他一塊出去了。看光景是喫局。』善卿即改邀胡竹山道：『那我們也喫局去。』胡竹山連連推辭。善卿不由分說，死拖活拽同往西棋盤街來。到了聚秀堂陸秀寶房裡，見趙樸齋張小村都在，還有一客，約摸是吳松橋，詢問不錯。胡竹山都不認識，各通姓名，然後就座。大家隨意閒談。

等至上燈以後，獨有莊荔甫未到，問陸秀林，說是往抛球場買東西去的。外場罩圓檯，排高椅，把掛的湘竹絹片方燈都點上了。趙樸齋已等得不耐煩，便滿房間大踱起來，被大姐一把仍拉他坐了。張小村與吳松橋兩個在榻床左右對面躺著，也不吸煙，卻悄悄的說些祕密事務。陸秀林陸秀寶姊妹並坐在大床上，指點衆人，背地說笑。胡竹山沒甚說的，仰著臉看壁間單條對聯。

洪善卿叫楊家媽拿筆硯來開局票，先寫了陸秀林周雙珠二人。胡竹山叫清和坊的袁三寶，也寫了。再問吳松橋張小村叫什麼人。松橋說叫孫素蘭，住兆貴里；小村說叫馬桂生，住慶雲里。

趙樸齋在傍看著寫畢，忽想起，向張小村道：『我們再去叫個王阿二來倒好玩嘿。』被小村著實瞪了一眼。樸齋後悔不迭。吳松橋只道樸齋要叫局，也攔道：『你自己吃酒，也不要叫什麼局了。』

樸齋要說不是叫局，卻頓住嘴，說不下去。恰好樓下外場喊說：『莊大少爺上來。』陸秀林聽了，急奔出去。樸齋也借勢走開去迎莊荔甫。荔甫進房見過衆人，就和陸秀林過隔壁房間裡去。洪善卿叫起手巾。楊家媽應著，隨把局票帶下去。及至外場絞上手巾，莊荔甫也已過來。大家都揩了面。於是趙樸齋高舉酒壺，恭恭敬敬定胡竹山首座。竹山吃一大驚，極力推卻。洪善卿說著也不依。趙樸齋沒法，便將就請吳松橋坐了。竹山次位。其餘略讓一讓，即已坐定。

陸秀寶上前篩了一巡酒。樸齋舉杯讓客。大家道謝而飲。第一道菜，照例上的是魚翅。趙樸齋待要奉敬。大家攔說：『不要客氣，隨意好。』樸齋從直遵命，只說得一聲『請』。魚翅以後，方是小碗。陸秀林已換了出局衣裳過來。楊家媽報說：『上先生了。』（註⑤）秀林秀寶也並沒有唱大曲，只有兩個烏師坐在簾子外吹彈了一套。

及至烏師下去，叫的局也陸續到了。張小村叫的馬桂生也是個不會唱的。孫素蘭一到即問袁三寶：『唱了沒有？』袁三寶的娘姨會意，回說：『你們先唱好了。』孫素蘭和準琵琶，唱一支開篇，一段京調。莊荔甫先鼓起興致，叫拿大杯來擺莊。楊家媽去隔壁房裡取過三隻雞缸杯（註⑥）列在荔甫面前。荔甫說：『我先擺十杯。』吳松橋聽說，揎袖攘臂，和荔甫搳起拳來。孫素蘭唱畢，即替吳松橋代酒；代了兩杯，又要存兩杯，說：『我要轉局去，對不住。』

孫素蘭去後，周雙珠方姍姍其來。洪善卿見阿金兩隻眼睛腫得像胡桃一般，便接過水煙筒來自吸，不要她裝。阿金背轉身去立在一邊。周雙珠揭開豆蔻盒子蓋，取出一張請客票授與洪善卿。善卿接來看時，是朱藹人的，請至尚仁里林素芬家酒敘，後面另是一行小字，寫道：『再有要事面商，見字速駕爲幸！』這行卻加上密密的圈子。

善卿猜不出是什麼事，問周雙珠道：『送票子來是什麼時候？』雙珠道：『來了有一會了。去不去呀？』善卿道：『不曉得什麼事這樣要緊。』雙珠道：『可要教相幫他們去問聲看？』善卿點點頭。雙珠叫過阿金道：『你去喊

拘俗
禮細崽
翻首座

他們到尙仁里林素芬那兒檯面上看看散了沒有；問朱老爺可有什麼事；不要緊嘿，說洪老爺謝謝不來了。』

阿金下樓與轎班說去。莊荔甫伸手要票子來看了道：『可是藹人寫噠？』善卿道：『所以不懂嘿。票子嘿是羅子富的筆跡，到底是誰有事噥？』荔甫道：『羅子富做什麼生意呀？』善卿道：『他是山東人，江蘇候補知縣，有差使在上海。昨天晚上保合樓廳上可看見個胖子？就是他。』

趙樸齋方知那胖子叫羅子富，記在肚裡。只見莊荔甫又向善卿道：『你要先去嘿，先打兩杯莊。』

善卿伸手划了五杯，正值那轎班回來，說道：『檯面是快要散了；說請洪老爺帶局過去，等著哪。』

善卿乃告罪先行。趙樸齋不敢强留，送至房門口。外場趕忙絞上手巾。善卿略揩一把，然後出門，款步轉至寶善街，逕往尙仁里來。比及到了林素芬家門首，見周雙珠的轎子倒已先在等候，便與周雙珠一同上樓進房。只見觥籌交錯，履舃縱橫，已是酒闌燈灺時候。檯面上只有四位，除羅子富陳小雲外，還有個湯嘯菴，是朱藹人得力朋友。這三位都與洪善卿時常聚首的。只一位不認識；是個清瘦面龐，長挑身材的後生。及至敍談起來，纔知道姓葛，號仲英，乃蘇州有名貴公子。洪善卿重復拱手致敬道：『一向渴慕，幸會，幸會。』羅子富聽說，即移過一雞缸杯酒來授與善卿道：『請你吃一杯濕濕喉嚨，不要害了你渴慕得要死！』

善卿只是訕訕的笑，接來放在桌上，隨意向空著的高椅坐了。周雙珠坐在背後。林素芬的娘姨另取一副杯筯奉上。林素芬親自篩了一杯酒。羅子富偏要善卿吃那一雞缸杯。善卿笑聽，直跳起來道：『那麼不要你吃了，我們走道：『你們吃也吃完了，還請我來吃什麼酒！罷！』你要請我吃酒嘿，也罷一檯起來！』羅子富一

註①妓院男僕亦稱『相幫』。
註②老鴇買來當娼的養女。
註③吳語『玉』音『虐』，與吳語『福』字押韻。
註④呂宋票是一種流行的獎券。
註⑤視應召侑酒的妓女為一道菜，顯然是較守舊的二等堂子的陋規。它們仍稱『聚秀堂』『繪春堂』——堂子因此得名，想必起初它們是唯一的高級妓院。
註⑥仿明代成窯五彩大酒杯，上有牡丹母雞小雞圖案。

第四回

看面情代庖當買辦　丟眼色喫醋是包荒

按湯嘯菴拉羅子富坐下，說道：『你忙什嗎？我說，你先教月琴先生打發個娘姨回去擺起檯面來；善卿剛剛來，也讓他擺個莊；等藹人回來了一塊過去，他們也預備好了，是不是？你此刻去也不過等在那兒，幹什麼呢？』羅子富連說『不錯。』子富叫的兩個倌人，一個是老相好蔣月琴，便令娘姨回去：『看他們檯面擺好了嚜，再來。』

洪善卿四面一看，果然不見朱藹人，只有林素芬和湯嘯菴應酬檯面，還有素芬的妹子林翠芬，是湯嘯菴叫的本堂局，也幫著張羅。洪善卿詫異問道：『藹人是主人嚜，到哪去囉？』湯嘯菴道：『黎篆鴻有句話說，教他去一趟，就快回來了。』洪善卿道：『說起黎篆鴻，倒想起來了，』即向陳小雲道：『荔甫要問你，一篇帳有沒拿到黎篆鴻那兒去？』陳小雲道：『我托藹人拿去了。我看價錢開得太大了點。』洪善卿道：『可曉得這批東西哪來的啊？』陳小雲道：『說是廣東人家，底細也不清楚。』羅子富向洪善卿道：『我也要問你，你可是做了包打聽了？雙珠先生有個廣東客人，不曉得他底細，你有沒替她打聽過？』大家呵呵一笑。洪善卿也笑了。周雙珠道：『我們哪有什麼廣東客人呀？你倒替我們拉個廣東客人來做做呃。（註①）』

羅子富正要回言，洪善卿攔住道：『不要瞎說了，我擺十杯莊，你來打。』羅子富挽起袖子，與洪善卿划拳，一交手便輸了。羅子富道：『划了一塊吃。』接連划了五拳，竟輸了五拳。蔣月琴代了一杯。那一個新做的倌人叫黃翠鳳，也伸手來接酒。洪善卿道：『怪不得你要划拳！有多少人替你代酒的哦！』羅子富道：『大家不許代！我自己喫！』洪善卿拍手的笑。陳小雲說：『代代罷。』湯嘯菴幫他篩酒，取一杯授與黃翠鳳喫。黃翠鳳知道羅子富要翻檯到蔣月琴家去，因說道：『我們走了，可要存兩杯？』羅子富搖頭說：『不要存了。』黃翠鳳乃先走了。

湯嘯菴勸羅子富停一會再划，卻教陳小雲先與洪善卿交手，也划上五拳。接著湯嘯菴自己都划過了，單剩下葛仲英一個。

那葛仲英正扭轉身和倌人吳雪香兩個唧唧噥噥的咬耳朵說話，連半日洪善卿如何擺莊都沒有理會；及至湯嘯菴叫他划拳，葛仲英方回頭，問：『做什麼？』羅子富道：『曉得你們是恩相好，檯面上就推扳點好了！是不是要做出來給我們看看？』吳雪香把手帕子往羅子富面上甩來，說道：『你噻總沒有一句好話說出來！』洪善卿拱手向葛仲英道：『請教划拳。』葛仲英只划得兩拳，喫過酒，仍和吳雪香去說話。

羅子富已耐不得，伸拳與洪善卿重又划起，這番卻是贏的。洪善卿十杯莊消去九杯。羅子富想打完這莊，偏不巧又輸了。忽聽得樓下外場喊說『朱老爺上來。』陳小雲忙阻止羅子富道：『讓藹人來划了一拳，收令罷。』羅子富聽說有理，便不再划。朱藹人匆匆歸席，連說：『失陪，得罪。』又問：『誰在擺莊？』

洪善卿且不划拳，卻反問朱藹人道：『你有什麼要緊事跟我商量？』朱藹人茫然不知，說：『我沒什麼事嚜。』羅子富不禁笑道：『請你吃花酒，倒不是要緊事？』洪善卿也笑道：『我就曉得是你在無事忙。』羅子富道：『就算我無事忙，快點划了拳了去。』朱藹人道：『只剩了一拳，也不要划了。我來每位敬一杯。』大家說：『遵命。』

朱藹人取六隻雞缸杯，都篩上酒，一齊乾訖，離席散坐。外場七手八腳絞了手巾。那蔣月琴的娘姨早來回話過了，當下又上前催請一遍。葛仲英羅子富朱藹人各有轎子，陳小雲自坐包車，一起倌人隨著客轎，帶局過去；惟湯嘯菴與洪善卿步行，乃約同了先走一步。

二人離了林素芬家，來到尚仁里弄口，有一人正要進弄，見了忙側身垂手叫聲『洪老爺。』洪善卿認得是王蓮生的管家，名叫來安的，便問他『老爺呢？』來安道：『我們老爺在祥春里，請洪老爺過去說句話。』洪善卿道：『祥春里誰家呢？』來安道：『叫張蕙貞。我們老爺也剛剛做起，沒兩天。』洪善卿聽了，即轉向湯嘯菴說：『我去一趟就來。蔣月琴那兒請他們先坐罷。』湯嘯菴叮囑快點，自去了。

洪善卿隨著來安，逕至祥春里，弄內黑黝黝的，摸過二、三家，推開兩扇大門進去。來安喊說：『洪老爺在這兒。』樓上接口應了，不見動靜。來安又說：『拿隻洋燈下來哴。』樓上連說『來了。』又等好一會，方見一個老娘姨手提馬口鐵回光燈，迎下樓來說：『請洪老爺樓上去哴。』

善卿見樓下客堂裡七橫八豎的堆著許多紅木桌椅，像要搬家光景。上樓看時，當中掛一盞保險燈（註②），映著四壁，像月洞一般，卻空落落的沒有一些東西，只剩下一張跋步床，一隻梳妝檯，連簾帳燈鏡諸件都收拾乾淨了；王蓮生坐在梳妝檯前，正擺著四個小碗喫『便夜飯』，旁邊一個倌人陪他同喫，想來便是張蕙貞。

善卿到了房裡，即笑說道：『你倒一個人在找樂子。』蓮生起身招呼，覺善卿臉上有酒意，問：『是不是在喫酒？』善卿道：『喫了兩檯了。他們請了你好幾趟囉。此刻羅子富翻到蔣月琴那兒去了。（註③）你可高興一塊去？』蓮生微笑搖頭。善卿隨意向床上坐下。張蕙貞親自送過一隻水煙筒來，善卿接了，忙說：『不要客氣，你請用飯娘。』蕙貞笑道：『我喫好了呀。』

善卿見張蕙貞滿面和氣，藹然可親，約摸是么二住家（註④），問她『可是要調頭（註⑤）？』蕙貞點頭應是。善卿道：『調到哪去？』蕙貞說是東合興里大腳姚家，在吳雪香那兒對門。善卿道：『包房間呢做夥計？』蕙貞道：『我們是包房間，三十塊洋錢一個月哦。』善卿道：『有限得很。單是王老爺一個人嘿，一節做下來也差不多五六百局錢哪。還怕開消不出？』

說著，王蓮生已喫畢飯，揩面漱口。那老娘姨端了一副鴉片煙盤，問蕙貞『擺哪啊？』蕙貞道：『自然擺在床上囉，難道擺到地上去？』老娘姨唏唏呵呵的端到床上，說道：『給洪老爺看了笑死了！』蕙貞道：『你收拾好了下頭去罷，不要話這麼多了。』那老娘姨方搬了碗碟杯筷下樓。

蕙貞乃請蓮生吸煙。蓮生去床上與善卿對

面躺下，然後說道：『我請你來，要買兩樣東西：一隻大理石紅木榻床，一堂湘妃竹翎毛燈片。你明天就替我買了來最好了。』善卿道：『送到哪呀？』蓮生道：『就送到大腳姚家去。在樓上西面房間裡。』

善卿聽說，看看蕙貞，嘻嘻的笑道：『你教別人去替你買了罷，我不去買。給沈小紅曉得了，喫她兩個嘴巴子喏！』蓮生笑而不言。蕙貞道：『洪老爺，你怎麼見了沈小紅也怕喹？』善卿道：『怎麼不怕！你問聲王老爺看，凶得呵——！』蕙貞道：『洪老爺，謝謝你，看王老爺面上，照應我們點。』善卿道：『你拿什麼東西來謝我嗱？』蕙貞道：『請你喫酒好不好？』善卿道：『誰要喫你什麼檯把酒哇？我可是沒喫過？稀奇死了！』蕙貞道：『那謝你什麼嗱？』善卿道：『你要請我喫酒嘿，倒是請我喫點心罷。（註⑥）你嘿也便當得很，不用破費了，是不是？』蕙貞嗤的笑道：『你們都不是好人！』

善卿呵呵一笑，站起來道：『還有什麼話嘿說，我要走了。』蓮生道：『沒什麼了。後天請你喫酒。你看見子富他們，先替我說一聲，明天送條子去。』善卿一面答應，一面下樓，仍至四馬路公和里蔣月琴家喫酒去了。

蕙貞見善卿已去，才上床來歪在蓮生身上給他燒煙。蓮生接連吸了七八口，漸漸合攏眼睛，似乎睡去。蕙貞低聲叫道：『王老爺，安置罷？』蓮生點點頭。於是端過煙盤，收拾共睡。

次日一點鐘時候，兩人始起身洗臉。老娘姨搬上稀飯來喫了些。蕙貞就在梳妝檯前梳頭。老娘姨仍把煙盤擺在床上。蓮生自去吸起煙來；心想沈小紅家須得先去撒個謊，然後再慢慢的告訴她纔好；盤算一回，打定主意，便

看面情代庖當買辦
二十二

取馬褂穿了要走。蕙貞忙問：『到哪去？』蓮生道：『我到沈小紅那兒去一趟。』蕙貞道：『那喫了飯再去嘛。』蓮生道：『不喫了。』蕙貞又問：『等會可來呀？』蓮生想了想，說道：『你明天什麼時候到東合興去？』蕙貞道：『我們一早就過去了。』蓮生道：『我明天一點鐘到東合興來。』蕙貞道：『你有工夫嘿等會來一趟。』

蓮生應諾，趕下樓來，來安跟了，出祥春里，向東至西薈芳里弄口，令來安回公館去打轎子來，自己即轉彎進弄。娘姨阿珠先已望見，喊道：『啊唷！王老爺來了！』趕忙迎出天井裡，一把拉住袖子，進去又喊道：『先生，王老爺來了。』拉到樓梯邊，方放了手。

蓮生款步上樓。沈小紅也出房相迎，似笑不笑的說道：『王老爺，你倒好意思！』說得半句，便噎住了。蓮生見她一副淒涼面孔，著實有些不過意，嘻著嘴進房坐下。沈小紅也跟進來，挨在身旁，挽著蓮生的手問道：『我要問你，你三天在哪兒？』蓮生道：『我在城裡，為了個朋友做生日，去喫了三天酒。』小紅冷笑道：『你只好去騙騙小孩子！』阿珠絞手巾揩了臉。小紅又問道：『你在城裡嘿，夜裡可回來呢？』蓮生道：『夜裡嘿就住在朋友那兒囉。』小紅道：『你這朋友倒開了堂子了！』

蓮生不禁笑了。小紅也笑道：『阿珠，你們聽聽他的話！——我前天教阿金大到你公館裡來看你，說轎子嘿在那兒，人是出去了。你兩隻腳倒眞有勁嘿，一直走到城裡！可是坐馬車打城頭上跳進去的呀？（註⑦）』阿珠呵呵笑道：『王老爺這也有點不老實了！哪裡去想來的好主意，說在城裡！』小紅道：『瞞倒瞞得緊的哦！朋友們找了好幾趟也找不著。』阿珠道：『王老爺，你也老相好了，你就說了要去做什麼人也沒什麼嘿，還怕我們先生不許你呀？』小紅道：『你去做什麼人也不關我事；你一定要瞞了我去做，倒好像是我吃醋，不許你去，可不氣死人！』

蓮生見她們一遞一句，插不下嘴去，只看著訕訕的笑。及至阿珠事畢下樓，蓮生方向小紅說道：『你不要去聽別人的話。我同你也三四年了，我的脾氣你有什麼不曉得？我就是要去做什麼人嘍，跟你說明白了再做嘍囉，瞞你幹什麼？』小紅道：『我也不曉得你嘍。你自己去想想看，你一直這些時，東去叫個局，西去叫個局，我可說過一句什麼話呀？你這時候倒要瞞我了，那可為什麼呢？』蓮生道：『我是沒這事，不是要瞞你。』小紅道：『我倒猜著了你的意思：你也不是要瞞我，你是存心要跳槽了，是不是？我倒要看你跳跳看！』

蓮生一聽，沈下臉別過頭去冷笑道：『我不過三天沒來，你就說是跳槽。從前我跟你說的話，你可是忘了？』小紅道：『正要你說這話嘍。你沒忘記，你說娘：三天工夫在哪兒？做誰？你說出來，我不跟你吵好了。』蓮生道：『你教我說什麼娘？我說在城裡，你不信。』小紅道：『你倒還要給我當上！我打聽了再問你！』蓮生道：『那倒也蠻好。這時候你在氣頭上，跟你也無從去說；隔兩天，等你快活點，我再跟你說個明白好了。』

小紅鼻子裡哼了一聲，半日不言語。蓮生央告道：『我們去喫筒煙去娘。』小紅乃拉著手同至榻床前。蓮生脫去馬褂，躺下吸煙。小紅卻呆呆的坐在下手。蓮生要想些話來說又沒甚說的。

忽聽得樓梯上一陣腳步聲，跑進房來，卻是大姐阿金大，一見蓮生，說道：『王老爺，我嘍到你公館裡請你，你倒先在這兒了。』又道：『王老爺為什麼幾天沒來？可是生氣了？』

蓮生不答。小紅嗔道：『生什麼氣！打兩個嘴巴子囉——「生氣」！』阿金大道：『王老爺，你不來了嘿，我們先生氣得呵——！害我們一趟一趟來請你。這可不要這樣了，曉得罷？』說著，移過一碗茶來，放在煙盤裡，隨把馬褂去掛在衣架上，正要走開。

蓮生見小紅呆呆的，乃說道：『我們去弄點點心來喫，好不好？』小紅道：『你要喫什麼說好了。』蓮生道：『你也喫點，我們一塊喫；你不喫嘿，也不要去弄了。』小紅道：『那麼你說㖸。』

蓮生想小紅喜喫的是蝦仁炒麵，即說了。小紅叫住阿金大，叫她喊下去，到聚豐園去叫。須臾送來，蓮生要小紅同喫。小紅攢眉道：『不曉得爲什麼，膩死了，嘴裡好酸，喫不下。』蓮生道：『那麼多少喫點。』小紅沒法，用小碟揀幾根來喫了放下。蓮生也喫不多幾筷，即叫收下去。

阿珠絞手巾來，回說：『你管家打了轎子來了。』蓮生問：『可有什麼事？』阿珠往樓窗口叫：『來二爺。』來安聽喚，立即上樓見蓮生，呈上一封請帖。蓮生開看，是葛仲英當晚請至吳雪香家喫酒的，隨手撂下。來安仍退下去了。

蓮生仍去榻床吸煙，忽又想起一件事來，叫阿珠要馬褂來穿。阿珠便去衣架上取下。小紅喝住道：『倒這麼忙著走！你想上哪去？』阿珠忙丟個眼色與小紅道：『讓他喫酒去罷。』小紅纔不說了。適被蓮生抬頭看見，心想阿珠做什麼鬼戲，難道張蕙貞的事被他們打聽明白了不成。

蓮生一面想，一面阿珠把馬褂替蓮生披上，口裡道：『那這就來叫，不要去叫什麼別人了。』小紅道：『跟他說什麼呀！他要叫什麼

丟眼色喫醋是包荒

人，讓他去叫好了嘿！』蓮生穿好馬褂，挽著小紅的手笑道：『你送送我娘。』小紅使勁的一撒手，反靠在高椅上坐下了。蓮生也挨在身旁，輕輕說了好些知己話。小紅低著頭剔理指甲，只是不理；好一會，方說道：『你這心不曉得怎麼長的！變得眞厲害！』蓮生道：『爲什麼說我變心？』小紅道：『問你自己嘿！』蓮生還緊著要問。小紅又起兩手把蓮生推開道：『去罷！去罷！看著你倒叫人生氣！』蓮生乃佯笑而去。

註①在妓院擺酒或請客打麻將，稱爲『做花頭』，因此妓女『做』某一個客人，客人『做』某一個妓女。

註②火油燈。

註③席上客人在另一妓女家擺酒請在座諸人，稱爲『翻檯』。

註④不出去侑酒或讓客人在她那裡請客。

註⑤妓院遷移。

註⑥即第二回内的『饅頭水餃』。

註⑦外國傳入的馬車與人力車（時人稱東洋車）不許進城裡。

第五回

墊空當快手結新歡　包住宅調頭瞞舊好

按當夜上燈時候，王蓮生下樓上轎，擡至東合興里吳雪香家，來安通報，娘姨打起簾子，迎到房裡，只有朱藹人和葛仲英並坐閒談。王蓮生進去，彼此拱手就座。蓮生叫來安來吩咐道：『你到對過姚家去看看樓上房間裡東西可齊了。』

來安去後，葛仲英因問道：『我今天看見你條子，我想，東合興沒什麼張蕙貞嘿。後來相幫他們說，明天有個張蕙貞調到對過來，是不是啊？』朱藹人道：『張蕙貞名字也沒見過，你到哪去找出來的呀？』蓮生微笑道：『謝謝你們。等會沈小紅來，不要說起好不好？』朱藹人葛仲英聽了皆大笑。

一時，來安回來稟說：『房間裡都收拾好了。四盞燈跟一隻榻床，說是剛送來沒多少時候。榻床嘿擺好了，燈嘿也掛起來了。』蓮生又吩咐道：『你再到祥春里去告訴她們。』來安答應，退出客堂，交代兩個轎班道：『你們不要走開；要走嘿，等我回來了去。』說畢出門，行至東合興里弄口，黑暗裡閃過一個人影

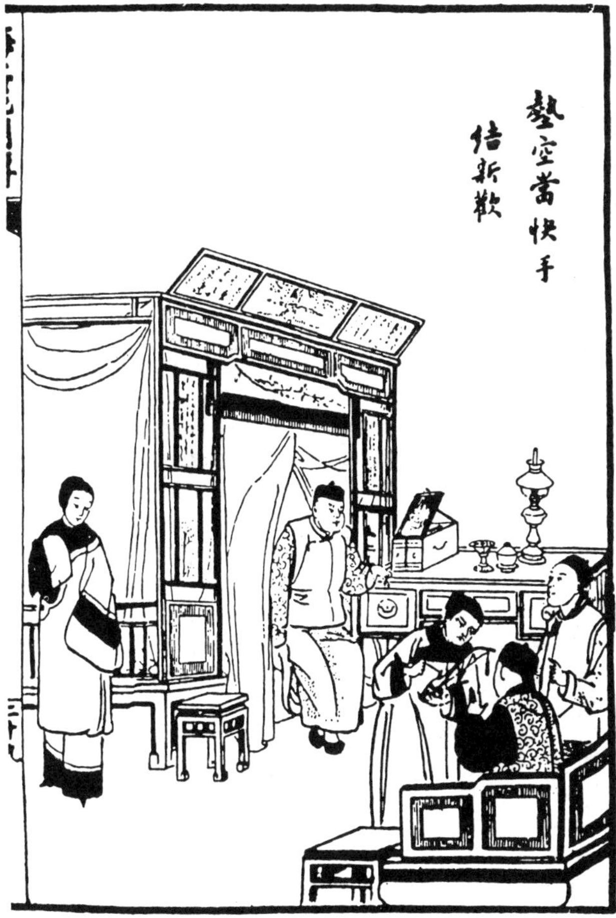
墊空當快手
結新歡

子，挽住來安手臂。來安看是朱藹人的管家，名叫張壽，乃嗔道：『幹什麼呀！嚇我一大跳！』張壽問：『到哪去？』來安攙著他說：『跟你一塊去玩一會。』

於是兩人勾肩搭背，同至祥春里張蕙貞家，向老娘姨說了，叫她傳話上去。張蕙貞又開出樓窗來問來安道：『王老爺可來呀？』來安道：『老爺在吃酒，不見得來嘍。』蕙貞道：『吃酒叫什麼人？』來安道：『不曉得。』蕙貞道：『可是叫沈小紅？』來安道：『也不曉得嘿。』蕙貞笑道：『你嘿算幫你們老爺！不叫沈小紅叫誰呀。』

來安更不答話，同張壽出了祥春里，商量『到哪去玩？』張壽道：『就不過蘭芳里嘍。』來安說：『太遠。』張壽道：『再不然潘三那兒去看看徐茂榮可在那兒。』來安道：『好。』

兩人轉至居安里，摸到潘三家門首，先在門縫裡張一張，舉手推時，卻是拴著的。張壽敲了兩下，不見答應，又連敲了幾下，方有娘姨在內問道：『誰在那兒碰門哪？』來安接嘴道：『是我。』娘姨道：『小姐出去了，對不住。』來安道：『你開門嘛。』等了好一會，裡面靜悄悄的，不見開門。張壽性起，拐起腳來，把門彭彭彭踢的怪響，嘴裡便罵起來。娘姨纔慌道：『來了！來了！』開門見了道：『張大爺來大爺來了！我道是什麼人！』來安問：『徐大爺可在這兒？』娘姨道：『沒來嘿。』

張壽見廂房內有些火光，三腳兩步，直闖到房間裡。來安也跟進去。只見一人從大床帳子裡鑽出來，拍手跺腳的大笑。看時，正是徐茂榮。張壽來安齊聲道：『我們倒來驚動了你囉！這多對不住哇！』娘姨在後面也呵呵笑道：『我只道徐大爺走啦，倒在床上。』

徐茂榮點了楊床煙燈，叫張壽吸煙。張壽

叫來安去吸，自己卻撩開大床帳子，直爬上去。只聽得床上扭作一團，又大聲喊道：『什嘛！鬧得沒結沒完！』娘姨忙上前勸道：『張大爺，不要嚷！』張壽不肯放手。徐茂榮過去一把拉起張壽來道：『你嚜一個勁的鬧！去看這樣子，可有點分寸哪！』張壽抹臉羞他道：『你算幫你們相好了！可是你的相好啊？面孔！（註①）』

那野雞潘三披著棉襖下床。張壽還笑嘻嘻眱著她做鬼臉。潘三沈下臉來，白瞪著眼，直直的看了張壽半日。張壽把頭頸一縮道：『啊唷！啊唷！我嚇得呵——！』潘三沒奈何，只掙出一句道：『我要板面孔的！』張壽隨口答道：『不要說什麼面孔了！你就板起屁股來，我們……』說到『我們』二字，卻頓住嘴，重又上前去潘三耳朵邊說了兩句。潘三發急道：『徐大爺，你聽嚷！你們好朋友，說些個什麼話呀！』徐茂榮向張壽央告道：『種種是我不好，叨光你替我包荒點，好哥哥！』張壽道：『你叫饒了，也罷了；不然，我要問她一聲看，大家是朋友，是不是徐大爺比張大爺長三寸噠？』潘三接嘴道：『你張大爺有恩相好在那裡，我們是巴結不上，只好徐大爺來照應我們點嚜。』張壽向來安道：『你聽嚷，徐大爺給叫得多開心！徐大爺的魂靈也給她叫了去了！』來安道：『我不要聽！可有誰來叫我一聲哪？』潘三笑道：『來大爺嚜算是好朋友了，說說話也要幫句把的哦！』張壽道：『你要是說起朋友來……』剛說得一句，被徐茂榮大喝一聲，剪住了道：『你再要說出什麼來嚜，兩個嘴巴子！』張壽道：『就算我怕了你好了，好不好？』（註②）徐茂榮道：『你倒來討我的便宜了！』一面說，一面挽起袖子，趕去要打。張壽慌忙奔出天井。徐茂榮也趕出去。

張壽拔去門閂，直奔到弄東轉彎處。不料黑暗中有人走來，劈頭一撞。那人說：『幹什麼？幹什麼？』聲音很覺廝熟。徐茂榮上前問道：『可是長哥啊？』那人答應了。徐茂榮遂拉了那人的手，轉身回去；又招呼張壽道：『進來罷，饒了你罷。』

張壽放輕腳步，隨後進門，仍把門閂上，先向簾下去張看那人。原來是陳小雲的管家，名叫長福。張壽進去問他：『是不是散了席了？』長福道：『哪就散了，局票剛剛發下去。』張壽想了想，叫：『來哥，我們先走罷。』徐茂榮道：『我們一塊走了。』說著，即一鬨而去。潘三送也送不及。

四人同離了居安里，往東至石路口。張壽不知就裡，只望前走。徐茂榮一把拉住，叫他朝南。張壽向來安道：『我們不去嘍。』徐茂榮從背後一推，說道：『你不去！你強強看！』張壽幾乎打跌，只得一同過了鄭家木橋。走到新街中，只見街旁一個娘姨搶過來叫聲『長大爺。』拉了長福袖子，口裡說著話，腳下仍走著路，引到一處，推開一扇半截門闖進去。裡面只有個六七十歲的老婆子，靠壁而坐；桌子上放著一盞暗昏昏的油燈。娘姨趕著叫郭孝婆，問：『煙盤在哪兒？』郭孝婆道：『還是在床上嘿。』

娘姨忙取個紙吹，到後半間去，向壁間點著了馬口鐵回光鏡玻璃罩壁燈，旋得高高的，請四人房裡來坐；又去點起煙燈來。長福道：『鴉片煙我們不要喫，你去叫王阿二來。』娘姨答應去了。那郭孝婆也顛頭簸腦，摸索到房裡，手裡拿著根洋銅水煙筒，說：『哪一位用煙？』長福一手接來，說聲『不要客氣。』郭孝婆仍到外半間自坐著去。張壽問道：『這兒是什麼地方呀？你們倒也會玩喏！』長福道：『你說像什麼地方？』張壽道：『我看起來叫「三不像」：野雞不像野雞，台基不像台基（註③），花煙間不像花煙間。』長福道：『還是花煙間。爲了她有客人在這兒，借此地地方坐一會。可懂了？』

說著，聽得那門闌呀的一聲響。長福忙望外看時，正是王阿二。進房即叫聲長大爺，又問三位尊姓，隨說：『對不住，剛剛不巧。你們要是不嫌齷齪嘍，就此地坐一會，喫筒煙，好不好？』

長福看看徐茂榮，候他意思。徐茂榮見那王阿二倒是花煙間內『出類拔萃』的人物，就此坐坐倒也不錯，即點了點頭。王阿二自去外間拿進一根煙槍與兩盒子鴉片煙；又叫郭孝婆去喊娘姨來沖茶。張壽見那後半間只擺著一張大床，連桌子都擺不下，局促極了，便又叫：『來哥，我們先走罷。』徐茂榮看光景也不好再留。

於是張壽作別，自和來安一路同回，仍至東合興里吳雪香家。那時檯面已散，問：『朱老爺王老爺到哪去了？』都說：『不曉得。』張壽趕著尋去。來安也尋到西薈芳里沈小紅家來，見轎子停在門口，忙走進客堂，問轎班道：『檯面散了多少時候了？』轎班道：『不多一會。』來安方放下心。

適値娘姨阿珠提著水銚子上樓，來安上前央告道：『謝謝你，跟我們老爺說一聲。』阿珠不答，卻招手兒叫他上去。來安躡手躡腳，跟她到樓上，當中間坐下。阿珠自進房去。來安等了個不耐煩，側耳聽聽，毫無聲息，卻又不敢下去；正要瞌睡下來，忽聽得王蓮生咳嗽聲，接著腳步聲。又一會兒，阿珠掀開簾子招手兒。來安隨即進房，只見王蓮生獨坐在煙榻上打呵欠，一語不發。阿珠忙著絞手巾。蓮生接來揩了一把，方吩咐來安打轎回去。來安應了下樓，喊轎班點燈籠，等蓮生下來上了轎，一逕跟著回到五馬路公館。來安纔回說：『張蕙貞那兒去說過了。』蓮生點頭無語。來安伺候安寢。

十五日是好日子，蓮生十點半鐘已自起身，洗臉漱口，用過點心，便坐轎子去回拜葛仲英。來安跟了，至後馬路永安里德大匯劃莊，投進帖子，有二爺出來擋駕說『出去了。』

蓮生乃命轉轎到東合興里：在轎中望見『張蕙貞寓』四個字，泥金黑漆，高揭門楣：及下轎進門，見天井裡一班小堂名，搭著一座小唱台，金碧丹青，五光十色。一個新用的外場看見，搶過來叫聲『王老爺，』打了個千。一個新用的娘姨，立在樓梯上，請王老爺上樓。張蕙貞也迎出房來，打扮得渾身上下簇然一新。蓮生看著比先時更自不同。蕙貞見蓮生不轉睛的看，倒不好意思的，忙忍住笑，拉了蓮生袖子，推進房去。房間裡齊齊整整，鋪設停當。蓮生滿心歡喜，但覺幾幅單條字畫還是市買的，不甚雅相。

蕙貞把手帕子掩著嘴，取瓜子碟子敬與蓮生。蓮生笑道：『客氣了！』蕙貞也要笑出來，忙回身推開側首一扇屏門，走了出去。

蓮生看那屏門外原來是一角陽台，正靠著東合興里，恰好當做大門的門樓。對過即是吳雪香家。蓮生望見條子，叫：『來安，去對門看看葛二少爺可在那兒；在那兒嘿說請過來。』

來安領命去請。葛仲英即時踅過這邊，與王蓮生廝見。張蕙貞上前敬瓜子。仲英問：『可是貴相好？』打量一回，然後坐下。蓮生說起適纔奉候不遇的話，又談了些別的，只見吳雪香的娘姨——名叫小妹姐——來請葛仲英去喫飯。王蓮生聽了，向仲英道：『你也還沒喫飯，一塊喫罷。』仲英說好，叫小妹姐去搬過來。王蓮生叫娘姨也去聚豐園叫兩樣。

須臾陸續送到，都擺在靠窗桌子上。張蕙貞上前篩了兩杯酒，說：『請用點。』小妹姐也張羅一會道：『你們慢用，我替先生梳頭去。梳好了頭再來。』張蕙貞接說道：『請你們先生來玩。』小妹姐答應自去。

葛仲英吃了兩杯，覺得寂寞；適值樓下小堂名唱一套『訪普』崑曲，仲英把三個指頭在桌子上拍板眼。王蓮生見他沒興，便說：『我們來划兩拳。』仲英即伸拳來划，划一杯喫一杯。

約摸划過七八杯，忽聽得張蕙貞在客堂裡靠著樓窗口叫道：『雪香哥哥（註④），上來噥。』王蓮生往下一望，果然是吳雪香，即笑向葛仲英道：『貴相好找了來了。』隨後一路小腳高底聲響，吳雪香已自上樓，也叫聲『蕙貞哥哥。』張蕙貞請她房間裡坐。

葛仲英方輸了一拳，因叫吳雪香道：『你過來，我跟你說句話。』雪香趔趄著腳兒，靠在桌子橫頭，問：『說什麼呀？說噥。』仲英知道不肯過來，覷她不提防，伸過手去，拉住雪香的手腕，只一拖，雪香站不穩，一頭跌在仲英懷裡，著急道：『算什麼呀？』仲英笑道：『沒什麼，請你喫杯酒。』雪香道：『你放手噥，我喫就是了。』仲英哪肯放，把一杯酒送到雪香嘴邊道：『要你喫了才放呢。』雪香沒奈何，就在仲英手裡一口呷乾，趕緊掙起身來，跑了開去。

葛仲英仍和王蓮生划拳。吳雪香走到大洋鏡前照了又照，兩手反撐過去摸摸頭看，張蕙貞忙上前替她把頭用力的揿兩揿，拔下一枝水仙花來，整理了，重又插上，端詳一回；因見

包住宅
調頭貓
舊好

雪香梳的頭盤旋伏貼，乃問道：『什麼人替你梳的頭？』雪香道：『小妹姐嘍。她是梳不好的了。』蕙貞道：『蠻好，倒有樣子。』雪香道：『你看，好高，多難看！』蕙貞道：『稍微高了點，也不錯。她是梳慣了，改不過來了，曉得罷？』雪香道：『我看你的頭可好。』蕙貞道：『先起頭我們老外婆替我梳的頭倒不錯；此刻叫娘姨梳了，你看好不好？』說著轉過頭來給雪香看。雪香道：『太歪了。說嘍說歪頭，眞正歪在一邊可像什麼頭啊？』

兩個說得投機，連葛仲英王蓮生都聽住了，拳也不划，酒也不喫，只聽她兩個說話。及聽至吳雪香說歪頭，即一齊的笑起來。張蕙貞便也笑道：『你們拳怎麼不划了呀？』王蓮生道：『我們聽了你們說話，忘記掉了。』葛仲英道：『不划了！我喫了十幾杯了！』張蕙貞道：『再用兩杯嘛。』說了，取酒壺來給葛仲英篩酒。吳雪香插嘴道：『蕙貞哥哥，不要篩了，他喫了酒要瞎胡鬧的，請王老爺用兩杯罷。』張蕙貞笑著，轉問王蓮生道：『你要不要喫呢？』蓮生道：『我們再划五拳喫飯總不要緊嘍？』又笑向吳雪香道：『你放心，我也不給他多喫就是了。』雪香不好攔阻，看著葛仲英與王蓮生又划了五拳。張蕙貞篩上酒，隨把酒壺授與娘姨收下去。王蓮生也叫拿飯來，笑說：『晚上再喫罷。』

於是喫飯揩面，收拾散坐。吳雪香立時催葛仲英回去，仲英道：『歇一歇嘛。』雪香道：『歇什麼呀，我不來！』仲英道：『你不來，先去好了。』雪香瞪著眼問道：『你是不是不去？』仲英只是笑，不動身。雪香使性子，立起來一手指著仲英臉上道：『你等會要是來可當心點！』又轉身向王蓮生說：『王老爺，來啊。』又說：『蕙貞哥哥，我們那兒去玩玩嘛』

張蕙貞答應，趕著去送，雪香已下樓了。

蕙貞回房，望葛仲英嗤的一笑。仲英自覺沒趣，跼蹐不安。倒是王蓮生說道：『你請過去罷。貴相好有點不痛快了。』仲英道：『你瞎說，管她痛快不痛快。』蓮生道：『你不要這樣㖠。她教你過去，總是跟你要好，你就依了她也蠻好嘿。』仲英聽說，方纔起身。蓮生拱拱手道：『等會請你早點。』仲英乃一笑告辭而去。

註①『不要面孔』咽掉上半句，如聞其聲。

註②懼內的人借此下台的口頭禪，用在此處是把對方當作他的孌童。

註③只供給房間，並代叫女人的場所。

註④也許由於對年紀的敏感，妓女彼此不稱呼『姐姐』，特別客氣的時候代以半開玩笑性質的『哥哥』。

第六回

養囮（註①）魚戲言微善教　管老鴇奇事反常情

按葛仲英踅過對門吳雪香家，跨進房裡，寂然無人，自向榻床躺下。隨後娘姨小妹姐端著飯碗進房說：『請坐會兒，先生在喫飯。』隨手把早晨泡過的茶碗倒去，另換茶葉，喊外場沖開水。

一會兒，吳雪香姍姍其來；見了仲英，即大聲道：『你是坐在對過不來了呀，此刻來做什麼？』一面說，一面從榻床上拉起仲英來，要推出門外去；又道：『你還是給我到對過去嘛！你去坐在那兒好了！誰要你來呀？』

仲英猜不出她什麼意思，怔怔的立著問道：『對過張蕙貞嘿，又不是我相好，為什麼你要喫起醋來了呢？』雪香聽說也怔了道：『你倒也說笑話嘍！我跟張蕙貞喫什麼醋呢？』仲英道：『你不是喫醋嘿，教我到對過去幹什麼？』雪香道：『我為了你坐在對過不來了嘿，我說你還是到對過去坐在那兒好了嘛。可是喫醋呀？』

仲英乃恍然大悟，付諸一笑，就在高椅上坐下，問雪香道：『你意思要我成天成夜陪著你坐著，不許到別處去，是不是？』雪香道：『你聽了我的話，別處也去好了。你為什麼不聽我的話呢？』仲英道：『你說的哪一句話我不聽？』雪香道：『那我教你過來你不來。』仲英道：『我為了剛剛喫好飯，要坐一會再來。誰說不來呀？』

雪香不依，坐在仲英膝蓋上，挽著仲英的手，用力揣捏，口裡咕嚕道：『我不來！你要跟我說明白的哦！』仲英發躁道：『說什麼呀？』雪香道：『這下次你在哪兒，我教你來，你聽見了就得跑來哦；你要到哪去，我說不要去嘿，一定不許你去了。你可聽我的話？』

仲英和她扭不過，沒奈何，才承應了。雪香喜歡，放手走開。仲英重又笑道：『我家裡老婆從來沒說過什麼，你倒要管起我來了。』雪香也笑道：『你是我兒子嘿，是不是要管你嗟？』仲英道：『說出來的話可有點譜子？面孔都不要了！』雪香道：『我兒子養到了這麼大，又會喫花酒，又會打茶圍，我也蠻有面子的，倒說我不要面孔！』仲英道：『不跟你說了！』

恰好小妹姐喫畢飯，在房背後換衣裳。雪香叫道：『小妹姐，你看我養的兒子好不好？』小妹姐道：『在哪呀？』雪香把手指仲英，笑道：『哪！』小妹姐也笑道：『可不瞎說！你自己有多大，倒養出這麼大個兒子來了！』雪香道：『什麼希奇啊！我養起兒子來，比他要體面點呢！』小妹姐道：『你就跟二少爺養個兒子出來，那就好了。』雪香道：『我養的兒子要像了他們到堂子裡來玩嘿，給我打死囉！』小妹姐不禁大笑道：『二少爺可聽見？幸虧有兩個鼻孔，不然要氣死的！』仲英道：『她今天發瘋了！』

雪香滾到仲英懷裡，兩手勾住頭頸，只是嘻嘻的憨笑。仲英也就鬼混一陣。及外場提水銚子進房始散。

仲英站起身來要走的光景，雪香問：『幹什麼？』仲英說：『我要買東西去。』雪香道：『不許去。』仲英道：『我買了就回來。』雪香道：『誰說呀？給我坐在這兒。』一把把仲英捺下坐了，悄問：『你去買什麼東西？』仲英道：『我到亨達利去買點零碎。』雪香道：『我們坐馬車一塊去好不好？』仲英道：『那倒也行。』

雪香便叫喊把鋼絲車。外場應了去喊。小妹姐因問雪香道：『你喫了飯可要洗臉啊？』雪香取面手鏡一照道：『不要了。』只將手巾揩揩嘴唇，點上些胭脂，再去穿起衣裳來。

外場報說：『馬車來了。』仲英聽了，便說道：『我先去。』起身要走。雪香忙叫住道：『慢點嘛！等我們一塊去。』仲英道：『我在馬車上等你好了。』雪香兩腳一跺，嗔道：『我不來！』仲英只得回來，因向小妹姐笑道：『你看她脾氣，還是個小孩子，倒要想養兒子了！』雪香接嘴道：『你嘎小孩子，瞎胡鬧嘛！哪有什麼說起我來啦！』說著又側過頭去點了兩點，低聲笑道：『我是你親生娘嘎，可曉得？』仲英笑喝道：『快點嘛！不要說了！』

雪香方才打扮停妥，小妹姐帶了銀水煙筒，三人同行，即在東合興里衖口坐上馬車，令車夫先往大馬路亨達利洋行去。當下馳出拋球場，不多路便到了。車夫等著下了車，拉馬車去一邊伺候。仲英與雪香小妹姐趁進洋行門口，一眼望去，但覺陸離光怪，目眩神驚，看了這樣再看那樣，大都不能指名，又不暇去細細根究，只大略一覽而已。那洋行夥計們將出許多玩意兒，撥動機關，任人賞鑒。有各色假鳥，能鼓翼而鳴的，有各色假獸，能按節而舞的；還有四五個列坐的銅鑄洋人，能吹喇叭，能彈琵琶，能撞擊金石革木諸響器，合成

養園魚戲
言微善
教
三十六

一套大曲的。其餘會行會動的舟車狗馬，更不可以僕數。

仲英只取應用物件揀選齊備。雪香見一隻時辰表，嵌在手鐲之上，也中意了要買。仲英乃一股腦兒論定價值，先付莊票一紙，再寫個字條，叫洋行內把所買物件送至後馬路德大匯劃莊，即去收清所欠價值。處分已畢，然後一塊出門，離了洋行。雪香在馬車上褪下時辰表手鐲來給小妹姐看。仲英道：『也不過是手工好看，到底沒什麼意思。』

比及到了靜安寺，進了明園，那時已五點鐘了，游人盡散，車馬將稀。仲英仍在洋房樓下泡一壺茶。雪香扶了小妹姐，沿著迴廊曲榭兜一個圓圈子，便要回去。仲英沒甚興致，也就依她。從黃浦灘轉至四馬路，兩行自來火已點得通明。回家進門，外場稟說：『對過邀客，請了兩回了。』

仲英略坐一刻，即別了雪香，踅過對門。王蓮生迎進張蕙貞房裡。先有幾位客人在座。除朱藹人陳小雲洪善卿湯嘯菴以外，再有兩位，係上海本城宦家子弟，一位號陶雲甫，一位號陶玉甫，嫡親弟兄，年紀不上三十歲，與葛仲英世交相好。彼此相讓坐下。

一會兒羅子富也到了。陳小雲問王蓮生：『還有什麼人？』蓮生道：『還有我們局裡兩位同事，說先到了尚仁里衛霞仙那兒去了。』小雲道：『那麼去催催噓。』蓮生道：『去催了。我們也不要去等他了。』當下向娘姨說，叫擺起檯面來；又請湯嘯菴開局票。各人叫的都是老相好，嘯菴不消問得，一概寫好。羅子富拿局票來看，把黃翠鳳一張抽去。王蓮生問：『幹什麼？』子富道：『你看她昨天老晚來，沒坐一會倒又走了，誰高興去叫她呀！』湯嘯菴道：『你不要怪她，說不定是轉局。』子富道：

『轉什麼局！她嘿「三禮拜了六點鐘」（註②）囉！』嘯菴道：『要她們「三禮拜六點鐘」嘿才好玩耶。』

說著，催客的已回來說：『尚仁里請客說，請先坐罷。』王蓮生便叫起手巾。娘姨答應，隨將局票帶下去。嘯菴仍添寫黃翠鳳一張夾在裡面。王蓮生請衆人到當中房間裡，乃是三張方桌，接連著排做雙檯。大家寬去馬褂，隨意就座，卻空出中間兩把高椅。張蕙貞篩酒敬瓜子。洪善卿舉杯向蕙貞道：『先生，恭喜你。』蕙貞羞的抿嘴笑道：『什麼呀！』善卿也逼緊喉嚨學她說一聲『什麼呀！』說的大家都笑了。

小堂名呈上一本戲目請點戲。王蓮生隨意點了一齣『斷橋』，一齣『尋夢』，下去吹唱起來。外場戴了個緯帽（註③）上過第一道魚翅，黃翠鳳的局倒早到了。湯嘯菴向羅子富道：『你看，她頭一個先到，多巴結！』子富把嘴一努，嘯菴回頭看時，卻見葛仲英背後吳雪香先自坐著。嘯菴道：『她是就像本堂局，走過來就是，比不得她們。』黃翠鳳的娘姨趙家媽正取出水煙筒來裝水煙，聽嘯菴說，略怔了一怔，乃道：『我們聽見叫局，總趕死趕活趕來；有時候轉局，忙不過來嘿，可不要晚點噠？』黃翠鳳沈下臉喝住趙家媽道：『說什麼呀！早嘿就早點，晚嘿就晚點，要你來說上這麼多話！』湯嘯菴分明聽見，微笑不睬。羅子富卻有點不耐煩起來。王蓮生忙岔開說：『我們來划拳。』子富先擺五十杯。』子富道：『就五十杯好了，什麼稀奇！』湯嘯菴道：『二十杯嚜罷。』王蓮生道：『他多叫了個局，至少三十杯。我先打。』即和羅子富划起拳來。

黃翠鳳問吳雪香：『唱了沒？』雪香道：『我們不唱了。你唱罷。』趙家媽授過琵琶，翠鳳和準了弦，唱一隻開篇，又唱京調『三擊掌』的一段搶板。趙家媽替羅子富連代了五杯酒，喫得滿面通紅。子富還要她代，適值蔣月琴到來，伸手接去。趙家媽趁勢裝兩筒水煙，說：『我們先走了。可要存兩杯？』羅子富更覺生氣，取過三隻雞缸杯，篩得滿滿的，給趙家媽。趙家媽執杯在手，待喫不喫。黃翠鳳使性子，叫趙家媽『拿來。』連那兩杯都折在隻大玻璃斗內，一口氣吸得精乾，說聲『等會請過來』，頭也不回，一直去了。

羅子富向湯嘯菴道：『你看如何？是不是不要去叫她好？』蔣月琴接口道：『本來是你不好嘿；她們喫不下了嘿，你去教她們喫。』湯嘯菴道：『小孩子鬧脾氣，沒什麼要緊。你不做了嘿就是囉。』羅子富大聲道：『我倒還要去叫她的局呢！娘姨，拿筆硯來。』蔣月琴將子富袖子一扯道：『叫什麼局呀？你嘿……』只說半句，即又咽住。子富笑道：『你也喫起醬油來了！』月琴別過頭去忍笑說道：『你去叫罷，我們也走了。』子富道：『你走了嘿，我也再來叫你囉。』月琴也忍不住一笑。

娘姨端著筆硯問：『可要筆硯呢？』王蓮生道：『拿來，我替他叫。』羅子富見蓮生低著頭寫，不知寫些甚麼。陳小雲坐得近，看了看，笑而不言。陶雲甫問羅子富道：『你甚麼時候去做這黃翠鳳的？』子富道：『我就做了半個光景。先起頭看她倒不錯。』雲甫道：『你有月琴先生在這兒嘿，去做什麼翠鳳噥？翠鳳脾氣是不大好。』子富道：『倌人有了脾氣，還好做甚麼生意呀！』雲甫道：『你不曉得，要是客人摸著了她脾氣，她的一點點假情假義也出色的哦，就是剛做起要鬧脾氣不好。』子富道：『翠鳳是討人嘿，老鴇倒放她鬧脾氣，不去管管她？』雲甫道：『老鴇哪敢管她，她嘿要管管老

管老鴇奇事
反常情

鴇咧。老鴇隨便甚麼事先要去問她，她說怎麼樣是怎麼樣，還要三不時去拍拍她馬屁才好。』子富道：『老鴇也太好人了！』雲甫道：『老鴇可有什麼好人哪！你可曉得，有個黃二姐，就是翠鳳的老鴇，從娘姨出身，做到老鴇，有過七八個討人，也算是租界上一擋腳色嘿；就碰著了翠鳳嘿，她也碰彎了。』子富道：『翠鳳什麼本事呢？』雲甫道：『說起來是厲害的哦！還是翠鳳做清倌人時候，跟老鴇吵架，給老鴇打了一頓；打的時候，她咬緊了牙齒，一聲不響；等到娘姨她們勸開了，榻床上一缸生鴉片煙，她拿起來喫了兩把。老鴇曉得了，嚇死了，連忙去請了先生來。她不肯吃藥嘿，騙她也不喫，嚇她也不喫。老鴇可有什麼法子呢，跪了替她磕頭。後來老鴇對她說：「從此以後一點都不敢得罪你就是了。」這才算吐了出來了事。』

陶雲甫這一席話，說得羅子富忐忑鶻突，只是出神。在席的也同聲讚嘆，連倌人娘姨等都聽呆了。惟王蓮生還在寫票子，沒有聽見。及至寫畢，交與娘姨，羅子富接過來看，原來是開的轎飯賬，隨即丟開。王蓮生道：『你們酒怎麼不喫了？子富莊可完了沒呀？』羅子富道：『我還有十杯沒划。』蓮生便教湯嘯菴打莊。嘯菴道：『玉甫也沒打莊嘿。』

一語未了，只聽得樓梯上一陣腳聲，直闖進兩個人來，嚷道：『誰的莊？我們來打！』大家知道是請的那兩位局裡朋友，都起身讓坐。那兩位都不坐。一個站在檯面前，揎拳攘臂，『五魁』『對手』，望空亂喊；一個把林素芬的妹子林翠芬攔腰抱住，要去親嘴，口裡喃喃說道：『我的小寶寶，香香面孔！』林翠芬急得掩著臉彎下身去，爬在湯嘯菴背後，急聲喊道：『不要鬧嘛！』王蓮生忙道：『不要去惹她們哭噥。』林素芬笑道：『她哭倒不哭的。』又說翠芬道：『香香面孔嘿礙什麼事？你看，鬢腳也散了。』翠芬掙脫身，取荳蔻盒子來照照鏡子。素芬替她整理一回。幸虧帶局過來的兩個倌人隨後也到，方拉那兩位各向空高椅上坐下。王蓮生問：『衛霞仙那兒誰請客？』那兩位道：『就是姚季蓴嘿。』蓮生道：『怪不得你們倆都喫醉嘍。』兩位又嚷道：『誰說醉呢？我們要划拳了。』

羅子富見如此醉態，亦不敢助興，只把擺莊剩下的十拳胡亂同那兩位划畢；又說：『酒嘿隨意代代罷。』蔣月琴也代了幾杯。

羅子富的莊打完時，林素芬翠芬姊妹已去，蔣月琴也就興辭。羅子富乃乘機出席，悄悄的約同湯嘯菴到裡間房裡去穿了馬褂，逕從大床背後出房下樓先走。管家高升看見，忙喊打轎。羅子富吩咐把轎子打到尚仁里去。湯嘯菴聽說，便知他聽了陶雲甫的一席話，要到黃翠鳳家去，心下暗笑。

兩人趕出門來，只見衖堂兩邊，車子轎子堆得滿滿的，只得側身而行。恰好迎面一個大姐從車轎夾縫裡鑽來擠去。那大姐擡頭見了，笑道：『啊唷！羅老爺。』忙退出讓過一旁。羅子富仔細一認，卻是沈小紅家的大姐阿金大，即問：『可是在跟局？』阿金大隨口答應自去。

湯嘯菴跟著羅子富一逕至黃翠鳳家。外場通報，大姐小阿寶迎到樓上，笑說：『羅老爺，你有好幾天沒請過來了嘿。』一面打起簾子，請進房間。隨後黃翠鳳的兩個妹子黃珠鳳黃金鳳從對過房裡過來廝見，趕著羅子富叫『姐夫』，都敬了瓜子。湯嘯菴先問道：『姐姐可是出局去了？』金鳳點頭應是。小阿寶正在加茶碗，忙接說道：『去了有一會了；就快要回來了。』羅子富覺得沒趣，丟個眼色與湯嘯菴要走，遂一齊起身，趕下樓來。小阿寶慌的　喊說：『不要走嘛。』拔步趕來，已是不及。

註①『囝魚』一般作『囝仵』（吳語『女兒』）。此處作者用『魚』（吳語與『仵』同音），顯然是爲了對下聯『鴇』字。其實回內吳雪香所說的是生兒子，並不是養女兒，回目但求對仗工穩。

註②拆字格謎語。下午六點鐘是酉時，三星期是廿一天，合成『醋』字。

註③即紅纓帽，官員的跟班親兵等戴的。妓院男僕遇年節喜慶送入菓盤或魚翅時戴，以示隆重。

第七回

惡圈套罩住迷魂陣　美姻緣填成薄命坑

按黃翠鳳的妹子金鳳見留不住羅子富湯嘯菴兩位，即去爬在樓窗口，高聲叫：『媽，羅老爺走了！』那老鴇黃二姐在小房間內聽了，急跑出來，恰好在樓梯下撞著，一把抓住羅子富袖子，說：『不許走。』子富連道：『我沒工夫待在這兒。』黃二姐大聲道：『你要走嘍，等我們翠鳳回來了再走。』又嗔著湯嘯菴道：『你湯老爺倒也這麼等不及。怎麼不跟我們羅老爺坐一會，說說話呀。』於是不由分說，拉了羅子富上樓，叫小阿寶拉了湯嘯菴，重到房間裡來。黃二姐道：『寬寬馬褂，多坐會兒。』說著，伸手替羅子富解鈕扣。金鳳見了，也請湯嘯菴寬衣。小阿寶撮了茶葉，隨向嘯菴手中接過馬褂。黃二姐將子富脫下的馬褂也授與小阿寶，都去掛在衣架上。

黃二姐一回頭，見珠鳳站在一旁，嗔她不來應酬，瞪目直視。嚇得珠鳳倒退下去，慌取了一隻水煙筒，裝與子富吸。子富搖手道：『你去替湯老爺裝罷。』黃二姐問子富道：『可是酒喫多了？榻床上去躺躺㖸。』子富隨意向煙榻躺下。小阿寶絞了手巾，移過一隻茶碗，放在煙盤裡，又請嘯菴用茶。嘯菴坐在靠壁高椅上，旁邊珠鳳給他裝水煙。黃二姐叫金鳳也取一隻水煙筒來，遂在榻床前杌子上坐了，自吸一口，卻側轉頭悄悄的笑向子富道：『你可是生氣了？』子富道：『生什麼氣呀？』黃二姐道：『那爲什麼好幾天沒請過來？』子富道：『我沒工夫嚜。』黃二姐鼻子裡哼的一聲，半晌，笑道：『話也不錯，成天成夜在老相好那兒，哪有工夫到我們這兒來呢。』

子富含笑不答。黃二姐又吸了一口水煙，慢慢說道：『我們翠鳳脾氣是不大好，也怪不得你羅老爺要生氣。其實我們翠鳳脾氣嚜有點，也看是什麼客人；她在羅老爺面上倒一點脾氣都沒發過嘛。湯老爺嚜也有點曉得她了。她做了一戶客人，要客人有長性，可以一直做下去，那她就跟客人要好了。她跟客人要好了，哪有甚麼脾氣呢？她就只碰著了沒長性客人，那就要鬧脾氣了。她鬧起脾氣來，不要說什麼不肯巴結，索性理也不來理你嚜。湯老爺，是不是？這時候你羅老爺嚜好像我們翠鳳不巴結了生氣；哪曉得我們翠鳳心裡跟羅老爺倒還是蠻要好，倒是你羅老爺不是一定要去做她，她嚜也不好來瞎巴結你了嚜。她也曉得蔣月琴跟羅老爺做了四五年了。她有時候跟我說起，說：「羅老爺倒有長性，蔣月琴那兒做四五年嚜，在我們這兒做起來可會推扳哪？」我說：「你曉得羅老爺有長性嚜，爲什麼不巴結點嘛？」她也說得不錯；她說：「羅老爺有了老相好，只怕我們巴結不上，倒落在蔣月琴她們眼裡好笑。」她是這個意思。要說是她不肯巴結你羅老爺，倒冤枉了她了。我說羅老爺你此刻剛剛做起，你也還沒曉得我們翠鳳的脾氣；你做一節下來，你就有數目了。我們翠鳳嘿也曉得你羅老爺心裡是要做她，她這就慢慢的也巴結起來了。』

子富聽了，冷笑兩聲。黃二姐也笑道：『你可是有點不相信我的話？你問聲湯老爺看，湯老爺蠻明白噠。——湯老爺，你想㖸。倘然她跟羅老爺不要好嘿，羅老爺哪叫得到十幾個局呀？她心裡在要好，嘴裡總不肯說出來。連娘姨大姐她們都不曉得她心裡的事，單有我嘿，稍微摸著了點。倘然我此刻放走了羅老爺，等會她回來就要埋怨我了嘿。我老實跟羅老爺說了罷：她做大生意下來，也有五年光景了，統共就做了三戶客人，一戶嘿在上海，還有兩戶，一年上海不過來兩趟，淸爽是淸爽得很喏。我再要她自己看中了一戶客人，替我多做點生意，這可是難死了㖸。推扳點客人不要去說了；就算客人嘿蠻好，她說是沒長性，只好拉倒，教我有什麼法子呢？爲此我看見她跟羅老爺蠻要好嘿，指望羅老爺一直做下去，我也好多做點生意。不然是老實說，像羅老爺的客人到我們這兒來也不少嘿，走出走進，讓他們去，我可去應酬過？爲什麼單是你羅老爺嘿要我來陪陪你啊？』

子富仍是默然。湯嘯菴也微微含笑。黃二姐又道：『羅老爺做嘿做了半個月，待我們翠鳳也總算不錯，不過我們翠鳳看了好像羅老爺有老相好在那兒，我們這兒是塾空的意思。我倒跟她說：「你也巴結點。有什麼老相好新相好？羅老爺可會虧待了我們哪？」她說：「隔兩天再看好了。」前天她出局回來，倒跟我說：「媽，你說羅老爺跟我好，羅老爺到蔣月琴那兒喫酒去了。」我說：「多喫檯把酒是也不算什麼。」哪曉得我們翠鳳就多心了㖸；說：「羅老爺還是跟老相好要好嘿，哪肯跟我要好啊？」』

惡圈套罩住迷魂陣
海上花列傳
四十三

子富聽到這裡，不等說完，接嘴道：『那還不容易？就擺起來，喫一檯好了嘍。』黃二姐正色道：『羅老爺，你做我們翠鳳倒也不在乎喫酒不喫酒。不要為了我一句話，喫了酒了，等會翠鳳還是不過這樣，倒說我騙你。你要做我們翠鳳嘍，你一定要單做我們翠鳳一個的；包你十二分巴結，沒有一點點推扳。不要做我們翠鳳再去做做蔣月琴，做得兩頭不討好。你不相信我的話，你就試試看，看她什麼樣功架，可巴結不巴結。』子富笑道：『那也容易得很，蔣月琴那兒不去了嘍就是囉。』黃二姐低頭含笑，又吸了一口水煙，方說道：『羅老爺，你倒也會說笑話的哦！四五年老相好，說不去就不去了！也虧你說得出來！倒說容易得很！可是來騙騙我們？』一面說一面放下水煙筒，往對過房間裡做什麼去了。

子富回思陶雲甫之言不謬，心下著實欽慕，要與湯嘯菴商量，卻又不便，自己忖度一番，坐起來呷口茶。珠鳳忙送過水煙筒，子富仍搖手不吸。只見小阿寶和金鳳兩個爬在梳妝檯前，湊近燈光，攢頭搭頸，又看又笑。子富問：『什麼東西？』金鳳見問，劈手從小阿寶手中搶了，笑嘻嘻拿來與子富看，卻是半個胡桃殼，內塑著五色糖捏的一齣春宮。子富呵呵一笑。金鳳道：『你看嘛。』拈著殼外線頭，抽拽起來，殼中人物都會搖動。湯嘯菴也趦過來看了看，問金鳳道：『你懂不懂啊？』金鳳道：『「葡萄架」嘍。有什麼不懂！』小阿寶忙笑阻道：『你不要跟他說嘛！他要討你便宜呀！』

說笑間，黃二姐又至這邊房裡來，因問：『你們笑什麼？』金鳳又送去與黃二姐看。黃二姐道：『哪兒拿來的呀？還給她放好了。等會弄壞了嘍又要給她說了。』金鳳乃付與小阿寶將去收藏了。

羅子富立起身，丟個眼色與黃二姐，同至中間客堂，不知在黑暗裡說些甚麼。咕唧了好一會，只聽得黃二姐向樓窗口問：『羅老爺管家可在這兒？教他上來。』一面見子富進房即叫小阿寶拿筆硯來央湯嘯菴寫請客票，只就方纔同席的胡亂請幾位。黃二姐親自去點起一盞保險檯燈來，看著嘯菴草草寫畢，給小阿寶帶下，令外場去請。

黃二姐向子富道：『你管家等在這兒，可有什麼話說呀？』羅子富說：『叫他來。』高升在外聽喚忙掀簾進門候示。子富去身邊取出一串鑰匙吩咐高升道：『你回去到我床背後開第三隻官箱，看裡面有隻拜盒拿來。』高升接了鑰匙，領命而去。

黃二姐問：『檯面可要擺起來？』子富擡頭看壁上的掛鐘，已至一點二刻了，乃說：『擺起來罷，天不早了。』湯嘯菴笑道：『忙什麼！等翠鳳出局回來了正好。』黃二姐慌道：『催去了。他們是牌局，要嘸在替打牌，不然哪有時候這麼長呀。』隨喊：『小阿寶，你去催催罷，教她快點就回來。』小阿寶答應，正要下樓。黃二姐忽又叫住道：『你慢點，我跟你說嚨。』說著，急趕出去，到樓梯邊和小阿寶咬耳朵叮囑幾句，道：『記著不要忘了。』

小阿寶去後，黃二姐方率領外場調桌椅，設杯筯，安排停留。請客的也回來回話。惟朱藹人及陶氏昆仲說就來，其餘有回去了的，有睡下了的，都道謝謝。羅子富只得罷了。

忽聽得樓下有轎子抬進大門，黃二姐只道是翠鳳，忙向樓窗口望下觀看。原來是客轎，朱藹人來了。羅子富迎見讓坐。朱藹人見黃翠鳳又不在家，解不出喫酒的緣故，悄問湯嘯菴方始明白。

三人閒談著，直等至兩點鐘相近，纔見小

阿寶喘吁吁的一逕跑到房間裡，說：『來了！來了！』黃二姐說：『跑什麼？』小阿寶道：『我趕緊呀！先生急得呵——！』黃二姐道：『怎麼時候這樣長呀？』小阿寶道：『在替打牌。』黃二姐道：『我說是替打牌嘿。可不猜著了？』接著一路咭咭咯咯的腳聲上樓。黃二姐忙迎出去。先是趙家媽提著琵琶和水煙筒袋進來見了，叫聲『羅老爺』，笑問：『來了一會了？我們剛剛不巧，出牌局，不催了還有一會哩。』隨後黃翠鳳款步歸房，敬過瓜子，卻回頭向羅子富嫣然展笑。子富從未見翠鳳如此相待，得諸意外，喜也可知。

一時陶雲甫也到。羅子富道：『單有玉甫沒來，我們先坐罷。』湯嘯菴遂寫一張催客條子，連局票一起交代趙家媽道：『先到東興里李漱芳那兒，催客跟叫局一塊，都在那兒。』趙家媽應說：『曉得了。』

當下大家入席。黃翠鳳上前篩一巡酒，靠羅子富背後坐了。珠鳳金鳳還過檯面規矩，隨意散坐。黃二姐捉空自去。翠鳳叫小阿寶拿胡琴來，卻把琵琶給金鳳，也不唱開篇，只揀自己拿手的『蕩湖船』全套和金鳳合唱起來。座上衆客只要聽唱，那裡還顧得喫酒。羅子富聽得呆呆的，竟像發獃一般。趙家媽報說：『陶二少爺來了。』子富也沒有理會。及陶玉甫至檯面前，方驚起廝見。

那時叫的局也陸續齊集了。陶玉甫是帶局而來的，無須再叫。所怪者，陶玉甫帶的局並不是李漱芳，卻是一個十二三歲清倌人，眉目如畫，憨態可掬，緊傍著玉甫肘下，有依依不捨之意。羅子富問：『是什麼人？』玉甫道：『她叫李浣芳，算是漱芳小妹子。爲了漱芳有點不舒服，剛剛少微出了點汗，睡在那兒，我教她不要起來了，讓她來代了個局罷。』

說話時，黃翠鳳唱畢，張羅道：『你們用點菜噦。』隨推羅子富道：『你怎麼不說說啊？』子富笑道：『我先來打個通關。』乃伸拳從朱藹人挨順划起，內外無甚輸贏。划至陶玉甫，偏是玉甫輸的。李浣芳見玉甫划拳，先將兩隻手蓋住酒杯，不許玉甫喫酒，都授與娘姨代了。玉甫接連輸了五拳，要取一杯來自喫。李浣芳搶住，發急道：『謝謝你！你就照應我們點好不好？』玉甫只得放手。

羅子富聽李浣芳說得詫異，回過頭去要問她為什麼，只見黃二姐在簾子影裡探頭探腦，子富會意，即縮住口，一逕出席，走過對過房間裡。黃二姐帶領管家高升跟進來。高升呈上拜匣。黃二姐旋亮了桌上洋燈。子富另將一串小鑰匙開了拜匣，取出一對十兩重的金釧臂來，授與黃二姐手內，仍把拜匣鎖好，令黃二姐暫為安放，自收起大小兩副鑰匙，說道：『我去喊翠鳳來看看花樣可中意。』說著，回至這邊歸座，悄向黃翠鳳道：『你媽在喊你。』翠鳳裝做不聽見，俄延半晌，欻的站起身一直去了。

羅子富見檯面冷清清的，便道：『你們可有誰擺個莊哪？』陶雲甫道：『我們嘿再划兩拳，你讓玉甫先走罷。她們酒是不許他喫了，坐在這兒幹什麼？為他一個人，倒害了多少娘姨大姐跑來跑去，忙死了，還有人在那兒不放心。等會天不亮回去路上嚇壞了，都是我們擔的干係。讓他走了倒清爽點。是不是？』說得鬨堂大笑。

羅子富看時，果然有兩個大姐三個娘姨圍繞在玉甫背後，乃道：『這倒不好屈留你囉。』陶玉甫得不的一聲，訕訕的挈李浣芳告辭先行。

羅子富送客回來，說道：『李漱芳跟他倒

美姻緣填
成薄命
坑

要好得不得了哦！』陶雲甫道：『人家相好要好點，也多得很嘿，就沒見過他們的要好，說不出畫不出的。隨便到哪兒，教娘姨跟牢了，一塊去嘿還是一塊回來。要是一天沒見，要這些娘姨相幫四面八方去找了來，找不著吵死了。我有天到她那兒去，存心要看看他們；哪曉得他們倆對面坐著在對看著發呆，什麼話也一句都不說。問他們是不是在發癡，他們自己也說不上來嘿。』湯嘯菴道：『想來也是他們緣分。』雲甫道：『什麼緣分呀！我說是冤牽！你看玉甫近日來神氣常有點呆呆的，給她們圈牢了，一步也走不開的了。有時候我教玉甫去看戲，漱芳說：「戲場裡鑼鼓吵得厲害，不要去了。」我教玉甫去坐馬車。漱芳說：「馬車跑起來顛得厲害，不要去了。」最好笑有一回拍小照去，說是眼睛光也給他們拍了去了；這就天天快天亮的時候，還沒起來，就替他舐眼睛，說舐了半個月剛好。』

大家聽說，重又大笑。陶雲甫回頭把手指著自己叫的倌人覃麗娟，笑道：『像我們做個相好，要好嘿不要好，倒不錯；來了也不討厭，去了也不想，隨你的便，是不是舒服得多？』覃麗娟接說道：『你說說他們，怎麼說起我們來啦？你要像他們要好嘿，你也去做她好了！』雲甫道：『我說你好倒說錯了？』麗娟道：『你去調皮好了。我不過這樣，要好不會好，要壞也不會壞。』雲甫道：『所以我說你好嘿。你自己去轉了什麼念頭，倒說我調皮。』朱藹人正色道：『你說嘿說著玩的，我這些時看下來，越是跟相好要好，越是做不長。倒是不過這樣嘿，一年一年也做下去了，看光景。』藹人背後林素芬雖不來接嘴，卻也在那裡做鬼臉。羅子富一眼看見，忙岔開道：『不要說了。藹人擺個莊，我們來划拳了。』

第八回

蓄深心劫留紅線盒　逞利口謝卻七香車

按羅子富正要朱藹人擺莊，忽聽得黃二姐低聲叫『羅老爺』。子富不及划拳，丟下便走。黃二姐在外間迎著道：『可要金鳳來替你划兩拳？』子富點點頭。黃二姐遂進房到檯面上去。子富自過對過房間裡，只見黃翠鳳獨自一個坐在桌子旁邊高椅上，面前放著那一對金釧臂。翠鳳見子富近前，笑說：『來噥，』揣住子富的手捺到榻床坐下，說道：『我媽上你的當，聽了你的話，快活得呵——！我就曉得你是不過說說罷了。你有蔣月琴在那兒，哪肯來照應我們？我媽還拿了釧臂來給我看。我說：「釧臂嚜什麼希奇！蔣月琴那兒不曉得送了多少了！就是我也有兩副在那兒，都放在那兒用不著，要了來幹什麼？」你還是拿回去罷。過兩天你眞的蔣月琴那兒不去了，想著要來照應我們，再送給我正好。』

子富聽了，如一瓢冷水兜頭澆下，隨即分辯道：『我說過，蔣月琴那兒一定不去了；你不相信嚜，我明天就教朋友去替我開消局賬，好不好？』翠鳳道：『你開消了，還是好去的嚜。你跟蔣月琴是老相好，做了四五年了，她也跟你蠻要好。你此刻嚜說不去了，你要去起來，我好不許你去？』子富道：『說了不去，還好再去呀？說話不是放屁。』翠鳳道：『隨便你去說什麼，我不相信嚜。你自己去想噥：你嚜就說是不去，她們可要到你公館裡來請你呀？她要問你，可有什麼得罪了你生氣，你跟她說什麼？可好意思說我們教你不要去啊？』子富道：『她請我，我不去，她有什麼法子？』翠鳳道：『你倒說得輕巧喏；你不去，她們就罷了？她一定要拉你去，你有什麼法子？』

子富自己籌度一回，乃問道：『那你說要我怎麼樣噥？』翠鳳道：『我說，你跟我好嚜，要你到我們這兒來住兩個月，你不許一個人出大門。你要到哪去，我跟你一塊去。蔣月琴她們也不好到我們這兒來請你。你說好不好？』子富道：『我有好些公事的，哪能夠不出大門！』翠鳳道：『不然嚜，你去拿個憑據來給我，我拿了你憑據，也不怕你到蔣月琴那兒去了。』子富道：『這怎麼好寫什麼憑據呢？』翠鳳道：『寫的憑據有什麼用？你要拿幾樣要緊東西來放在這兒，那才好算憑據。』子富道：『要緊東西，不過是洋錢嘍。』翠鳳冷笑道：『你眼睛裡看出來的我怎麼這麼壞！是不是我要想你的洋錢啊？你嚜拿洋錢算好東西，我看倒沒什麼要緊。』子富道：『那麼什麼東西噥？』翠鳳道：『你不要猜我要你什麼東西，我也是為你算計，不過拿你東西來放在這兒，萬一你要到蔣月琴那兒去嚜，想著有東西在我手裡，你不敢去了，也好死了你一條心。你想是不是？』

子富忽然想起，道：『有了。剛才拿來的個拜盒倒是要緊東西。』翠鳳道：『就是拜盒蠻好。你放在這兒可放心？我先跟你說一聲：你到蔣月琴那兒去了一趟，我要拿出你拜盒裡東西一把火燒光的喨！』子富吐舌搖頭道：『啊唷！厲害的哦！』翠鳳笑道：『你說我厲害，你也看錯人了。我做嘿做了個倌人，要拿洋錢來買我倒買不動喨。不要說你一對釧臂了，就擺好了十對釧臂也不在我眼睛裡。你的釧臂你還拿去，你要送給我，隨便哪一天送好了，今天晚上倒不要給你來看輕了，好像是我看中了你釧臂。』一面說，一面向桌上取那一對釧臂親自替子富套在手上。子富不好再相強，只得依她道：『那麼還放在拜盒裡，過兩天再送給你也好。不過拜盒裡有幾張棧單莊票，有時候要用嘿怎麼樣？』翠鳳道：『你要用嘿拿了去好了。就不是棧單莊票，萬一有要用的時候，你也好來拿的嘿。到底還是你的東西，還怕我們吞沒掉了？』子富復沈吟一回道：『我要問你：你爲什麼釧臂是不要喨？』翠鳳笑道：『你哪猜得著我意思！你要曉得，做我的相好，你不要看重在錢上。我要用著錢的時候，就要了你一千八百，也不算什麼多；我用不著，就一釐一毫也不來跟你要。你要送東西，送了我釧臂，我不過見個情；你就去拿了一塊磚頭來送給我，我倒也見你個情。你摸著了我脾氣嘿好了。』

子富聽到這裡，不禁大驚失色，站起身來道：『你這人倒稀奇的哦！』遂向翠鳳深深作揖下去，道：『我今天眞正佩服了你了！』翠鳳忙低聲喝住，笑道：『你不怕難爲情呀？讓他們看見了，算什麼？』說著，仍揣住子富的手，說：『我們對過去罷。』挈至房門口，即推子富先行，翠鳳隨後，同向樓面上來。

那時出局已散。黃二姐正幫著金鳳等張羅，望見子富，報說：『羅老爺來了。』朱藹人道：『我們要喫稀飯了，你才來。』子富道：

『再划兩拳。』陶雲甫道：『你嘿倒有趣去，我們跟藹人喫了多少酒啫。』子富帶笑而告失陪之罪，隨叫拿稀飯來；席間如何喫得下，不過意思而已。

當時席散，各自興辭。子富送至樓梯邊，見湯嘯菴在後，因想著說道：『我有點小事，托你去辦辦。明天碰頭了再跟你說。』嘯菴應諾。等到陶雲甫朱藹人轎子出門，然後湯嘯菴步行而歸。

羅子富回到房間裡，外場已撤去檯面，趙家媽把笤帚略掃幾帚，和小阿寶收拾了茶碗出去。子富隨意閒坐，看翠鳳卸頭面。

須臾，黃二姐復進房與子富閒談。翠鳳便令取出那隻拜匣來，交與子富。子富乃褪下釧臂，放在拜匣裡。黃二姐不解何故，兩隻眼油汪汪的，看看子富，看看翠鳳。翠鳳也不理她。子富照舊鎖好。翠鳳又令黃二姐將拜匣去放在後面官箱裡。黃二姐纔自明白，捧了拜匣要走，卻回頭問子富道：『你轎子可教他們打回去？』子富道：『你去喊高升來。』黃二姐乃去喊了高升上樓。子富吩咐些說話，叫高升隨轎子回公館去了。隨後小阿寶來請翠鳳對過房間裡去。

翠鳳將行，見房裡只剩子富一個，即問：『珠鳳呢？』小阿寶便向樓窗口高聲喊道：『媽，你們人都到哪去了？』趙家媽在樓下連忙接口應道：『教她們睡去了。』翠鳳看掛鐘，已敲過四點，方不言語。趙家媽一逕來見子富，問道：『羅老爺，安置罷？』子富點點頭。於是趙家媽鋪床吹燈，掩門退出。子富直等到翠鳳歸房安睡。（註①）一宿無話。

子富醒來，見紅日滿窗，天色尚早，小阿寶正拿抹布揩拭櫥箱桌椅，也不知翠鳳那裡去了；聽得當中房間聲響，大約在窗下早妝；再

海上花列傳
蓄深心劫留紅
絛盒
五十

要睡時，卻睡不著。（註②）

一會兒，翠鳳梳好頭，進房開櫥脫換衣裳。子富遂坐起來，著衣下床。翠鳳道：『再睡會𡃚。十點鐘還不到哩。』子富道：『你起來了多少時候了？』翠鳳笑道：『我睡不著了呀。七點多鐘就起來了。你正睡得沉。』

趙家媽聽見子富起身，伺候洗臉刷牙漱口，隨問點心。子富說：『不想喫。』翠鳳道：『過一會喫飯罷。』趙家媽道：『中飯還有一會呢𡃚。』子富道：『等一會正好。』翠鳳道：『教他們趕緊點。』趙家媽承命去說。子富復叫住，問：『高升來了沒有？』趙家媽道：『來了有一會了，我去喊他來。』高升聞喚，見了子富，呈上字條一張，洋錢一捲，問：『可要打轎子？』子富道：『今天禮拜，沒什麼事，轎子不要了。』因轉問翠鳳：『我們去坐馬車好不好？』翠鳳道：『好的，我要坐兩部車的哦。』子富也不則聲，再看那張條子，乃是當晚洪善卿請至周雙珠家喫酒的，即隨手撩下。高升見沒甚吩咐，亦遂退去。

子富忽然記起一件事來，向翠鳳道：『我記得去年夏天看見你跟個長條子客人晚上在明園（註③），我不曉得你名字叫什麼，曉得了名字，去年就要來叫你局了。』翠鳳臉上一呆，答道：『我不然跟客人一塊坐馬車也沒什麼要緊，就爲了正月裡有個廣東客人要去坐馬車，我不高興跟他坐，我說：「我要坐兩部車的哦。」就說了一句，也沒說什麼。你曉得他怎麼樣？他說：「你不跟客人坐也罷了；只要我看見你跟客人一塊坐馬車嘿，我來問你一聲看，那才叫不是味呢。」』子富道：『你跟他怎麼說？』翠鳳道：『我啊？我說：「我一個月難得坐趟馬車，今天爲了是你第一趟教去，我答應了你，你倒發話了！我不去了！你請罷。』」子富道：『他下不來台了嘿？』翠鳳道：『他嘿只好對我看看嘍！』子富道：『怪不得你媽也說你有點脾氣嗟。』翠鳳道：『廣東客人野頭野腦，老實說，不高興做他！巴結他做什麼！』

說話之間，不覺到了十二點鐘。只見趙家媽端著大盤，小阿寶提著酒壺進房，放在靠窗大理石方桌上，安排兩副杯箸，請子富用酒。翠鳳親自篩了一雞缸杯，奉與子富，自己另取小銀杯，對坐相陪。黃二姐也來見子富，幫著讓菜，說道：『你喫我們自己做的菜看好不好。』子富道：『自己做，倒比廚子好。』子富復向黃二姐道：『你也來喫口飯罷。』黃二姐道：『不要，我下頭去喫。我去喊金鳳來陪陪你們。』子富道：『慢點去。』遂取那一捲洋錢交與黃二姐開消下腳（註④）等項。黃二姐接了道：『謝謝你。』子富問她：『謝什麼？』黃二姐笑道：『我先替他們謝謝倒謝錯了？』一路說笑，自去分派。

子富因沒人在房裡，裝做三分酒意，走過翠鳳這邊兜兜搭搭。翠鳳推開道：『快點！趙家媽來了！』子富回頭，不見一人，索性爬到翠鳳身上去不依道：『你倒騙我！趙家媽跟她丈夫也在有趣，哪有工夫來看我們！』翠鳳恨得咬牙切齒。幸而金鳳進來，子富略一鬆手，翠鳳趁勢狠命一推，幾乎把子富打跌。金鳳拍手笑道：『姐夫幹什麼給我磕個頭？』子富轉身，抱住金鳳要親嘴。金鳳急聲的喊說：『不要鬧嘛！』翠鳳兩腳一跺道：『你怎麼鬧個沒完！』子富連忙放手說：『不鬧了！不鬧了！先生不要生氣！』當向翠鳳作了個半揖。引得翠鳳也嗤的笑了。

金鳳推子富坐下，道：『請用酒嘛。』即取酒壺，要給子富篩酒，再也篩不出來，揭蓋看時，笑道：『沒有了！』乃喊小阿寶拿壺酒來。翠鳳道：『不要給他喫了。喫醉了又跟我們瞎鬧。』子富拱手央告道：『再喫三杯，不鬧就是了。』及至小阿寶提了一壺酒來，子富伸手要接，卻被翠鳳先搶過去道：『不許你喫了！』子富只是苦苦央告。小阿寶在旁笑道：『沒的喫了！快點哭㖸！』子富眞個哀哀的裝出哭聲。金鳳道：『給他喫好了。我來篩。』從翠鳳手裡接過酒壺來，約七分滿篩了一杯。子富合掌拜道：『謝謝你！替我篩滿了好不好？』翠鳳不禁笑道：『你怎麼這樣厚皮呀！』子富道：『我說喫三杯，再要喫嘿不是人，你可相信？』翠鳳別轉臉不理。小阿寶金鳳都笑得打跌。

子富喫到第三杯，正值黃二姐端了飯盂上樓，叫小阿寶：『下頭喫飯去，我來替你。』子富心知黃二姐已是喫過飯了，便說：『我們也喫飯了。』黃二姐道：『再用一杯㖸。』子富聽了，直跳起來，指定翠鳳嚷道：『你可聽見媽敎我喫？你可敢不給我喫？』翠鳳著實瞅了一眼道：『越說你倒越高興了！』竟將酒壺授與小阿寶帶下樓去，便叫盛飯。黃二姐盛上三碗飯來。金鳳自取一雙象牙箸同坐陪喫。

一時，趙家媽小阿寶齊來伺候。喫畢收拾，大家散坐喫茶。珠鳳也扭扭揑揑的走來要給子富裝水煙。子富取來自喫。

將近三點鐘時分，子富方叫小阿寶令外場去喊兩部馬車。趙家媽舀上面水，請翠鳳洗臉。翠鳳敎金鳳去打扮了一塊去。金鳳應諾，同小阿寶到對過房裡，也去洗起臉來。翠鳳只淡淡施了些脂粉，越覺得天然風致，顧盼非凡；妝畢，自往床背後去。趙家媽收過妝具，向橱內取一套衣裳，放在床上，隨手帶出銀水煙筒，又自己忙著去脫換衣裳。

金鳳先已停當，過來等候。子富見她穿著

逞利口謝郎七香車

銀紅小袖襖；密綠散腳袴，外面罩一件寶藍緞心，天青緞滾，滿身灑繡的背心；並梳著兩角丫髻，垂著兩股流蘇，宛然是『四郎探母』這一齣戲內的耶律公主；因向她笑道：『你腳也不要去纏了，索性扮個滿洲人，倒不錯！』金鳳道：『那好了！只好給人家做大姐了！』子富道：『給人家嘿，做奶奶，做太太，哪有什麼做大姐噠？』金鳳道：『跟你說說嘿就胡說八道了！』

翠鳳聽得，一面繫袴帶，出來洗手，一面笑問子富道：『給你做姨太太好不好？』子富道：『不要說是姨太太，就做大太太嘿也蠻好。』復笑問金鳳道：『你可情願？』羞得金鳳掩著臉，伏在桌上，問了幾聲不答應。子富彎下身子悄悄去問，偏要問出一句話來纔罷。金鳳連連搖手，說：『不曉得！不曉得！』子富道：『情願了！』

翠鳳把手削臉羞金鳳。珠鳳坐在靠壁高椅上冷眼看著，也格的一聲要笑。子富指道：『哪，還有一位大太太，快活得呵，自己在笑！』翠鳳一見，嗔道：『你看她可討人厭！』珠鳳慌的斂容端坐。翠鳳越發大怒道：『是不是說了你生氣了？』走過去拉住她耳朵，往下一捽。珠鳳從高椅上撲地一交，急爬起來，站過一旁，只披嘴咽氣，卻不敢哭。

幸值趙家媽來催，說：『馬車來了。』翠鳳纔丟開手，拿起床上衣裳來看了看，皺眉道：『我不要穿它。』叫趙家媽開櫥，自揀一件織金牡丹盆景竹根青杭甯綢棉襖穿了，再添上一條膏荷縐面品月（註⑤）緞腳松江花邊夾袴，又鮮豔又雅淨。子富呆著臉只管看。趙家媽收起那一套衣裳，問子富：『可要穿馬褂？』子富自覺不好意思，即取馬褂披在身上，說道：『我先走了。』一逕趕下樓來，令高升隨去。出至尚仁里口，見是兩部皮篷車，自向前面一部坐了。隨後趙家媽提銀水煙筒前行，翠鳳挈著金鳳緩緩而來，去坐了後面那一部。高升也踹上車後踏鐙。四輪一發，電掣飆馳的去了。

註①對過房間向作招待同時來的另一嫖客之用。小阿寶來請翠鳳過去，顯然是請去陪客，而且也是住夜的——當時已經快天亮了。散席前與子富談判，就是在對過房間，那時候那間房空著，因此這另一客人剛來不久，想必就是叫翠鳳出牌局的人，此刻麻將散場後來找她。作者在『例言』中解釋他字裡行間的夾縫文章：『如寫王阿二時，處處有一張小村在內；寫沈小紅時，處處有一小柳兒在內；寫黃翠鳳時，處處有一錢子剛在內。』第二十二回翠鳳告訴子富，錢家常請客打牌，叫她的局，每每要代打到深夜兩三點鐘。第四十四回她又告訴子富她只有兩個客人在上海。除子富外，唯一在上海的客人就是錢子剛了。此回凌晨來客就是錢子剛無疑。子富與她定情之夕，竟耐心等她從另一個男子的熱被窩裡來，在妓院雖是常事，但是由於長三堂子的家庭氣氛，尤其經過她那番裝腔作勢儼然風塵奇女子的表白，還是使人吃一驚的對照；而輕描淡寫，兩筆帶過，婉而諷。

註②明知對過房間有客，她不會不一早溜過去再渥一會，叫他怎麼睡得著。

註③馬車可以進入明園，所以他是看見她與客人同車。自第二十二回起，看得出她與錢子剛感情好，黃二姐甚至於疑心她倒貼。書中雖然沒有描寫錢子剛的狀貌，顯然他就是羅子富口中的『長條子客人』。

註④給男女傭人的賞錢。

註⑤『品藍』，一種鮮艷的不深不淺的藍色，想必來自官員朝服胸前背上圓形圖案——官居幾品的標識——因而得名。『品月』當是同一來歷的一種月白。

第九回

沈小紅拳翻張蕙貞　黃翠鳳舌戰羅子富

按羅子富和黃翠鳳兩部馬車馳至大馬路斜角轉彎，道遇一部轎車駛過，自東而西，恰好與子富坐的車並駕齊驅。子富望那玻璃窗內，原來是王蓮生帶著張蕙貞同車並坐。大家見了，只點頭微笑。將近泥城橋堍，那轎車加緊一鞭，爭先過橋。這馬見有前車引領，也自跟著，縱轡飛跑。趁此下橋之勢，滔滔滾滾，直奔靜安寺來。一轉瞬間，明園在望。當下魚貫而入，停在穿堂階下。

羅子富王蓮生下車相見，會齊了張蕙貞黃翠鳳黃金鳳及趙家媽一同上樓。管家高升知沒甚事，自在樓下伺候。王蓮生說前軒爽朗，同羅子富各據一桌（註），相與憑欄遠眺，瀹茗清談。王蓮生問如何昨夜又去黃翠鳳家喫酒。羅子富約略說了幾句。羅子富也問如何認識張蕙貞，從何處調頭過來。王蓮生也說了。羅子富道：『你膽子倒大得很喏！給沈小紅曉得了嘿——好！』王蓮生嘿然無語，只哆著嘴笑。黃翠鳳解說道：『你嘿說得王老爺可有點邊！見相好也怕了嘿，見了老婆怎麼樣呢？』子富道：『你可看過「梳妝」「跪池」兩齣戲？』翠鳳道：『只怕你是自己跪慣了，說得出！』一句倒說得王蓮生張蕙貞都好笑起來。羅子富也笑道：『不跟你說什麼話了！』

於是大家或坐或立，隨意賞玩。園中芳草如繡，碧桃初開，聽那黃鸝兒一聲聲好像叫出江南春意；又遇著天朗氣清，惠風和暢的禮拜日，有踏青的，有拾翠的，有修禊的，有尋芳的，車轔轔，馬蕭蕭，接連來了三四十部，各占著亭台軒館的座兒。但見釵冠招展，履舄縱橫；酒霧初消，茶煙乍起；比極樂世界『無遮會』還覺得熱鬧些。

忽然又來了一個俊俏伶俐後生，穿著挖雲鑲邊背心，灑繡滾腳套褲，直至前軒站住，一眼注定張蕙貞，看了又孜孜的笑。看得蕙貞不耐煩，別轉頭去。王蓮生見那後生大約是大觀園戲班裡武小生小柳兒，便不理會。那小柳兒站一會，也就去了。

黃翠鳳攙了金鳳自去爬著闌干看進來的馬車；看不多時，忽招手叫羅子富道：『你來看噓。』

子富往下看時，不是別人，恰是沈小紅，隨身舊衣裳，頭也沒有梳便來了，正在穿堂前下車。子富忙向王蓮生點首兒，悄說：『沈小紅來了。』蓮生忙也來看，問：『在哪兒？』翠鳳道：『到樓上來了呀。』

蓮生回身，想要迎出去。只見沈小紅早上樓來，直瞪著兩隻眼睛，滿頭都是油汗，喘吁吁的上氣不接下氣，帶著娘姨阿珠，大姐阿金大，逕往前軒撲來；劈面撞見王蓮生，也不說什麼，只伸一個指頭照準蓮生太陽心裡狠狠戳了一下。蓮生喫這一戳，側身閃過一旁。小紅得空，邁步上前，一手抓住張蕙貞胸脯，一手掄起拳頭便打。蕙貞不曾提防，避又避不開，擋又擋不住，也就抓住小紅，一面還手，一面喊道：『你們是什麼人哪！哪有什麼不問情由就打起人來了呀！』小紅一聲兒不言語，只是悶打。兩個扭結做一處。黃翠鳳金鳳見來勢潑悍，退入軒後房裡去。趙家媽也不好來勸。羅子富但在旁喝教沈小紅『放手！有話嚜好說的嘛！』

小紅得手，如何肯放，從正中桌上直打到西邊闌干盡頭。阿珠阿金大還在暗裡助小紅打冷拳。樓下喫茶的聽見樓上打架，都跑上來看。蓮生看不過，只得過去勾了小紅手臂，要往後扳卻扳不動，即又橫身插在中間，猛可裡把小紅一推，纔推開了。小紅喫這一推，倒退了幾步，靠住背後板壁，沒有喫跌。蕙貞脫身站在當地，手指著小紅，且哭且罵。小紅要奔上去，被蓮生叉住小紅兩肋，抵緊在板壁上，沒口子分說道：『你要說什麼話跟我說好了。不關她什麼事。你去打她做什麼？』

小紅總沒聽見，把蓮生口咬指掐。蓮生忍著痛苦苦央告。不料斜刺裡阿珠搶出來，兩手格開蓮生，嚷道：『你在幫什麼人哪！可要臉！』阿金大把蓮生攔腰抱住，也嚷道：『你倒幫別人來打我們先生了！連我們先生也不認得了！』兩個故意和蓮生廝纏住了。小紅乘勢掙出身子，呼的一陣風趕上蕙貞，又打將起來。蓮生被她兩個軟禁了，無可排解。

蕙貞本不是小紅對手，更兼小紅拚著命，是結結實實下死手打的，早打得蕙貞桃花水泛，羣玉山頹；素面朝天，金蓮墮地。蕙貞還是不絕口的哭罵。看的人蜂擁而至，擠滿了一帶前軒，卻不動手。

蓮生見不是事，狠命一灑，撇了阿珠阿金大兩個，分開看的人，要去樓下喊人來搭救。適遇明園管帳的站在帳房門口探望。蓮生

沈小紅拳翻張蕙貞

是認得的，急說道：『快點叫兩個堂倌來拉開了噥！要打出人命來了呀！』說了，又擠出前軒來。只見小紅竟撳蕙貞仰叉在地，又騰身騎上腰胯，只顧夾七夾八瞎打。阿珠阿金大一邊一個按住蕙貞兩手，動彈不得。蕙貞兩腳亂蹬，只喊救命。看的人也齊聲發喊，說：『打不得了！』

蓮生一時火起，先把阿金大兜心一腳踢開去。阿金大就在地下打滾喊叫。阿珠忙站起來奔蓮生，嚷道：『你倒好意思！打起我們來了！你可算是人哪！』一頭撞到蓮生懷裡，連說：『你打噥！你打噥！』蓮生立不定腳，往後一仰，倒栽葱跌下去，正跌在阿金大身上。阿珠連身撞去，收紮不來，也往前一撲，正伏在蓮生身上。五個人滿地亂打，索性打成一團糟。倒引得看的人拍手大笑起來。

幸而三四個堂倌帶領外國巡捕上樓，喝一聲『不許打。』阿珠阿金大見了，已自一骨碌爬起。蓮生挽了堂倌的手起來。堂倌把小紅拉過一邊，然後攙扶著蕙貞坐在樓板上。

小紅被堂倌攔截，不好施展，方纔大放悲聲，號啕痛哭，兩隻腳跺得樓板似擂鼓一般。阿珠阿金大都跟著海罵。蓮生氣得怔怔的，半晌說不出話。還是趙家媽去尋過那一隻鞋給蕙貞穿上，與堂倌左提右挈，抬身立定，慢慢的送至軒後房裡去歇歇。巡捕颺起手中短棒，嚇散了看的人，復指指樓梯，叫小紅下去。小紅不敢倔强，同阿珠阿金大一路哭著罵著上車自回。

蓮生顧不得小紅，忙去軒後房裡看蕙貞。只見管帳的與羅子富黃翠鳳黃金鳳簇擁在那裡講說，張蕙貞直挺挺躺在榻床上，趙家媽替她挽起頭髮。王蓮生忙問如何。趙家媽道：『還好，就肋裡傷了點，不礙事。』管帳的道：

『不礙事嘿也險的了。為什麼不帶個娘姨出來？有個娘姨在這兒，就喫虧也好點。』

王蓮生聽說，又添了一樁心事；躊躇一回，只得央黃翠鳳，要借她娘姨趙家媽送回去。翠鳳道：『王老爺，我說你要自己送去的好。倒不是為什麼別的，她喫了虧回去，他們娘姨大姐相幫這些人哪一個肯罷呀？要是喊了十幾個人，趕到沈小紅那兒去打還她一頓，鬧出點窮禍來，還是你王老爺該晦氣。你自己去嘿，先跟他們說說明白，是不是？』管帳的道：『說得不錯，你自己送回去好。』

蓮生終不願意自己送去，又說不出為什麼，只再三求告翠鳳，翠鳳不得已應了，乃囑咐趙家媽道：『你去跟他們說：事情嘿，有王老爺在這兒，教他們不要管帳。』又說：『蕙貞哥哥，是不是？你自己也說一聲好了。』張蕙貞點點頭。

管家高升在房門口問：『可要喊馬車？』趙家媽道：『都去喊了來了嘛。』高升立即去喊。趙家媽將銀水煙筒交與黃翠鳳，便去扶起張蕙貞來。蕙貞看看王蓮生，要說又沒的說。蓮生忙道：『你氣嘿不要氣，還是快快活活回去，譬如給一隻瘋狗咬了一口，也沒什麼要緊；你要氣出點病來，倒不犯著。我等會回來了就來，你放心。』蕙貞也點點頭，搭著趙家媽肩膀，一步一步，硬撐下樓。

管帳的道：『頭面帶了去[口娘]。』王蓮生見桌上一大堆零碎首飾，知是打壞的，說道：『我替她收起來好了。』堂倌又送上銀水煙筒，說：『磕在樓下台階上，癟了。』蓮生一總拿手巾包起。黃翠鳳催道：『我們也回去了嘿。』說著挈了金鳳先行。王蓮生乃向管帳的拱手道謝，並說：『所有碰壞家具，照例賠補。』堂倌他們，另外再謝。』管帳的道：『小意思，說什麼賠呀。』

羅子富也向管帳的作別，與王蓮生同下樓來，問高升，知道張蕙貞趙家媽已同車而去，黃翠鳳姊妹還等在車上。王蓮生乘了羅子富的車，一逕歸至四馬路尚仁里口歇下。羅子富請王蓮生至黃翠鳳家。上樓進房，子富親自點起煙燈來，請蓮生吸煙。翠鳳方脫換衣服，見了道：『王老爺，半天沒用煙了嘿，可發癮啦？』隨叫小阿寶『你絞了手巾，替王老爺來裝筒煙。』蓮生道：『我自己裝好了。』翠鳳道：『我們有發好在這兒，好不好？』隨叫小阿寶去喊金鳳來拿。金鳳也脫換了衣裳，過來見蓮生，先笑道：『啊唷！王老爺，要嚇死人的哦！我嚇得拖牢了姐姐，說：「我們回去吧！等會打起我們來嘿，怎麼樣呢？」王老爺，怕不怕？』蓮生倒不禁一笑。羅子富 黃翠鳳也都笑了。

金鳳向煙盤裡揀取一個海棠花式牛角盒子，揭開蓋，盒內滿滿盛著煙泡，奉與王蓮生。蓮生即燒煙泡來吸。吸了幾口，聽得樓下有趙家媽聲音，王蓮生又坐起來聽。黃翠鳳見蓮生著急，忙喊：『趙家媽，來嚷。』趙家媽見了蓮生，回說：『送了去了，一直送到樓上哪。他們說：「有王老爺替我們做主嘿，最好了。教王老爺回來了就來。」他們還謝謝我，教我來謝謝先生，倒熱絡得要命。』

蓮生聽了，纔放下了一半心。接著王蓮生的管家來安來找。蓮生喚至當面，問有甚事。來安道：『沈小紅那兒娘姨剛才來說，沈小紅要到公館裡來。』蓮生聽了，心中又大不自在。黃翠鳳向蓮生道：『我看沈小紅比不得張蕙貞，你張蕙貞那兒，沒什麼要緊，就明天去也正好；倒是沈小紅那兒，你就要去一趟的哦，倒還要去聽她數說兩句呢。』蓮生著實沉吟，蹙額無語。翠鳳笑道：『王老爺，你不要見了沈小紅怕㖸，有話嘿響響亮亮跟她說。你怕了她倒不好說什麼了。』

蓮生俄延了半日，叫來安打轎子來再說，卻將那首飾包交代來安收藏。來安接了回去。羅子富道：『沈小紅倒看不出！凶死了！』翠鳳道：『沈小紅嘿，算什麼凶啊！我做了沈小紅，也不去打她們，自己嘿打得喫力死了，打壞了頭面，還是要王老爺去替她賠，倒害了王老爺，可不是無味？』子富道：『你做沈小紅嘿，怎樣呢？』翠鳳笑道：『我啊，我倒不高興先跟你說。要嘿你到蔣月琴那兒去一趟，試試看，好不好？』子富笑道：『就去了嘿，怕你什麼呀？你不入調嘿，我去教蔣月琴來，也打你一頓。』翠鳳把眼一瞟，笑道：『噢唷！倒說得體面的哦！你算說給誰聽？是不是在王老爺面上擺架子？』

王蓮生一口煙吸在嘴裡，聽翠鳳說，幾乎笑的嗆出來。子富不好意思，搭訕說道：『你們這些人一點都不講道理。你自己也去想想看：你做個倌人嘿，多少客人做了去，倒不許客人再去做一個倌人，那是什麼道理㖸？也虧你們有臉說得出！』翠鳳笑道：『爲什麼說不出呢？我們是做生意，叫沒法子嘿。你替我一年三節生意包下來，我就做你一個人，蠻好。』子富道：『你要想敲我一個人了！』翠鳳道：『做了你一個人，不敲你敲誰？你倒說得有道理！』

子富被翠鳳頂住嘴，沒得說了。停了一會，翠鳳道：『你有道理嘿，你說㖸。怎麼不作聲啦？』子富笑道：『還有什麼可說的？給你衝到爪哇國去嘍。』翠鳳也笑道：『你自己說得不好，倒說我衝人！』

談笑之間，早又上燈以後。小阿寶送上請

黃翠鳳舌戰羅子富

客票一張，呈與羅子富。子富看畢，授與王蓮生。蓮生慌的接來看，是洪善卿催請子富的，便不在意；再看下面，另行添寫有『蓮翁若在，同請光臨』八個字。蓮生攢眉道：『我不去嘍。』子富道：『善卿難得喫檯把酒，你還是去應酬一會，就不叫局也沒什麼。』黃翠鳳道：『王老爺，你酒倒要去喫的哦；你不去喫酒，倒給沈小紅她們好笑。我說你只當沒什麼事嘿，酒只管去喫，喫了酒嘿就檯面上約好兩個朋友散下來一塊到小紅那兒去，不是蠻好？』蓮生一想不錯，就依著翠鳳說，忙又吸了兩口煙。來安領轎子來了，也呈上一張洪善卿請客票。子富道：『一塊去囉。』蓮生點頭說好。子富令喊高升。高升回說：『轎子等了一會了。』

於是王蓮生羅子富各自坐轎，並赴公陽里周雙珠家。到了樓上，洪善卿迎著，見兩位一塊來了，便叫娘姨阿金喊起手巾，隨請兩位進房。房裡先到的有葛仲英陳小雲湯嘯菴三位；還有兩位面生的，乃是張小村趙樸齋。大家問姓通名，拱手讓坐。外場已絞了手巾上來。湯嘯菴忙問王蓮生：『叫什麼人？』蓮生道：『我不叫了。』周雙珠插嘴道：『你嘿可有什麼不叫局噠？』洪善卿道：『就叫了個清倌人罷。』湯嘯菴道：『我來薦一個，包你出色。』遂把手一指，『你看喏。』

王蓮生回頭看時，周雙珠肩下坐著一個清倌人，羞怯怯的，低下頭去，再也不抬起來。羅子富先過去彎著腰一看道：『我只道是雙寶，倒不是。』周雙珠道：『她叫雙玉。』王蓮生道：『本堂局蠻好，就寫好了。』

洪善卿等湯嘯菴寫畢局票，即請入席。大姐巧囡立在周雙玉身旁，說道：『過去換衣裳了嘿。』雙玉乃回身出房。

註：兩個朋友各據一桌，似是奇異的習俗，當是因爲同來的女侶不像應召侑酒時坐在客人背後，沒有與席上其他男子腳碰腳的危險。在茶座上就要避嫌疑。

第十回

理新妝討人嚴訓導　還舊債清客鈍機鋒

按周雙玉踅進對過自己房裡，巧囝跟過來問雙玉道：『出局衣裳，媽有沒給你？』雙玉搖搖頭。巧囝道：『我去替你問聲看。你拿鬢腳來刷刷喨。』說了，忙下樓去問老鴇周蘭。

雙玉自把保險檯燈移置梳妝檯上，且不去刷鬢腳，就在床沿坐下，悄悄的側耳而聽。原來周雙玉房間底下乃是老鴇周蘭自己臥室；那周雙寶搬下去鋪的房間卻在周雙珠的房間底下。

當時聽得老鴇周蘭叫巧囝掌起燈來，開櫥啓箱，翻騰一會，又咕咕唧唧說了許多話，然後出房；卻又往雙寶房背後去，不知做甚麼，一些也聽不見。雙玉方纔丟開，起身對鏡；照見兩邊鬢腳稍微鬆了些，隨取抿子輕輕刷了幾刷，已自熨貼。只見巧囝懷裡抱著衣裳，同周蘭上樓來了。

雙玉收過抿子，便要取衣裳來穿。周蘭道：『慢點喨。你的頭不好嘿。怎麼這麼毛！』乃將手中揣著的荳蔻盒子放下，親自動手替雙玉弄頭；捏了又捏，揿了又揿；濃濃的醮透了

一抿子刨花浸的水，順著螺絲旋刷進去，又刷過周圍劉海頭；刷的那水從頭頸裡直流下去，連前面額角上也亮晶晶都是水漬。雙玉伸手去拭。周蘭忙阻止道：『你不要動噥。』遂用手巾在頭頸裡略掩一掩，叫雙玉轉過臉來，仔細端詳一回，說：『好了。』

巧囝在旁提著衣裳領口伏侍雙玉穿將起來，是一件織金撇蘭盆景一色鑲滾湖色甯綢棉襖。巧囝見了道：『這麼樣件衣裳，我好像沒看見過。』周蘭道：『你嘿哪看得見。說起來，還是大先生的呢。她們姊妹三個，都有點怪脾氣；隨便衣裳啊，頭面啊，都要自己撐起來；別人的東西，就給她她也不要。雙珠的頭面嘿，也算不少，單說衣裳是哪及得上阿大跟阿二呀，比雙珠要多好多啲。她們嫁出去時候，揀中意點嘿拿了去，剩下來也有幾箱子，我收拾了起來，一直用不著。還有什麼人來穿噥？就給雙寶穿過，也不多幾件。還有好多好多，連雙寶也沒看見過，不要說你了！』

雙玉穿上棉襖，向大洋鏡前走了幾步，托起手臂，比比出手。（註①）周蘭過去把衣襟縐紋拉直些，又嘮叨說道：『你要自己有志氣，做生意嘿巴結點，曉得罷？我眼睛裡望出來，沒什麼親生不親生，都是我女兒。你倘若學得到雙珠姐姐嘿，大先生二先生多少衣裳頭面，隨便你中意哪一樣，只管拿去好了。要像了雙寶樣子，就算是我親生女兒，我也不高興給她嘿！』

雙玉只聽著不言語。周蘭問她『可聽見？』雙玉說：『聽見了。』周蘭道：『那你也答應聲噥。怎麼一聲也不響？』

巧囝聽檯面上叫的局先已到了，急取荳蔻盒子，連聲催促，方剪住周蘭的話，攙了雙玉往前便走，卻忽然想起銀水煙筒來。巧囝道：

『就三先生那兒拿隻罷。』周蘭道：『不要；你到雙寶那兒去拿來。雙寶一隻噻讓她用了，我再拿一隻出來給雙寶。』

巧囡趕著跑去。周蘭又教導些檯面規矩與雙玉聽，並說：『你不曉得噻，問姐姐好了。姐姐跟你說什麼話，你聽仔細了，不要忘記。你要是不肯聽人的話，我先跟你說一聲，你自己喫苦，到底沒什麼好處。』周蘭說一句，雙玉應一聲。

須臾，巧囡取銀水煙筒回來，周蘭自下樓去。巧囡忙挈雙玉至這邊檯面上。只見先到的只有一個局，乃是陳小雲的相好金巧珍，住在同安里口，只隔一條三馬路，走過來就是，所以早些。當時金巧珍拉開嗓子唱京調，引得羅子富興高彩烈，擺莊划拳。更有趙樸齋張小村刻意奉承，極力鼓舞。此外諸位也就隨和著。獨有王蓮生沒精打彩，坐也坐不住。周雙珠知道是厭煩，問他：『可到對過去坐一會？』

蓮生正中胸懷，即時離席。巧囡領著踅過周雙玉房間，點了煙燈，沖了茶碗，向蓮生道：『我去喊雙玉來。』蓮生阻擋不及，只好聽她喊去。只見周雙玉冉冉歸房，脫換衣裳（註②），遠遠的端坐相陪，嘿然無語。蓮生自然不去兜搭。一會兒，巧囡又跑來張羅，叮囑雙玉陪著，也就去了。

蓮生吸了兩口煙，聽那邊檯面上划拳唱曲，熱鬧得不耐煩，倒是雙玉還靜靜的坐在那裡低頭斂足弄手帕子。蓮生心有所感，不覺暗暗讚歎了一番。

忽聽得娘姨阿金走出當中間高聲喊絞手巾。一時，履聲，舄聲，簾鉤聲，客辭主人聲，主人送客聲，雜沓並作，卻不知去的是誰，只覺檯面上冷靜了許多。隨後湯嘯菴也踱過這邊房裡來，喫得緋紅的臉，一手拿著柳條剔牙杖剔牙，隨意向榻床下首歪著，看蓮生燒煙。蓮生問：『子富走了？』嘯菴道：『他們還有個飯局也不知什麼，跟仲英小雲一塊走了。』

蓮生遂約嘯菴同洪善卿到沈小紅家去。嘯菴會意應諾。及巧囝來請用飯，兩人方過那邊歸席入座。湯嘯菴向洪善卿耳邊說了幾句。善卿聽了微笑。周雙珠也點頭笑道：『你們說什麼，我也懂了。』嘯菴道：『你說說看。』雙珠把嘴望蓮生一努。大家笑著，都喫過飯。張小村知道他們有事，和趙樸齋告辭先行。王蓮生道：『我們也走罷。』湯嘯菴洪善卿說好。周雙珠忙喊雙玉過來，送至樓門而回。

三人緩步同行。來安叫轎夫抬空轎子跟隨在後，出了公陽里，就對門進同安里，穿至西薈芳里口，適被娘姨阿珠的兒子暗中瞧見，跑去報信。阿珠迎出門首，笑嘻嘻說道：『我說王老爺就快來了，倒剛剛來了。』

當下王蓮生在前，與湯嘯菴洪善卿進門，後面跟著阿珠，接踵上樓。早聽得房間裡小腳高底一陣怪響。王蓮生方跨進當中間房門，只見沈小紅越發蓬頭垢面，如鬼怪一般，飛也似趕出當中間，望蓮生縱身直撲上去。蓮生錯愕倒退。大姐阿金大隨後追到，兩手合抱攏來，扳住小紅胸脯，只喊說：『先生，不要喨！』慌的阿珠搶上去叉住小紅臂膊，也喊說：『先生，你慢點，看著點！』小紅咬牙切齒，恨道：『你們走開點喨！我要死嘍關你們什麼事啊？』阿珠連連勸道：『你就死嘍，也不這樣的嘛，此刻王老爺來了，也好等王老爺說起來，說不好你再去死好了嘍！』

小紅一心和蓮生拚命，那裡肯依。湯嘯菴洪善卿見如此撒潑，不好說甚，只是冷笑。蓮生又羞又惱，又怕又急，四下裡一逼，倒逼出些火性來，也冷笑說道：『讓她去死好了！』說了一句，回身便走。湯嘯菴洪善卿只得跟著走了。

阿珠見光景不好，也顧不得小紅，趕緊來拉蓮生；被蓮生一甩，灑脫袖子；竟下樓梯。忽聽得當中間板壁，砰砰砰砰震天價響起來。阿金大在內急聲喊道：『不好了！先生撞死了呀！』

就這一聲喊裡，喚起樓下三四個外場，只道有甚禍事，急急跑上樓來，適與蓮生等擠住在樓梯上。阿珠把蓮生死拖活拽，往裡掙去。湯嘯菴洪善卿料道走不脫，也攛掇蓮生回至當中間。只見小紅還把頭狠命往板壁上磕；阿金大扳住胸脯，那裡扳得開；阿珠著了忙，也狠命的攔腰一抱抱起來。湯嘯菴洪善卿齊說道：『小紅，你算什麼唲？有話說好了。像這樣子，你小紅也不犯著嘿！』

阿珠摸摸小紅的頭，沒甚傷損，只有額角邊被板壁上釘的釘頭碰破些油皮，也不至流血。阿金大上前把手心摩挲著，道：『你看可險呢！撞在太陽心裡嘿，怎麼樣呢？』

蓮生正站在一旁發獃。阿珠一眼睃見，說道：『王老爺，闖出窮禍來你也脫不了的唲，不要看著像不要緊！』外場見沒事，都笑道：『倒嚇得我們要死！快點攙先生房間裡去罷。』

阿珠仍抱起小紅來。阿金大拉了蓮生，湯嘯菴洪善卿一同簇擁至房裡。阿珠放小紅向榻床躺下。阿金大端整茶碗叫外場沖了茶。外場囑咐阿珠說：『你們小心點好了。』都訕訕的笑著下樓去了。

王蓮生湯嘯菴洪善卿一溜兒坐在靠壁椅上。小紅背燈向壁，掩面而哭。阿珠靠小紅身旁坐著，慢慢與王蓮生說道：『王老爺，你自己不好，轉錯了念頭。你起初要跟我們先生說明白了，你就去做了十個張蕙貞，我們先生也沒什麼嚜。爲了你瞞了我們先生嚜倒不好了㖿。我們先生曉得你去做了張蕙貞，說，王老爺這可不到我們這兒來了，給張蕙貞那兒拉了去了。』

洪善卿不待說完即攔說道：『王老爺不過昨天晚上在張蕙貞那兒喫了一檯酒，此刻還是到這兒來了嘛。』阿珠立起身來，走過洪善卿身旁，輕聲說道：『洪老爺，你有什麼不知道的。我們先生倒不要怪她，她是發急了呀。王老爺起先做我們先生時候還有好幾戶老客人嗟。後來跟王老爺要好了嚜，有個把客人可是要生氣不來了呢，我們嚜去請囉。王老爺就跟我們先生說：「他們不來，讓他們不來好了，我一個人來替你撐場面。」──王老爺，你可是有這話說在這兒？──先生有了王老爺，倒變放心，請也不去請了。這就一戶一戶客人都不來了。到這時候是沒有了，就剩了王老爺一個人了。洪老爺，你說王老爺去做了張蕙貞，我們先生可要發急？』湯嘯菴接說道：『這也不要去說了。張蕙貞那兒嚜坍了台了。王老爺還是到這兒來，你沈小紅面子上也可以過得去了。大家不要說了，是不是？』

小紅正哭得涕淚交頤，聽嘯菴說，便分說道：『湯老爺，你問他一聲看。他自己跟我說，教我生意不要做了，條子嚜揭掉了。我聽了他的話，客人叫局也不去。他還跟我說，他說：「你還缺多少債嚜，我來替你還好了。」我聽了快活死了，睜開了兩隻眼睛單望著他一個人，指望他給我還淸了債嚜，我也有好日子過了。哪曉得他一直在騙我，騙到我今日之下，索性扔掉了，去包了個張蕙貞嘛！』說到這裡，兩腳一跺，身子一撳，俯仰號啕，放聲大哭，哭了又道：『他就要去做張蕙貞也沒什麼。我自己想想，衣裳嘿穿完了，頭面嘿當掉了，客人嘿一個也沒有了，倒欠了一身債，弄得我上不上，下不下，這敎我怎麼樣噥？』湯嘯菴微笑道：『這也沒什麼怎麼樣。王老爺還在這兒，衣裳頭面嘿還是敎王老爺辦了來，債嘿敎王老爺去還淸了，不是都搞好了嗎？』小紅道：『湯老爺，不瞞你說，王老爺在這兒做了兩年半，買來的多少東西都是眼面前看得見的。張蕙貞那兒，不到十天，從頭上到腳上，哪一樣不替她辦起來？還有這些朋友拍馬屁，鬼討好，連忙替她買好了家具送了去鋪房間。你湯老爺哪曉得噥！』洪善卿插口說道：『王老爺也叫瞎說！堂子裡做個把倌人，只要局票淸爽了嘿就是了。倌人欠的債關客人什麼事，要客人來替她還？老實說，倌人嘿不是靠一個客人，客人也不是做一個倌人；高興多走走，不高興就少走走，沒什麼許多枝枝節節嘿！』

小紅正要回嘴，阿珠趕著插嘴說道：『洪老爺說得不錯，「倌人嘿不是靠一個客人」，我們先生也有好幾戶客人噠，爲什麼要你王老爺一個人來撐場面噥？你就一個人撐了場面，不來替我們先生還債，我們先生就欠了一萬債，可好跟你王老爺說，要你王老爺來還哪？你王老爺自己跟我們先生說，要替我們先生還債。只要王老爺眞的還淸了，我們先生可有什麼枝枝節節？你就去做了張蕙貞，「客人也不是做一個倌人」，我們先生可好說你什麼？此刻你王老爺還是沒替我們先生還過一點點債，倒先去做了張蕙貞了。你王老爺想想看，可是我們先生在枝枝節節呢，還是你王老爺自己在枝枝節節？』說罷，睖了王蓮生半日。

蓮生仰著臉只不作聲。洪善卿笑道：『他們什麼枝枝節節也不關我們事，我們要走了。』遂與湯嘯菴立起身來。蓮生意思要一同

還舊債
清客鈍
機鋒

去。小紅只做不看見，倒是阿金大捺住蓮生道：『噯！王老爺，你可好走哇？』阿珠喝阿金大放手，卻向蓮生道：『王老爺，你要走，走好了，我們是不好來屈留你，就跟你說一聲就是了：昨天晚上我跟阿金大兩個人陪我們先生坐在床上坐了一夜，沒睡，今天晚上我們要睡去了。我們這些娘姨到底不擔什麼干係，就闖了點窮禍也不關我們事。我們先說了嘿，王老爺也怪不上我們。』

幾句說得蓮生左右爲難，不得主意。湯嘯菴向蓮生道：『我們先走，你坐會兒罷。』蓮生乃附耳囑他去張蕙貞家給個信。嘯菴應諾，始與洪善卿偕行。小紅卻也抬身送了兩步，說道：『倒難爲了你們。明天我們也擺個雙檯謝謝你們好了。』說著倒自己笑了。蓮生也忍不住要笑。

小紅轉身伸一個指頭向蓮生臉上連點幾點，道：『你嘿……』只說得兩字，便縮住了，卻哼的一聲，像是嘆氣，半晌又道：『你一個人來嘿，可怕我們欺負了你呀？你算教兩個朋友來做幫手，幫著你說話，可不氣死人！』

蓮生自覺羞慚，佯作不睬。阿珠冷笑兩聲道：『王老爺倒蠻好，都是朋友們替他出的主意，王老爺嘿去聽了他的話。就是張蕙貞那兒，不是朋友一塊去，哪認得的啊？』小紅道：『張蕙貞那兒倒不是朋友，他自己去打的野雞。』阿珠道：『這時候是不是野雞了，也算長三了。叫了一班小堂名，好顯煥嘅！王老爺，做了幾天，用掉了多少，可有千把？』蓮生道：『你們不要瞎說！』阿珠道：『倒不是瞎說噓！』隨將煙盤收拾乾淨，道：『王老爺喫煙罷，不要去轉什麼念頭了。』蓮生乃去榻床躺下吸煙，阿珠阿金大陸續下去。

註①要看袖子長短，需要用另一隻手托住手臂，不然抬不起來，可見鑲滾繁複的廣袖之沉重。

註②顯然當著人儘可以換衣服，因爲裡面還穿著襖袴——不是內衣。也決不會躲到床背後馬桶旁脫換；衣服太大太重，也太珍貴。

第十一回

亂撞鐘比舍受虛驚　齊舉案聯襟承厚待

按沈小紅坐在榻床下首，一言不發。蓮生自在上首吸煙。房裡沒有第三個人。足有一點鐘光景，小紅又嗚嗚咽咽的哭起來。蓮生搔耳爬腮，無可解勸，也就憑她哭去。無如小紅這一哭，直哭得傷心慘目，沒個收場。蓮生沒奈何，只得挨上去央告道：『你們的意思我也蠻明白了。我嘿就依了你，拜託你不要哭了，好不好？你再要哭，我腸子都要給你哭出來了！』小紅哽噎著嗔道：『不要來跟我瞎說！你一直騙下去，騙到了這時候，你倒還要來騙我！你一定要拿我性命騙了去才罷！』蓮生道：『我這時候隨便說什麼話你總不相信，說是我騙你。這也不去說它了，我明天就去打一張莊票來替你還債，你說好不好？』小紅道：『你的主意不錯；你替我還清了債嘿，此地不來了，是不是？那麼好去做張蕙貞了，是不是？你倒聰明得很！你不情願替我還嘿，我也不要你還了。』說著，仍別轉頭去，吞聲暗哭。蓮生急道：『誰說去做張蕙貞哪？』小紅道：『你不去了？』蓮生道：『不去了。』被小紅劈面啐了一口，大聲道：『你再騙好了，你看看，我明天死到張蕙貞那兒去！』

蓮生一時摸不著頭腦，呆臉思索，沒得回話。適值阿珠提水銚子上來沖茶，蓮生叫住，細細告訴她，問她：『小紅是什麼意思？』阿珠笑道：『王老爺其實蠻明白的，我們哪曉得啊？』蓮生道：『你倒說得好，我為了不明白了問你嘿。』阿珠笑道：『王老爺，你是聰明人，有什麼不明白的呀？你想，我們先生一直跟你蠻要好，你為什麼不替我們先生還債呢？今天鬧了一場，你倒要替我們先生還債了，可像是你說的氣話？你為了生氣了說替我們先生還債，你想我們先生可要你還哪？』蓮生跳起來跺腳道：『只要她不生氣嘿就是了，倒說我生氣！』阿珠笑道：『我們先生倒也沒什麼好生氣的，就光為了王老爺嘿。你想我們先生可有第二戶客人？你王老爺再不來了，教我們先生怎麼樣呢？只要我們先生面上交代得過，你就再去做個張蕙貞也沒什麼要緊。我們先生欠下的多少債，早嘿也要你王老爺還，晚嘿也要你王老爺還，隨你王老爺的便好了。你王老爺跟我們先生要好不要好也不在乎此。王老爺，對不對？』蓮生道：『你也說得不明白嘿。我不替她還債嘿，自然說我不好；我就替她還了債，她還是說我不好。她到底要我怎麼樣才算我要好了嚜？』阿珠笑道：『王老爺也說笑話了！可要我來教你？』說著，提水銚子一路佯笑下樓去了。

蓮生一想沒奈何，只得打疊起千百樣柔情軟語去伏侍小紅。小紅見蓮生眞的肯去還債，也落得收場，遂趁此漸漸的止住哭聲。蓮生一塊石頭方才落地。小紅一面拿手帕子拭淚，一面還咕嚕道：『你只怪我動氣，你也替我想想看，比方你做了我可要動氣？』蓮生忙陪笑道：『應該動氣！應該動氣！我做了你是一直要動到天亮的哦！』說得小紅也要笑出來，卻勉強忍住道：『厚臉皮！有誰來理你啵！』

一語未了，忽聽得半空中喤喤喤喤一陣鐘聲。小紅先聽見，即說：『可是「撞亂鐘」？』蓮生聽了，忙推開一扇玻璃窗望下喊道：『「撞亂鐘」了！』阿珠在樓下接應，也喊說：『「撞亂鐘」了！你們快點去看看啵！』隨後有幾個外場趕緊飛跑出門。

蓮生等撞過『亂鐘』，屈指一數，恰是四下，乃去後面露台上看時，月色中天，靜悄悄的，並不見有火光。回到房裡，適有一個外場先跑回來報說：『在東棋盤街上。』蓮生忙踹在桌子旁高椅上，開直了玻璃窗向東南望去，在牆缺裡現出一條火光來。蓮生著急，喊：『來安！』外場回說：『來二爺同轎班都跑去看了。』蓮生急得心裡突突的跳。小紅道：『東棋盤街嚜關你什麼事呀？』蓮生道：『我對門就是東棋盤街嚜。』小紅道：『還隔著一條五馬路呢。』

正說時，來安也跑回來，在天井裡叫『老爺』，報說道：『東棋盤街東首，不遠啵。巡捕在看著，走不過去了。』

蓮生一聽，拔步便走。小紅道：『你走了？』蓮生道：『我去了就來。』蓮生只喚來安跟了，一直跑出四馬路，望前面火光急急的趕。剛至南晝錦里口，只見陳小雲獨自一個站在廊下看火。蓮生拉他同去。小雲道：『慢點走好了。你有保險在那兒，怕什嗎？』

蓮生腳下方放鬆些。只見轉彎角上有個外國巡捕帶領多人整理皮帶，通長銜接做一條，橫放在地上，開了自來水管，將皮帶一端套上龍頭，並沒有一些水聲，卻不知不覺皮帶早漲胖起來，綳得緊緊的。於是順著皮帶而行。將

近五馬路，被巡捕擋住。蓮生打兩句外國話，纔放過去。那火看去還離著好遠，但耳朵邊已拉拉雜雜爆得怪響，倒像放幾千萬炮仗一般，頭上火星亂打下來。

蓮生小雲把袖子遮了頭，和來安一口氣跑至公館門首，只見蓮生的姪兒及廚子打雜的都在廊下爭先訴說道：『保險局裡來看過了，說不要緊，放心好了。』陳小雲道：『要緊嘿不要緊，你拿保險單自己帶在身邊；洋錢嘿放鐵箱子裡；還有什麼帳目契券照票這些個嘿，理齊了一疊，交代一個人好了。東西不要去動。』蓮生道：『我保險單寄放在朋友那兒嘿。』小雲道：『寄放在朋友那兒嘿最好了。』

蓮生遂邀小雲到樓上房裡，央小雲幫著收拾。忽又聽得豁剌剌一聲響，知道是坍下屋面，慌去樓窗口看。那火舌頭越發燄起來，高了丈餘，趁著風勢，正呼呼的發嘯。蓮生又慌的轉身收拾，顧了這樣，卻忘了那樣，只得胡亂收拾完畢，再問小雲道：『你替我想想看，可忘記什麼？』小雲道：『也沒什麼了。你不要急嘛。包你不要緊。』

蓮生也不答話，仍去站在樓窗口。忽又見火光裡冒出一團團黑煙夾著火星滾上去，直沖至半天裡。門首許多人齊聲說：『好了，好了！』小雲也來看了，說道：『藥水龍來了。打下去了。』果然那火舌頭低了些，漸漸看不見了，連黑煙也淡將下去。蓮生始放心歸坐。小雲笑道：『你保了險嘿還有什麼不放心嘛？保險行裡沒來，你自己倒先發急了，不就像沒保險嘿！』蓮生也笑道：『我也曉得不要緊，看著可不要發急嘛！』

不多時，只聽得一路車輪轣動，氣管中嗚嗚作放氣聲，乃是水龍打滅了火回去的。接著蓮生的姪兒同來安等說著話，也都回進門來。

蓮生喊來安沖茶。小雲道：『我要回去睡去了。』蓮生道：『還是跟你一塊去。』小雲問：『到哪兒？』蓮生說是『沈小紅那兒。』小雲不去再問。下樓出門，正遇著轎班抬回空轎子來，停在門口。小雲便道：『你坐轎子去。我先走了。』蓮生也就依了，乃送小雲先行。

小雲見東首火場上還是煙騰騰地，只變作蛋白色，信步走去望望，無如地下被水龍澆得濕漉漉的，與那磚頭瓦片，七高八低，只好在棋盤街口站住，覺有一股熱氣隨風吹來，帶著些灰塵氣，著實難聞。小雲忙迴步而西，卻見來安跟王蓮生轎子已去有一箭多遠，馬路上寂然無聲。這夜既望之月，原是的皪圓的。逼得電氣燈分外精神，如置身水晶宮中。

小雲自己徜徉一回，不料黑暗處，好像一個無常鬼直挺挺站立。正要發喊，那鬼倒走到亮裡來，方看清是紅頭巡捕（註①）。小雲不禁好笑。當下逕歸南晝錦里祥發呂宋票店樓上，管家長福伏侍睡下。明日起身稍晚了些，又覺得懶懶的。飯後，想要吸口鴉片煙，只是往那裡去吸？朱藹人處雖近，聞得這兩日陪了杭州黎篆鴻玩，未必在家，不如就金巧珍家，也甚便利。想畢，踅下樓來。胡竹山授與一張請客條子，說是即刻送來的。小雲看是莊荔甫請至聚秀堂陸秀寶房喫酒。記得荔甫做的倌人叫陸秀林，如何倒在陸秀寶房裡喫酒起來，料道是代請的了。

小雲撩下出門，也不坐包車，只從夾牆窄衖進去，穿至同安里口金巧珍家，只見金巧珍正在樓上當中間梳頭。大姐銀大請小雲房間裡去，取水煙筒要來裝水煙。小雲令銀大點煙燈。銀大道：『可是要喫鴉片煙？我替你裝。』小雲道：『只要一點點，小筒子好了。』

及至銀大燒成一口鴉片煙給小雲吸了，那

金巧珍也梳好頭，進房換衣，卻問小雲道：『你今天沒什麼事嘿，我跟你去坐馬車，好不好？』小雲笑道：『你還要想坐馬車！張蕙貞給沈小紅打得這樣，就爲了坐馬車嘿。』巧珍道：『她也自己鏟頭，給沈小紅白打了一頓，像我，要有人來打我，我倒有飯喫了！』小雲道：『你今天怎麼這麼高興，想著去坐馬車啦？』巧珍道：『不是高興坐馬車；爲了我姐姐昨天晚上嚇得要死，跑到我們這兒來哭，天亮了才回去，我要去看看她回去可好。』小雲道：『你姐姐在繪春堂，離得多遠噠，怕什麼呀？』巧珍道：『你倒說風涼話！不怕嘿，爲什麼人家都搬出來了呀？』小雲道：『你去看姐姐嘿，教我坐在馬車上等你？』巧珍道：『你就一塊去看看我姐姐也行。』小雲道：『我去嘿算什麼呢？』巧珍道：『你去喊檔乾濕好了。』小雲想也好，便道：『那就去囉。』巧珍即令娘姨阿海去叫外場喊馬車。

須臾，馬車已至同安里門口，陳小雲金巧珍帶娘姨阿海坐了，叫車夫先從黃浦灘兜轉到東棋盤街。車夫應諾。這一個圈子沒有多少路，轉眼間已至臨河麗水台茶館前停下。阿海領小雲先行，巧珍緩步在後。進衖第一家便是繪春堂。

小雲跟定阿海一直上樓。至房門前，阿海打起簾子，請小雲進去。只見金巧珍的姐姐愛珍靠窗而坐，面前鋪著本針線簿子，在那裡繡一隻鞋面；一見小雲，帶笑說道：『陳老爺，難得到我們這兒來嘿。』阿海跟進去，接口道：『我們先生來看看你呀。』愛珍道：『那進來嚜。』阿海道：『正在來了。』

愛珍忙出房去迎。阿海請小雲坐下，也去了。卻有一羣油頭粉面倌人，雜沓前來，只道小雲是移茶客人，周圍打成栲栳圈兒，打情罵趣，假笑佯嗔，要小雲攀相好。小雲也覺其意，只不好說。適值金愛珍的娘姨來整備茶碗，小雲乃叫她去喊乾濕。那娘姨先怔了一怔，方笑說：『陳老爺，不要客氣了。』小雲道：『那是本家（註②）規矩嘿。你去喊好了。』那些倌人始知沒想頭而散。

一時，愛珍巧珍並肩攜手和阿海同到房間裡。巧珍一眼看見桌子上針線簿子，便去翻弄，翻出那鞋面來仔細玩索。愛珍敬過乾濕，即要給小雲燒煙。小雲道：『你不要客氣，我不吃煙。』愛珍又親自開了妝檯抽屜，取出一蓋碗玫瑰醬，拔根銀簪插在碗裡，請小雲喫。小雲覺很不過意。巧珍也道：『姐姐，不要去理他，讓他一個人坐那兒好了。我們來說說話嘛。』

愛珍只得叫娘姨來陪小雲，自向窗下收拾起鞋面并針線簿子，笑道：『做得不好。』巧珍道：『你倒還是做得蠻好；我有三年不做，不會做了。去年描好一雙鞋樣要做，停了半個月，還是拿去教人做了。教人做的鞋子總沒自己做的好。』

愛珍上前撩起巧珍袴腳，巧珍伸出腳來給愛珍看。愛珍道：『你腳上穿著倒蠻有樣子。』巧珍道：『就腳上一雙也不好嘿，走起來只望前頭戳著，不留心要跌死的。』愛珍道：『你自己沒工夫去做嘿，只要教人做好了，自己拿來上，就好了。』巧珍道：『我還是要想自己做，到底稱心點。』

姊妹兩個又說些別的閒話，不知說到什麼事，忽然附耳低聲，異常機密，還怕小雲聽見，商量要到隔壁空房間去。巧珍囑小雲道：『你等一會。』愛珍問小雲：『可喫什麼點心？』小雲忙攔說：『我們才喫了飯沒一會，不要客氣。』愛珍道：『稍微點點心。』巧珍皺眉插嘴道：『姐姐你怎麼這樣？我跟你有什麼客氣的？他要喫什麼點心，我來說好了——他也不要喫嘿。』愛珍不好再問，只丟個眼色與娘姨，卻同巧珍去空房間說話。

不多時，那娘姨搬上四色點心，擺下三副牙筷，先請小雲上坐。小雲只得努力應命。再去隔壁請巧珍時，巧珍還埋怨她姐姐，不肯來喫；被愛珍半拖半拽，讓了過來。巧珍見有四色，又說道：『姐姐，我不來了！你算什麼呀？』愛珍笑而不答，捺巧珍向高椅上與小雲對面坐了，便取牙筷來要敬。巧珍道：『你再要像客人來敬我，我不喫了！』愛珍道：『那你喫點嘛！』當即轉敬小雲。小雲道：『我自己喫了一會了，你不要敬了。』巧珍道：『你怎麼一點都不客氣了哪？倒虧你不要面孔！』小雲笑道：『你姐姐就像我姐姐，不是沒什麼客氣的？』愛珍也笑道：『陳老爺倒眞會說的哦。』巧珍向愛珍道：『你自己也喫點嘛。可要我來敬你啊？』小雲聽說，連忙取牙筷夾個燒賣送到愛珍面前。慌的愛珍起身說道：『陳老爺，不要嘛。』巧珍別轉頭一笑，又道：『你不喫，我也要來敬你了。』愛珍將燒賣送還盆內，自去夾些蛋糕奉陪。巧珍也只喫了一角蛋糕放下。小雲倒四色都領略些。巧珍道：『有時候教你喫點心，你不要喫；今天倒喫了好些！』小雲笑道：『爲了姐姐去買點心來請我們，我們少喫了好像對不住，是不是？』愛珍笑道：『陳老爺，你倒說得我難爲情死了。粗點心可算什麼敬意呀！』

娘姨絞過手巾，阿海也來回說：『馬車上催了幾趟了。我恨死了！』巧珍道：『我們也是好走了，點心也喫過了。』小雲笑道：『你算跟姐姐客氣，喫了點心謝也不謝，倒就要想走了！也是個不要面孔！』巧珍笑道：『你不走？

想不想喫晚飯？』愛珍笑道：『便飯是我們也還喫得起，就是請不到陳老爺嘛。』當時小雲巧珍道謝告辭而行。（註③）

註①裹大紅頭巾的印度巡捕。

註②鴇母，或自主的妓女的家屬，幫她管事的。

註③繪春堂顯然與聚秀堂和諸金花貶入的得仙堂（第三十七回）同是么二堂子。通篇寫金愛珍的小家子氣，使她的長三妹妹覺得不好意思。

第十二回

背冤家拜煩和事老　裝鬼戲催轉踏謠娘（註）

按金巧珍和金愛珍一路說話，緩緩同行。陳小雲走的快，先自上車。阿海也在車旁等候。金愛珍直送出棋盤街，眼看阿海攙巧珍上車坐定，揚鞭開輪，始回。

小雲見天色將晚，不及再遊靜安寺，說與巧珍，令車夫仍打黃浦灘兜個圈子回去罷。於是出五馬路，進大馬路，復轉過四馬路，然後至三馬路同安里口，卸車歸家。

小雲在巧珍房裡略坐一刻，正要回店，適值車夫拉了包車來接，呈上兩張請帖：一張是莊荔甫催請的，下面加上兩句道：『善卿兄亦在座，千萬勿卻是荷』；一張是王蓮生請至沈小紅家酒敘。

小雲想沈小紅處斷無不請善卿之理，不如先去應酬蓮生這一局，好與善卿商定行止；遂叫車夫拉車到西薈芳里，自己卻步行至沈小紅家。只見房間裡除王蓮生主人之外僅有兩客，係蓮生局裡同事，即前夜張蕙貞檯面帶局來的醉漢：一位姓楊，號柳堂；一位姓呂，號傑臣，這兩位與陳小雲雖非至交，卻也熟識。彼此拱手就坐。隨後管家來安請客回來，稟道：『各位老爺都說是就來。就是朱老爺在陪著杭州黎篆鴻黎大人，說謝謝了。』

王蓮生沒甚吩咐。來安放下橫披客目，退出下去。蓮生便叫阿珠喊外場擺檯面。陳小雲取客目來一看，共有十餘位，問道：『可是雙檯？』王蓮生點點頭。沈小紅笑道：『不然我們哪曉得什麼雙檯呀；這才學了個乖，倒擺起雙檯來了。也算體面體面。』

陳小雲不禁笑了，再從頭至尾看那客目中姓名，詫異得很，竟與前夜張蕙貞家請的客一個不減，一個不添；因問王蓮生是何意。蓮生但笑不言。楊柳堂呂傑臣齊道：『想來是小紅先生意思，你說對不對？』陳小雲恍然始悟。沈小紅笑道：『你們瞎說！在我們這兒請朋友，只好揀幾個知己點嚜請了來撐撐場面；比不得別人家有面子。就像朱老爺嚜，是不是看不起我們不來囉！』

說笑間，葛仲英羅子富湯嘯菴先後到了，連陶雲甫陶玉甫昆仲接踵咸集。陳小雲道：『善卿怎麼還不來？只怕先到別處去應酬了嘛。』王蓮生道：『不是；我碰著過善卿，有一點小事，教他去跑一趟，就快來了。』

說聲未絕，樓下外場喊：『洪老爺上來。』王蓮生迎出房去咕唧了好一會，方進房。沈小紅一見洪善卿，慌忙起身，滿面堆笑，說道：『洪老爺，你不要生氣嘛。我說話沒什麼輕重，先說了再說；有時候得罪了客人，客人生了氣，我自己倒沒覺得。昨天晚上我說，洪老爺爲什麼沒坐一會就走了呢？王老爺說我得罪了。我說：「啊喲！我不曉得嚜！我爲什麼去得罪洪老爺嘛？」今天一早，我就要教阿珠到周雙珠那兒去看你。也是王老爺說：「等會去請洪老爺來好了。」洪老爺，你看王老爺面上對我們要包荒點的㖸。』洪善卿呵呵笑道：『我生什麼氣呀？你也沒什麼得罪我嘿。你不要去這樣那樣瞎陪小心。我不過是朋友，就得罪了點，到底不要緊；只要你不得罪王老爺嘿就是了。你要得罪了王老爺，我就替你說句把好聽的話，也沒用嘛。』小紅笑道：『我倒不是要洪老爺替我說好話，也不是怕洪老爺說我什麼壞話。爲了洪老爺是王老爺朋友嘿，我得罪了洪老爺，連對我們王老爺也有點難爲情，好像對不住朋友了嘿。洪老爺，是不是？』王蓮生插口剪住道：『不要說了，請坐罷。』

大家一笑，齊出至當中間，入席讓坐。陳小雲乃問洪善卿道：『莊荔甫請你陸秀寶那兒喫酒，你去不去？』善卿愕然道：『我不曉得嘿。』小雲道：『荔甫來請我，說你也在座。我想荔甫做陸秀林嘿，陸秀寶那兒可是替什麼人代請啊？』善卿道：『我外甥趙樸齋嘿，陸秀寶那兒喫過一檯酒；今天晚上不曉得可是他連喫一檯。』

一時，檯面上叫的局絡繹而來，果然周雙珠帶一張聚秀堂陸秀寶處請帖與洪善卿看，竟是趙樸齋出名。善卿問陳小雲：『去不去？』小雲道：『我不去了，你呢？』善卿道：『我倒尷尬。也只好不去。』說罷丟開。

羅子富見出局來了好幾個，就要擺起莊來。王蓮生向楊柳堂呂傑臣道：『你們喜歡鬧酒，我們也有個子富在這兒，去鬧好了。』沈小紅道：『我們今天倒忘了，沒去喊小堂名；喊一班小堂名來也要熱鬧點喏。』湯嘯菴笑道：『今年可是二月裡就交了黃梅了？爲什麼好些人嘴裡都這麼酸？』洪善卿笑道：『到了黃梅天倒好了；青梅子是比黃梅子酸好多嘅！』說得客人倌人閧堂大笑。

王蓮生要搭訕開去，即請楊柳堂呂傑臣

伸拳打羅子富的莊。當下開筵坐花，飛觴醉月，絲哀竹急，弁側釵橫，纔把那油詞醋意混過不提。

比及酒闌燈灺，衆客興辭，王蓮生陸續送畢，單留下洪善卿一個請至房間裡。善卿問有何事。蓮生取出一包首飾來，托善卿明日往景星銀樓把這舊的貼換新的，就送去交張蕙貞收。善卿應諾，開包點數，揣在懷裡。原來蓮生故意要沈小紅來看，小紅偏做不看見，坐一會兒，索性樓下去了。不知這一去正中蓮生的心坎。

蓮生見房間裡沒人，取出一篇細帳交與善卿，悄悄囑道：『另外還有幾樣東西，你就照帳上去辦。辦了來一塊送去。不要給小紅曉得。』又囑道：『你今天晚上先到她那兒去一趟，問她一聲看，還要什麼東西，就添在帳上好了。不要忘記㘚。費神！費神！』

善卿都應諾了，藏好那篇帳。恰好小紅也回至樓上。蓮生含笑問道：『你下頭去做什麼？』小紅倒怔了一怔道：『我不做什麼嘿。你問我做什嗎？是不是我們下頭有什麼人在那兒？』蓮生笑道：『我不過問問罷了，你怎麼這麼多心！』小紅正色道：『我爲了坐在這兒，萬一你有什麼話不好跟洪老爺說；我走開點嘿，讓你們去說嘍。對不對呀？』蓮生拱手笑道：『承情！承情！』小紅也一笑而罷。

洪善卿料知沒別的話，告辭要行。蓮生送至樓梯，再三叮囑而別。善卿即往東合興里張蕙貞處，逕至樓上。張蕙貞迎進房間裡。善卿坐下，把王蓮生所托貼換另辦一節徹底告訴蕙貞，然後問她：『可還要什麼東西？』蕙貞道：『東西我倒不要什麼了，不過帳上一對嵌名字戒指要八錢重的哦。』善卿令娘姨拿筆硯來，改註明白，仍自收起。蕙貞又說道：『王老爺是再要好也沒有，就不曉得沈小紅跟我前世有什麼仇，冤家對頭。我坍了臺嘿，你沈小紅可有什麼好處？』說著，就掩面而泣。善卿歎道：『氣嗚怪不得你氣，想穿了也沒什麼要緊。你就喫了點眼前虧，我們朋友們說起，倒都說你好。你做下去，生意正要好的哦。倒是沈小紅外頭名氣自己做壞了，就不過王老爺嘿還是跟她蠻好。除了王老爺，可有誰說她好！』蕙貞道：『王老爺說嘿說糊塗，心裡也蠻明白的哦。你沈小紅自己想想看，可對得住王老爺？我是也不去說她。只要王老爺一直跟沈小紅要好下去，那才算是你沈小紅本事大了！』

善卿點頭說：『不錯。』隨立起身來道：『我走了。你倒要保重點，不要氣出什麼病來。』蕙貞款步相送，笑著答道：『我自己想，不犯著氣死在你沈小紅手裡。老老面皮倒沒什麼氣，蠻快活在這裡。』善卿道：『那好。』一面說，一面走。出四馬路看時，燈光漸稀，車聲漸靜，約摸有一點多鐘，不如投宿周雙珠家爲便；重又轉身向北，至公陽里，不料各家玻璃燈盡已吹滅，弄內黑黜黜的，摸至門口，唯門縫裡微微射出些火光。

善卿推進門去，直到周雙珠房裡，只見雙珠倚窗而坐，正擺弄一副牙牌在那裡『斬五關』。雙玉站在桌旁觀局。善卿自向高椅坐了。雙珠像沒有理會，猝然問道：『檯面散了有一會了嘿；你在哪兒呀？』善卿道：『就張蕙貞那兒去了一趟。』因說起王蓮生與張蕙貞情形，笑述一遍，將首飾包放在桌上。雙珠道：『我只當你回去了。阿金她們等了會兒也都走了。』善卿道：『她們走了嘿，我來伺候你。』雙珠道：『你可喫稀飯？』善卿道：『不喫。』

雙珠的五關終斬它不通，隨手丟下，走過

肯寬家拜煩和
事老
二十二

這邊打開首飾包看了，便開櫥替善卿暫行庋置。雙玉就坐在雙珠坐的椅上，擄攏牙牌，也接著去打五關。忽又聽得樓下推門聲響，一個小孩子聲音，問：『我媽呢？』客堂裡外場答道：『你媽回去了嘿。』雙珠聽了，急靠樓窗口叫：『阿大，你上來哝。』那孩子飛跑上樓。

善卿認得是阿德保的兒子，名喚阿大，年方十三歲，兩隻骨碌碌眼睛，滿房間轉個不住。雙珠告訴他道：『你媽嘿，我教她喬公館裡看個客人去，要有一會才回來呢。你等會好了。』阿大答應，卻站在桌旁看雙玉斬五關。雙玉雖不言語，卻登時沉下臉來，將牙牌攪得歷亂，取盒子裝好，自往對過自己房裡去了。

善卿道：『雙玉來了幾天，可跟你們說過幾句話？』雙珠笑道：『就是囉。我媽也說了幾趟了。問一聲嘿說一句，一天到晚坐在那兒，一點點聲音也沒有。』善卿道：『人可聰明呢？』雙珠道：『人是倒蠻聰明；她看見我打五關，看了兩趟，她也會打了。這就看她做起生意來，不曉得可會做。』善卿道：『我看她不聲不響，倒蠻有意思，做起生意來比雙寶總好點。』雙珠道：『雙寶是不要去說她了！自己沒本事嘿倒要說別人，應該你說的時候倒不作聲了。』

這裡善卿雙珠正說些閒話，那阿大趔趄著腳兒，乘個眼錯，溜出外間，跑下樓去。雙珠一回頭，早不見了。雙珠因發怒，一片聲喊『阿大』。阿大復應聲而至。雙珠沉下臉喝道：『忙什麼呀！等你媽來了一塊走！』阿大不敢違拗，但羞得遮遮掩掩，沒處藏躲。幸而阿金也就回來。雙珠叫道：『你們兒子等了有一會了，快點回去罷。』

阿金上樓，向雙珠耳朵邊不知問什麼話。雙珠只做手勢告訴阿金。阿金方辭善卿，領阿大同回。善卿笑道：『你們裝神弄鬼的，只好騙騙小孩子！要阿德保來上你們當，不見得噦！』雙珠道：『到底騙騙也騙了過去；不然，回去要吵死了！』善卿道：『喬公館去看什麼客人？客人嘿在朱公館裡。只怕她到朱公館去看了他一趟！』雙珠嗤的笑道：『你也算做點好事罷！不要去說她了！』善卿付之一笑。艮宵易度，好夢難傳，表過不敍。

到十八日，洪善卿喫過中飯就要去了結王蓮生的公案。周雙珠將櫥中首飾包仍交善卿。於是善卿別了雙珠，踅出公陽里，經由四馬路，迎面遇見湯嘯菴，拱手爲禮。嘯菴問善卿：『到哪去？』善卿略說大概，還問嘯菴：『什麼事？』嘯菴道：『也跟你差不多；我是替子富開消蔣月琴那兒局帳去。』洪善卿笑道：『我們倆就像做他們的和事老，倒也好笑得極了！』嘯菴大笑，分路而去。

善卿自往景星銀樓，掌櫃的招呼進內，先把那包首飾秤準分兩，再揀取應用各件，色色俱全；惟有一對戒指，一隻要『雙喜雙壽』花樣，這也有現成的，一隻要方孔中嵌上『蕙貞張氏』四字，須是定打，約期來取；只得先取現成一隻和揀定的各件裝上紙盒，包紮停當。善卿仍用手巾兜縛綰結，等掌櫃的核算。扣除貼換之外還該若干，開明發票，請善卿過目。

善卿不及細看，與王蓮生那篇帳一併收藏；當即提了手巾包兒，退出景星銀樓門首；心想天色尚早，且去那裡勾留小坐再送至張蕙貞處不遲。

正打算那裡去好，只見趙樸齋獨自一個從北首跑下來，兩隻眼只顧往下看，兩隻腳只顧往前奔，擦過善卿身旁，竟自不覺。善卿猛叫一聲『樸齋！』樸齋見是舅舅，慌忙上前廝喚，並肩站在白牆根前說話。

善卿問：『張小村呢？』樸齋道：『小村跟吳松橋兩個人不曉得做什麼，天天在一塊。』善卿道：『陸秀寶那兒，你爲什麼接連去喫酒？』樸齋囁嚅半晌，答道：『是給莊荔甫他們說起來，好像難爲情，倒應酬他，連喫了一檯。』善卿冷笑道：『單是喫檯把酒，也沒什麼要緊；你是去上了他們當了！是不是？』樸齋頓住嘴說不出，只模糊搪塞道：『那也沒什麼上當。』善卿笑道：『你瞞我做什麼嗹？我也不來說你。到底你自己要有點主意才好。』

樸齋連聲諾諾，不敢再說。善卿問：『這時候一個人到哪去？』樸齋又沒得回答。善卿又笑道：『就是去打茶圍嘐有什麼不好說的啊？我跟你一塊去好了。』原來善卿獨恐樸齋被陸秀寶迷住，要去看看情形如何。

樸齋只好跟善卿同往南行。善卿慢慢說道：『上海租界上來一趟，玩玩，用掉兩塊洋錢也沒什麼；不過你不是玩的時候。你要有了生意，自己賺了來，用掉點倒罷了；你這時候生意也沒有，就家裡帶出來幾塊洋錢，用在堂子裡也到不了哪裡。萬一你錢嘐用光了，還是沒有什麼生意，你回去可好交代？連我也對不住你們令堂了嘐！』

樸齋悚然敬聽，不則一聲。善卿道：『我看起來，上海這地方要找點生意也難得很的哦。你住在客棧裡，開消也省不了，一天天噥下去，到底不是個辦法。你玩嘐也算玩了幾天了，不如回去罷。我替你留心著，要有什麼生意，我寫封信來喊你好了。你說是不是？』

樸齋那裡敢說半個不字，一味應承，也說：『是回去好。』甥舅兩個口裡說，腳下已踅到西棋盤街聚秀堂前。善卿且把這話撩過一邊，同樸齋進門上樓。

註：唐時散樂名。一作踏搖娘。『教坊記』：北齊有蘇姓嗜酒者，醉輒毆其妻，妻訴于鄰里。時人演劇，歌者衣女衣上場，每一疊衆齊聲和之曰：『踏謠和來，踏謠娘苦娘來。』『踏謠』以其且步且歌；『苦』以其稱冤。旋作毆鬥狀以為笑樂。

第十三回

挨城門（註①）陸秀寶開寶　抬轎子周少和（註②）碰和

按洪善卿趙樸齋到了陸秀寶房間裡。陸秀寶梳妝已罷，初換衣裳，一見樸齋，問道：『你一早起來去做什麼？』（註③）樸齋使個眼色，叫她莫說；被秀寶啐了一口道：『就有這許多鬼頭鬼腦的！人家比你要乖覺點呢！』說得樸齋反不好意思的。秀寶轉與善卿搭訕兩句，見善卿將一大包放在桌上，便搶去扳開，抽出上面最小的紙盒來看。可巧是那一隻『雙喜雙壽』戒指。秀寶逕取戴上，跑過樸齋這邊，嚷道：『你說沒有，你看喏。可是「雙喜雙壽」？』口裡緊著問，把手上這戒指直擱到樸齋鼻子上去。樸齋笑辯道：『他們是景星招牌；你要龍瑞，龍瑞說沒有嘿。』秀寶道：『哪有什麼沒有呀？莊倒不是龍瑞裡去拿來的？就是你起先喫酒那天嘿，說有十幾隻呢。隔了一天說沒有了，你騙誰呀？』樸齋道：『你要嘿，你教莊去拿好了。』秀寶道：『你拿洋錢來。』樸齋道：『我有洋錢嘿，昨天我就拿了來了，爲什麼要莊去拿？』秀寶沉下臉道：『你倒調皮喏！』一屁股坐在樸齋大腿上，儘力的搖晃，問樸齋：『可還要調皮呀？』樸齋柔聲告饒。秀寶道：『你去拿了來就饒你。』樸齋只是笑，也不說拿，也不說不拿。秀寶別過頭來勾住樸齋頸項，撅著嘴咕嚕道：『我不來！你去拿來⿰口娘！』秀寶連說了幾遍，樸齋總不開口。秀寶漸怒，大聲道：『你可敢不去拿！』樸齋也有三分煩躁起來。秀寶那裡肯依，扭的身子像扭股兒糖一般，恨不得把樸齋立刻擠出銀水來才好。

正當無可奈何之時，忽聽得大姐在外喊道：『二小姐，快點，施大少爺來了。』秀寶頓然失色，飛跑出房，竟丟下樸齋和善卿在房間裡，並沒有一人相陪。善卿因問樸齋道：『秀寶要什麼戒指？可是你去買給她？』樸齋道：『就是莊荔甫去敷衍了一句話。起先她們說要一對戒指，我不答應。荔甫去騙她們，說：「戒指嚜現成沒有，隔兩天再去打好了。」她所以這時候就要去打戒指。』善卿道：『那也是你自己不好，不要去怪什麼荔甫。荔甫是秀林老客人，自然幫她們嚜。你說荔甫去騙她們，荔甫是就在騙你。你以後嚜不要再去上荔甫的當了。可曉得？』

樸齋唯唯而已，沒一句回話。適見楊家媽進來取茶碗出去。善卿叫她：『喊秀寶拿戒指來，我們要走了。』楊家媽摸不著頭腦，胡亂應下去喊秀寶。秀寶進房見善卿面色不善，忙道：『我還替你裝好了。』善卿道：『我來裝好了。』一手接過戒指去。秀寶不敢招惹，只拉樸齋過一邊，密密說了好些話。及善卿裝好首飾包，說聲：『我們走罷。』轉身便走。樸齋慌的緊緊跟隨出來。秀寶也不曾留，卻約下樸齋道：『你等會要來的⿰口娘。』直叮囑至樓梯邊而別。

善卿出至街上，卻問樸齋道：『你可替她

陸秀寶
二十九

去買戒指？』樸齋道：『過兩天再看囉。』善卿冷笑道：『過兩天再看的話，那是還是要替她去買的了。你的意思可是爲了秀寶那兒用掉了兩塊錢捨不得，想多用點在她身上嘿指望她跟你要好？我跟你老實說了罷：要秀寶跟你要好不會的了。你趁早死了一條心。你就拿了戒指去，秀寶嘿只當你是鑲頭，可會要好啊？』

樸齋一路領會忖度。至寶善街口，將要分手，善卿復站住說道：『你就是上海地方兩個朋友也刻刻要留心。像莊荔甫本來算不得什麼朋友；就是張小村吳松橋算是自己小同鄉，好像靠得住了，到了上海倒也難說。先要你自己有主意。他們隨便說什麼話，你少聽點也好點。』樸齋也不敢下一語。善卿還嘮叨幾句，自往張蕙貞處送首飾去了。

趙樸齋別過善卿，茫然不知所之；心想善卿如此相勸，倒不好開口向他借貸；若要在上海玩，須得想個法子敷衍過去；當此無聊之際，不如去尋吳松橋談談，或者碰著什麼機會也未可知；遂叫部東洋車坐了，逕往黃浦灘拉來。遠遠望見白牆上『義大洋行』四個大字，樸齋叫車夫就牆下停車，開發了車錢。只見洋行門首正在上貨，挑夫絡繹不絕。有一個穿棉袍馬褂戴著眼鏡的，像是管帳先生，站在門旁向黃浦呆望；旁邊一個挑夫拄著扁擔與他說話。

樸齋上前拱手，問：『吳松橋可在這兒？』那先生也不回答，只嗤的一笑，仰著臉竟置不理。樸齋不好意思，正要走開。倒是那挑夫用手指道：『你要找人嘿去問帳房裡；此地棧房，哪有什麼人哪。』

樸齋照他指的方向去看，果然一片矮牆，門口挂一塊黑漆金字小招牌；一進了門，乃是一座極高大四方的外國房子。樸齋想這所在不好瞎闖的，徘徊瞻望，不敢聲喚。恰好幾個挑夫拖著扁擔往裡飛跑，直跑進旁邊一扇小門。樸齋跟至門前。那門也有一塊小招牌，寫著『義大洋行帳房』六個字，下面又畫了一隻手，伸一個指頭望門裡指著。

樸齋大著膽進去，踅到帳房裡，只見兩行都是高櫃檯，約有二三十人在那裡忙碌碌的不得空隙。樸齋揀個年輕學生，說明來意。那學生把樸齋打量一回，隨手把壁間繩頭抽了兩抽，即有個打雜的應聲而至。學生叫：『去喊小吳來，說有人找。』

打雜的去後，樸齋掩在一旁，等了個不耐煩，方纔見吳松橋穿著本色洋絨短衫褲，把身子紮縛得緊緊的，十分唧溜，趕忙奔至帳房裡；一見樸齋，怔了一怔，隨說：『我們樓上去坐會兒罷。』乃領樸齋穿過帳房，轉兩個彎，從一層樓梯上去。松橋叫腳步放輕些。蹭到樓上，推開一扇屏門，只見窄窄一個外國房間，倒像是截斷衖堂一般，滿地下橫七豎八堆著許多銅鐵玻璃器具，只靠窗有一隻半桌，一隻皮杌子。

樸齋問：『有沒碰著過小村？』松橋忙搖搖手叫他不要說話；又悄悄囑道：『你坐一會，等我完了事，一塊北頭去。』樸齋點頭坐下。松橋掩上門匆匆去了。這門外常有外國人出進往來，履聲橐橐，嚇得樸齋在內屏息危坐，捏著一把汗。

一會兒，松橋推進門來，手中拿兩個空的洋瓶撩在地下，囑樸齋：『再等會兒，就快完了。』仍匆匆掩門而去。

足有一個時辰，松橋纔來了，已另換一身棉袍馬褂，時新行頭，連鑲鞋小帽（註④）並嶄然一新，口中連說：『對不住。』一手讓樸齋先行，一手拽門上鎖，同下樓來。仍經由帳房轉出旁邊小門，迤邐至黃浦灘。松橋說道：

「我約小村到兆貴里，我們坐車子去罷。」隨喊兩部東洋車坐了。車夫討好，一路飛跑，頃刻已到石路兆貴里街口停下。

松橋把數好的兩注車錢分給車夫，當領樸齋進街，至孫素蘭家。只見娘姨金姐在樓梯上迎著，請到亭子間裡坐，告訴吳松橋道：「周跟張來過了，說到華衆會去一趟。」

松橋叫拿筆硯來，央趙樸齋寫請客票，說尙仁里楊媛媛家，請李鶴汀老爺。樸齋仿照格式，端楷繕寫。纔要寫第二張，忽聽得樓下外場喊：「吳大少爺朋友來。」吳松橋瞿然起道：「不要寫了，來了。」

趙樸齋丟下筆，早見一個方面大耳長挑身材的人忙忙的走進房來，一看正是張小村，拱手爲禮。問起姓名，方知那鬍子姓周，號少和，據說在鐵廠勾當。趙樸齋說聲「久仰」。大家就坐。吳松橋把請客票交與金姐：「快點去請。」

那孫素蘭在房間裡聽見這裡熱鬧，只道客到齊了，免不得過來應酬；一眼看見樸齋，問道：「昨天晚上，么二上喫酒，可是他？」吳松橋道：「喫了兩檯了。起先喫一檯，你也在檯面上嘿。」孫素蘭點點頭，略坐一坐，還回那邊正房間陪客去了。

這邊談談講講，等到掌燈以後，先有李鶴汀的管家匡二來說：「大少爺跟四老爺在喫大菜，說，可有什麼人先替打一會。」吳松橋問趙樸齋：「你可會打牌？」樸齋說：「不會。」周少和道：「就等他一會也沒什麼。」金姐問道：「先喫晚飯可好？」張小村道：「他在喫大菜嘿，我們也好喫晚飯了。」吳松橋乃令開飯。

不多時，金姐請各位去當中間用酒。只見當中間內已擺好一桌齊整飯菜。四人讓坐。卻爲李鶴汀留出上首一位。孫素蘭正換了出局衣裳出房，要來篩酒。吳松橋急阻止道：『你請罷，不要弄髒了衣裳。』素蘭也就罷了，隨口說道：『你們慢用，對不住，我出局去。』既說便行。吳松橋舉杯讓客。周少和道：『喫了酒等會不好打牌，倒是喫飯罷。』松橋乃讓趙樸齋道：『你不打牌，多喫兩杯。』樸齋道：『我就喫兩杯，你不要客氣。』張小村道：『我來陪你喫一杯好了。』

於是兩人乾杯對照。及至趙樸齋喫得有些興頭，卻值李鶴汀來了。大家起身，請他上坐。李鶴汀道：『我喫過了。你們四個人有沒打過牌？』吳松橋指趙樸齋道：『他不會打，在這等你。』

周少和連聲催飯。大家忙忙喫畢，揩把面，仍往亭子間裡來，卻見靠窗那紅木方桌已移在中央，四支擅燭點得雪亮，桌上一副烏木嵌牙麻雀牌和四份籌碼皆端正齊備。吳松橋請李鶴汀上場，同周少和張小村拈鬮坐位。金姐把各人茶碗及高裝糖果放在左右茶几上。李鶴汀叫拿局票來叫局。周少和便替他寫，叫的是尚仁里楊媛媛。少和問。『可有誰叫？』張小村說：『我們不叫了。』吳松橋道：『樸齋叫一個罷。』趙樸齋道：『我不打牌嘿，叫什麼局嘛？』張小村道：『可要我跟你合點夥？』李鶴汀道：『合夥蠻好。』張小村道：『你寫好了。西棋盤街聚秀堂陸秀寶。』周少和一併寫了，交與金姐。吳松橋道：『讓他少合點罷。要是輸得大了好像難爲情。』張小村道：『合二分好了。』趙樸齋道：『二分要多少？』周少和道：『有限得很。輸到十塊洋錢碰頂了。』樸齋不好再說，卻坐在張小村背後看他打了一圈莊，絲毫不懂，自去榻床躺下吸煙。

一時，楊媛媛先來。陸秀寶隨後並到。秀寶問趙樸齋道：『坐在哪兒呀？』吳松橋道：

『你就榻床上去坐會兒。他要跟你打「對對和」。』

陸秀寶即坐在榻床前杌子上。楊家媽取出袋裡水煙筒來裝水煙。趙樸齋盤膝坐起，接了自吸。秀寶問道：『你可打牌？』樸齋道：『我沒錢，不打了。』陸秀寶眼睛一瞟，冷笑道：『你這話是白說的嘿！誰來聽你噠！』樸齋若無其事笑嘻嘻的道：『不聽就不聽好了！』秀寶沉下臉來道：『你可替我拿戒指？』樸齋道：『你看我可有工夫？』秀寶道：『你不打牌，這半天在做什麼？』樸齋道：『我嘿也有我事情，你哪曉得！』秀寶又撅著嘴咕嚕道：『我不來！你可去拿。』

樸齋只嘻著嘴笑，不則一聲。秀寶伸一個指頭指定樸齋臉上道：『只要你等會不拿來嘿，我拿銀簪來戳爛你隻嘴，看你可受得了！』樸齋笑道：『你放心，我等會不來好了，不要說得嚇死人。』秀寶一聽，急的問道：『誰說教你不要來呀？倒要說說看！』一面問個著落，一面咬緊牙關把樸齋腿旁狠命的摔一把。樸齋忍不住叫聲『啊呀』。那檯面上打牌的聽了，異口同聲呵呵一笑。秀寶趕緊放手。周少和叫金姐說道：『你們桌子下頭倒養一隻公雞在那兒！我明天也要借一借的哦！』大家聽說，重笑一回，連楊媛媛也不禁笑了。

陸秀寶恨得沒法，只輕輕的罵：『短命！』趙樸齋側著頭，覷了覷，見秀寶水汪汪含著兩眶眼淚，呆臉端坐，再不說話。樸齋想要安慰她，卻沒有什麼可說的。忽見簾子縫裡有人招手叫『楊家媽。』楊家媽隨去問明，即復給樸齋裝水煙。樸齋搖手不吸。楊家媽道：『我們要轉局去，先走了。』

秀寶卻和楊家媽唧唧說了半晌。楊家媽轉向樸齋道：『趙大少爺，你只當秀寶要你戒

指，可曉得她們媽要說她的噉。』秀寶接嘴道：『你想噥，你昨天嘍自己跟我媽說好了，去打好了，我可好跟我媽說，你不肯去打了呀？你就不去打也沒什麼，你等會來跟我媽去當面說一聲。聽見了沒有？』樸齋怕人笑話，催促道：『你走罷，等會再說。』秀寶也不好多話，扶著楊家媽肩膀去了。

鶴汀說道：『幺二上倌人自有許多幺二上功架。她們慣了，自己做出來也不覺得了。』楊媛媛嗔道：『關你什麼事？要你去說她們！』鶴汀微笑而罷。

趙樸齋又慚又惱，且去看看張小村籌碼，倒贏了些，也自歡喜。正值四圈滿莊，更調坐次，再打四圈。李鶴汀要吸口煙，叫楊媛媛替打。楊媛媛接上去，也只打一圈，叫道：『也不好，你自己來打罷。』鶴汀道：『你打下去好了。』楊媛媛道：『蠻好牌，和不出嘍。』趙樸齋從旁窺探，見李鶴汀一堂籌碼剩得有限。楊媛媛連打一圈，恰好輪完，定不肯再打了。李鶴汀只得自己上場，向贏家周少和借了半堂籌碼。楊媛媛也就辭去。

須臾打畢，惟李鶴汀輸家，輸有一百餘元。張小村也是贏的。趙樸齋應分得六元。周少和預約明日原班次場，問趙樸齋：『可高興一塊來？』張小村攔道：『他不會打，不要約了。』周少和便不再言。

吳松橋請李鶴汀吸煙。鶴汀道：『不喫了，我要走了。』金姐忙道：『等先生回來了噥。』鶴汀道：『你們先生倒眞忙！』金姐道：『今天轉了五六個局囉。李大少爺，眞正怠慢你們噥！』吳松橋笑說：『不要客氣了！』

於是大家散場，一同出兆貴里，方纔分道各別。趙樸齋和張小村同回寶善街悅來客棧。

註①城門夜閉，有人等在城門外，俟開門放入有特權者時跟進。

註②即打麻將。『碰』即碰、吃；『和』即胡，吳語二字同音。

註③昨夜樸齋第二次請客，顯然就是替秀寶開苞——書中作『開寶』——但是她藉故嘔氣，大概整夜跟他『扭手扭腳的』（『紅樓夢』中賈璉語），欺他沒有經驗，他根本無法行事，因此一大早賭氣走了。

註④瓜皮帽。

第十四回

單拆單單嫖明受侮　合上合合賭暗通謀

按張小村趙樸齋同行至寶善街悅來客棧門首。樸齋道：『我去一趟就來。你等一會。』小村笑而諾之，獨自回棧。棧使開房點燈沖茶。小村自去鋪設煙盤過癮。吸不到兩口煙，趙樸齋竟回來了。小村詫異得很，問其如何。樸齋歎口氣道：『不要說起！』便將陸秀寶要打戒指一切情節仔細告訴小村，并說：『我這時候去，就在棋盤街上望了一望，望到她房間裡在擺酒，划拳，唱曲子，熱鬧得很。想必就是姓施的客人。』小村笑道：『我看起來還有緣故。你想，今天才一天，就有客人，是不是客人等在那兒？沒那麼湊巧。你去上了她們當了，姓施的客人嘍總也是上當。你想對不對？』（註①）

樸齋恍然大悟，從頭想起，越想越像，悔恨不迭。小村道：『這也不必去說它了。以後你不要去了嘍就是了。我也正要跟你說：我有一頭生意在這兒，就是十六鋪（註②）朝南大生米行裡。我明天就要搬了去。我走了，你一個人住在棧房裡，終究不是道理。最好嘍你還

單拆單〻嫖明受氣
三十六

是回去，托朋友找起生意來再說。不然就搬到你們舅舅店裡去，也省了點房飯錢。你說是不是？』

樸齋尋思半晌，復嘆口氣道：『你生意倒有了，我用掉了多少洋錢，一點都沒做什麼。』小村道：『你要在上海找事，倒是難哝。就等到一年半載，也說不定找得到找不到。你先要自己有主意，不要過兩天用完了洋錢，過不下去了，給你們舅舅說，是不是沒什麼意思？』

樸齋尋思這話卻也不差，乃問道：『你們打牌，一場輸贏要多少？』小村道：『要是牌不好，輸起來，就兩三百洋錢也沒什麼稀奇哝！』樸齋道：『你輸了可給他們？』小村道：『輸了怎麼好不給呢！』樸齋道：『哪來這麼些洋錢去給他？』小村道：『你不曉得，在上海這地方，只要名氣做大了就好。你看了場面上幾個人好像闊天闊地，其實跟我們也差不多，不過名氣大了點。要是沒有名氣，還好做什麼生意呀？就算你家裡有好多家當在那兒也沒用嘿。你看吳松橋，可是個光身子？他稍微有點名氣嘿，兩三千洋錢手裡拿出拿進，沒什麼要緊。我是比不得他；那要有什麼用項，匯劃莊上去，四五百洋錢，也拿了就是。你哪曉得啊！』樸齋道：『莊上去拿了嘿，還是要還的嘿。』小村道：『那是也要自己算計囉。生意裡借點，週轉一下，碰著有法子，有什麼進賬，補湊補湊嘿，還掉了。』樸齋聽他說來有理，仍是尋思不語，須臾各睡。

次早十九日，樸齋醒來，見小村打疊起行李，叫棧使喊小車。樸齋忙起身相送；送至大門外，再三囑托：『有什麼生意，替我吹噓吹噓。』小村滿口應承。

樸齋看小村押著獨輪車去遠，方回棧內。

喫過中飯，正要去閒遊散悶，只見聚秀堂的外場手持陸秀寶名片來請。樸齋賭氣，把昨天晚上一個局錢給他帶回。外場那裡敢接。樸齋隨手撩下，望外便走。外場只得收起，趕上樸齋，說些好話。樸齋只做不聽見，自去四馬路花雨樓頂上泡一碗茶，喫過四五開，也覺沒甚意思，心想陸秀寶如此，不如仍舊和王阿二混混，未始不妙；當下出花雨樓，朝南過打狗橋，逕往法界新街盡頭，認明王阿二門口，直上樓去，房間裡不見一人。

正在躊躇，想要退下，不料一回身，王阿二捏手捏腳，跟在後面，已到樓門口了。喜的樸齋故意彎腰一瞧道：『咦！你可是要來嚇我？』王阿二站定，拍掌大笑道：『我在隔壁郭孝婆那兒，看見你低著頭只管走，我就曉得你到我們這兒來，跟在你背後；看你到了房間裡，東張張，西張張，我噻在那兒好笑，要笑出來了呀！』樸齋也笑道：『我想不到你就在我背後。倒一嚇。』王阿二道：『你可是不看見？眼睛好大！（註③）』

說話時，那老娘姨送上煙茶二事，見了樸齋笑道：『趙先生，恭喜你了噻。』樸齋愕然道：『我有什麼喜呀？』王阿二接嘴道：『你算瞞我們是不是？再也想不到我們倒都曉得了！』樸齋道：『你曉得什麼嘛？』王阿二不答，卻轉臉向老娘姨道：『你聽聽！可不叫人生氣！倒好像是我們要吃醋，瞞著我們！』老娘姨呵呵笑道：『趙先生，你儘管說好了。我們這兒不比堂子裡，你就去開了十個寶也不關我們什麼事。還怕我們二小姐跟她們去喫醋？我們倒有好多好多醋呢，也不知喫哪家的好！』

樸齋聽說，方解其意，笑道：『你們說陸秀寶！我只當你們說我有了什麼生意了，恭喜我！』王阿二道：『你有生意沒生意，我們哪曉得？』樸齋道：『那麼陸秀寶那兒開寶，你倒曉得了。那是張先生來跟你們說的囉。』老娘姨道：『張先生就跟你來了一趟，以後沒來過。』王阿二道：『張先生是不來了，我跟你說了罷。我們這兒僱了包打聽在這兒，可有什麼不曉得的！』樸齋道：『那麼昨天晚上是誰住在陸秀寶那兒，你可曉得？』王阿二努起嘴來道：『哪！是隻狗嘛！』被樸齋一口啐道：『我要是住在那兒嘿，也不來問你囉！』王阿二冷笑道：『不要跟我瞎說了，開寶客人，住了一晚上就不去了，你騙誰呀！』

樸齋嘆口氣，也冷笑道：『你們包打聽可是個聾子？教他去喊個剃頭司務拿耳朵來挖挖清爽再去做包打聽好了！』王阿二聽說，知道是眞情了，忙即問道：『可是你昨天晚上不在陸秀寶那兒？』樸齋遂將陸秀寶如何倡議，如何受欺，如何變卦，如何絕交，前後大概略述一遍。

那老娘姨插口說道：『趙先生，你也算有主意的哦。倒給你看穿了。你可曉得，倌人開寶是他們堂子裡說說罷了，哪有眞的呀！差不多要三四趟五六趟的哦！你嘿白花了洋錢，再去上她們當，哪犯得著呀？』王阿二道：『早曉得你要去上她們當嘿，我倒不如也說是清倌人，只怕比陸秀寶要像點哪。』樸齋嘻嘻的笑道：『你前門是不像了；我來替你開扇後門走走，便當點，好不好？』王阿二也不禁笑道：『你這人啊，給你兩個嘴巴子喫喫才好！』老娘姨隨後說道：『趙先生，你也自己不好。你要聽了張先生的話，就在我們這兒走走，不到別處去嘿，倒也不去上她們的當了。像我們這兒可有當來給你上？』樸齋道：『別處是我也沒有；陸秀寶那兒不去了，就不過此地來走走。』

前幾天我心裡要想來，爲了張先生，要是碰見了，好像有點難爲情。這以後是張先生搬走了，也不要緊了。』

王阿二忙即問道：『是不是張先生找到了生意了？』樸齋遂又將張小村現住十六鋪朝南大生米行裡的話備述一遍。那老娘姨又插口說道：『趙先生，你也太膽小了！不要說什麼張先生我們這兒不來；就算他來了，碰見你在這兒，也沒什麼要緊嚜。有時候我們這兒客人合好了三四個朋友一塊來，都是朋友，都是客人，他們也算熱鬧點，好玩；你看見了要難爲情死了！』王阿二道：『你嚜眞正是個鏟頭！張先生就是要打你你也打得過他嚜，怕他什麼呀？要說是難爲情，我們生意只好不要做了。』

樸齋自覺慚愧，向榻床躺下，把王阿二裝好的一口煙拿過槍來，湊上燈去要吸，吸的不得法，燄騰騰燒起來了。王阿二在旁看著好笑，忽聽得隔壁郭孝婆高聲叫：『二小姐。』王阿二謊的令老娘姨去看『可有什麼人在那兒。』老娘姨趕緊下樓。樸齋倒不在意。王阿二卻抬頭側耳細細的去聽。只聽得老娘姨即在自己門前和人說話，說了半晌，不中用，復叫道：『二小姐，你下來嘛。』恨得王阿二咬咬牙，悄地咒罵兩句，只得丟了樸齋，往下飛奔。

樸齋那口煙還是沒有吸到底，也就坐起來聽是什麼事。只聽得王阿二走至半樓梯先笑叫道：『長大爺，我當是什麼人！』接著咕咕唧唧更不知說些甚話，聽不情楚。只聽得老娘姨隨後發急叫道：『徐大爺，我跟你說嘛！』

這一句還沒有說完，不料樓梯上一陣腳聲，早闖進兩個長大漢子：一個尚是冷笑面孔；一個竟揎拳攘臂，雄赳赳的據坐榻床，掿起煙槍，把煙盤亂搠，只嚷道：『拿煙來！』王阿二忙上前陪笑道：『娘姨在拿了。徐大爺，不要生氣。』

樸齋見來意不善，雖是氣不伏，卻是惹不得，便打鬧裡一溜煙走了。王阿二連送也不敢送。可巧老娘姨拿煙回來，在街相遇，一把拉住囑咐道：『白天人多，你晚上一點鐘再來。我們等著。』樸齋點頭會意。

那時太陽漸漸下山。樸齋並不到棧，胡亂在飯館裡喫了一頓飯，又去書場裡聽了一回書，捱過十二點鐘，仍往王阿二家，果然暢情快意，一度春宵。明日午前回歸棧房。棧使迎訴道：『昨夜有個娘姨來找了你好幾趟了。』樸齋知道是聚秀堂的楊家媽，立意不睬，惟恐今日再來糾纏，索性躲避爲妙，一至飯後，連忙出門，惘惘然不知所往；初從石路向北出大馬路，既而進抛球場，兜了一個圈子，心下打算，畢竟到那裡去消遣消遣；忽想起吳松橋等打牌一局，且去孫素蘭家問問何妨；因轉彎過四馬路，逕往兆貴里孫素蘭家，只向客堂裡問：『吳大少爺可在這兒？』外場回說：『沒來。』

樸齋轉身要走，適爲娘姨金姐所見。因是前日一塊打牌的，乃明白告道：『可是問吳大少爺？他們在尙仁里楊媛媛那兒打牌，你去找好了。』

樸齋聽了出來，遂由兆貴里對過同慶里進去，便自直通尙仁里，當并尋著了楊媛媛的條子，欣然摳衣踵門，望見左邊廂房裡一桌麻將，迎面坐的正是張小村。樸齋隔窗招呼，趷進房裡。張小村及吳松橋免不得寒暄兩句。李鶴汀只說聲『請坐』。周少和竟不理。

趙樸齋站在吳松橋背後，靜看一回，自覺沒趣，訕訕告辭而去。李鶴汀乃問吳松橋道：『他可做什麼生意？』松橋道：『他也是出來玩玩，沒什麼生意。』張小村道：『他要找點生意做，你可有什麼路道？』吳松橋嗤的笑道：『他要做生意！你看哪一樣生意他會做啊？』大家一笑丟開。

比及打完八圈，核算籌碼，李鶴汀仍輸百元之數。楊媛媛道：『你倒會輸噠。我沒聽見你贏過嘿。』吳松橋道：『打牌就輸得再厲害也不要緊，只要牌九莊上四五條統喫下來，好了嘿。』周少和道：『喫花酒沒什麼意思，倒不如尤如意那兒去翻翻本看。』李鶴汀微笑道：『尤如意那兒，明天去好了。』張小村問道：『誰請你喫酒？』李鶴汀道：『就是黎篆鴻，不然誰高興去吃花酒。他也不請什麼人，就光是我跟四家叔兩個人。要是不捧他的場，那是跳得三丈高，有得看了！』吳松橋道：『老頭子興致倒好。』李鶴汀正色道：『我說倒也是他本事。你想嘛，他家裡嘿多少姨太太，外頭嘿堂子裡倌人，還有人家人，一場刮子算起來，差不多幾百喏！』周少和道：『到底可有多少現銀子？』李鶴汀道：『誰去替他算呀。連他自己也有點模糊了。要做起生意來，那是叫發昏帶中邪！幾千萬做著看，可有點譜子！』

大家聽了，搖頭吐舌，讚嘆一番，也就陸續散去。李鶴汀隨意躺在榻床上，伸了個懶腰，打了個哈欠，楊媛媛問：『可要喫筒鴉片煙？』鶴汀說：『不喫。昨天鬧了一夜，今天沒睡醒，懶得很。』媛媛道：『昨天去輸了多少？』鶴汀道：『昨天還算好，連賠了兩條就停了；就這樣也輸千把。』媛媛道：『我勸你少賭賭罷。多花了錢，還要糟蹋身體。你要想翻本，我想他們這些人贏嘿倒拿了進去了，輸了不見得再拿出來給你。』鶴汀笑道：『那是你瞎說；先拿洋錢去買籌碼，有籌碼嘿總有洋錢在那兒。哪有什麼拿不出的？就怕翻本翻不過

合上
合々賭
賭通
謀

來。莊上風頭轉了點，他們倒不押了，贏不動它，沒法子！』媛媛道：『就是這話了。我說你明天到尤如意那兒去，算好了多少輸贏，索性再賭一場，翻得過來嘿翻了，翻不過來就看開點算了罷。』鶴汀道：『這話就說得對了。倘若翻不過來，我一定要戒賭了。』媛媛道：『你能夠戒了不賭，那是再好也沒有。就是要賭嘿，你自己也留心點。像這樣幾萬輸下去，你嘿倒也沒什麼要緊，別人聽見了不要著急呀？你們四老爺要問起我們來，為什麼不勸勸㖡，我們倒喫他數落幾句，也只好不作聲嘿。』鶴汀道：『那是沒這個事的，四老爺不說我倒來說你？』媛媛道：『這時候說閒言閒語的人多，倒也說不定嘔。其實我們這兒是你自己高興賭了兩場。閒人說起來，倒好像我們抽了多少頭錢了。我們堂子裡不是開什麼賭場，也不要抽什麼頭錢嘿。』鶴汀道：『誰來說你呀？你自己在多心。』媛媛道：『這好，你到尤如意那兒去賭好了，那有什麼閒言閒語也不關我們事。』

說話時，鶴汀已自目餳吻澀，微笑不言。媛媛也就剪住了。當下鶴汀朦朧上來，竟自睡去。媛媛知他欠眠，並不聲喚，親自取一條絨毯替他悄地蓋上。

鶴汀直睡至上燈以後，娘姨盛姐搬夜飯進房，鶴汀聽得碗響即又驚醒。楊媛媛問鶴汀道：『你可要先喫口飯再去喫酒？』鶴汀一想，說道：『喫是倒喫不下，點點心也沒什麼。』盛姐道：『沒什麼菜嘿。我去教他們添兩樣。』鶴汀搖手道：『不要去添。你替我盛一小口乾飯好了。』媛媛道：『他喜歡糟蛋，你去開個糟蛋罷。』盛姐答應，立刻齊備。

鶴汀和媛媛同桌喫畢，恰值管家匡二從客棧裡來見鶴汀，稟說：『四老爺喫酒去了，教大少爺也早點去。』媛媛道：『等他們請客票來了再去正好嘿。』鶴汀道：『早點去喫了，早點哪。』鶴汀道：『兩天沒回去，四老爺好像有點回去睡覺了。』媛媛道：『你身子有點不舒服不放心，回去的好。』媛媛也無別語。李鶴汀嘿，還是到我們這兒來，比棧房裡也舒服點乃叫匡二跟著，從楊媛媛家出門赴席。

註①安排好次日由另一人開苞，否則樸齋方面無法夜夜搪塞過去。

註②上海近郊市鎮。

註③視覺遲鈍的人有時視而不見，俗稱『眼睛大』，像網眼太大，漏掉東西。

第十五回

屠明珠出局公和里　李實夫開燈花雨樓

按黎篆鴻畢竟在那裡喫酒？原來便是羅子富的老相好蔣月琴家。李鶴汀先已知道，帶著匡二逕往東公和里來。匡二搶上前去通報。大姐阿虎接著，打起簾子請進房裡。李鶴汀看時，只有四老爺和一個幫閒門客——姓于，號老德的——在座。四老爺乃是李鶴汀的嫡堂叔父，名叫李實夫。三人廝見，獨有主人黎篆鴻未到。李鶴汀正要動問，于老德先訴說道：『篆鴻在總辦公館裡應酬。月琴也叫了去了。他說教我們三個人先喫起來。』

當下叫阿虎喊下去，擺檯面，起手巾。適值蔣月琴出局回來，手中拿著四張局票，說道：『黎大人馬上來了，教你們多叫兩個局，他四個局嘿也替他去叫。』于老德乃去開局票；知道黎篆鴻高興，竟自首倡，也叫了四個局。李鶴汀只得也叫四個。李實夫不肯助興，只叫兩個。發下局票，然後入席。

不多時，黎篆鴻到了，又拉了朱藹人同來，相讓就坐。黎篆鴻叫取局票來，請朱藹人叫局。朱藹人叫了林素芬林翠芬姊妹兩個。

黎篆鴻說太少，定要叫足四個方罷；又問于老德：『你們三個人叫了多少局啊？』于老德從實說了。

黎篆鴻向李實夫一看道：『你怎麼也叫兩個局嗟？難爲你了嘤！要六塊洋錢的嗞！荒荒唐唐！』李實夫不好意思，也訕訕的笑道：『我沒處去叫了嘤。』黎篆鴻道：『你也算是老玩家嘤，這時候叫個局就沒有了。說出話來可不沒志氣！』李實夫道：『從前相好，年紀太大了，叫了來做什麼？』黎篆鴻道：『你可曉得？不會玩嘤玩小的，會玩倒要玩老的；越是老，越是有玩頭。』李鶴汀聽說，即道：『我倒想著一個在這兒了！』

黎篆鴻遂叫送過筆硯去請李鶴汀替李實夫寫局票。李實夫留心去看，見李鶴汀寫的是屠明珠，躊躇道：『她大概不見得出局了嗞。』李鶴汀道：『我們去叫，她可好意思不來！』黎篆鴻拿局票來看，見李實夫仍只叫得三個局，乃皺眉道：『我看你要多少洋錢來放在箱子裡做什麼！是不是在我面上來做人家了？』又慫恿李鶴汀道：『你再叫一個，也坍坍他臺，看他還有臉！』李實夫只是訕訕的笑。李鶴汀道：『叫什麼人嗞？』想了一想，勉强添上個孫素蘭。黎篆鴻自己復想起兩個局來，也叫于老德添上，一併發下。

這一席原是雙檯，把兩隻方桌拼著擺的。賓主祇有五位，席間寬綽得很；因此黎篆鴻叫倌人都靠檯面與客人並坐。及至後來坐不下了，方排列在背後。總共廿二個倌人，連廿二個娘姨大姐，密密層層，擠了一屋子，于老德挨次數去，惟屠明珠未到。蔣月琴問：『可要去催？』李實夫忙說：『不要催；她就不來也沒什麼。』

李鶴汀回頭見孫素蘭坐在身旁，因說道：

唐明珠出局
公和里
公和里
四十三

『借光你綳綳場面。』孫素蘭微笑道：『不要客氣，你也是照應我嘿。』楊媛媛和孫素蘭也問答兩句。李鶴汀更自喜歡。林素芬與妹子林翠芬和起琵琶商量合唱。朱藹人揣度黎篆鴻意思那裡有工夫聽曲子，暗暗搖手止住。

黎篆鴻自己叫的局倒不理會，卻看看這個，說說那個。及至屠明珠姍姍而來，黎篆鴻是認得的，又搭訕著問長問短，一時和屠明珠說起前十年長篇大套的老話來。李實夫湊趣說道：『讓她轉局過來好不好？』黎篆鴻道：『轉什麼局？你叫來的嘿一樣好說說話的嘿。』李實夫道：『那麼坐這兒來說說話，也近便點。』

黎篆鴻再要攔阻，屠明珠早立起來，挪過坐位，緊緊靠在黎篆鴻肩下坐了。屠明珠的娘姨鮑二姐見機，隨給黎篆鴻裝水煙。黎篆鴻吸過一口，倒覺得不好意思的，便故意道：『你不要來瞎巴結裝水煙，等會四老太爺生了氣，吃起醋來，我這老頭子打不過他嘿！』屠明珠格的一聲笑道：『黎大人放心，四老太爺要打你嘿，我來幫你好了。』黎篆鴻也笑道：『你倒看中了我三塊洋錢了，是不是？』屠明珠道：『是不是你捨不得三塊洋錢，連水煙都不要喫了？——鮑二姐，拿來，不要給他喫！不要難為了他三塊洋錢，害他一夜睡不著。』

那鮑二姐正裝好一筒水煙給黎篆鴻吸，竟被屠明珠伸手接去，卻忍不住掩口而笑。黎篆鴻道：『你們在欺負我這老頭子，不怕罪過啊？要天雷打的噢！』屠明珠那筒煙正吸在嘴裡，幾乎嗆出來，連忙噴了，笑道：『你們看黎大人噢！要哭出來了！哪，就給你喫了筒罷！』隨把水煙筒湊到黎篆鴻嘴邊。黎篆鴻伸頸張目一氣吸盡，喝聲采道：『啊唷！好鮮！』鮑二姐也失笑道：『黎大人倒有玩頭的嘅！』于老德向屠明珠道：『你也上了黎大人當了。水煙嘍喫了，三塊洋錢不著槓喨！』黎篆鴻拍手嘆道：『給你們說穿了，倒不好意思再喫一筒了嘍！』說得闔席笑聲不絕。

蔣月琴掩在一旁，插不上嘴；見朱藹人抽身出席，向榻床躺下吸鴉片煙，蔣月琴趁空，因過去低聲問朱藹人道：『可看見羅老爺？』朱藹人道：『我有三四天沒看見了。』蔣月琴道：『羅老爺我們這兒開消掉不來了呀。你們可曉得？』藹人問：『爲什麼？』蔣月琴道：『這也是上海灘上一樁笑話。爲了黃翠鳳不許他來，他不敢來了。我從小在堂子裡做生意，倒沒聽見過像羅老爺的客人。』朱藹人道：『可眞有這事？』蔣月琴道：『他教湯老爺來開消，湯老爺跟我們說的嘍。』朱藹人道：『你們有沒去請他？』蔣月琴道：『我們是隨便他好了，來也罷，不來也罷。我們這兒說不做嘍也做了四五年的囉，他許多脾氣我們也摸著點的了。他跟黃翠鳳在要好時候，我們去請他也請不到，倒好像是跟他打岔。我們索性不去請。朱老爺，你看看，看他做黃翠鳳可做得到四五年。到那時候，他還是要到我們這兒來了，也用不著我們去請他了。』

朱藹人聽言察理，倒覺得蔣月琴很有意思，再要問她底細，只聽得檯面上連聲請朱老爺。朱藹人只得歸席。原來黎篆鴻叫屠明珠打個通關，李實夫李鶴汀于老德三人都已打過，挨著朱藹人划拳。

朱藹人划過之後，屠明珠的通關已畢。當下會划拳的倌人爭先出手，請教划拳，這裡也要划，那裡也要划；一時袖舞釧鳴，燈搖花顫，聽不清是『五魁』『八馬』，看不出是『對手』『平拳』。鬧得黎篆鴻煩躁起來，因叫乾稀飯：『我們要喫飯了。』倌人聽說喫飯，方纔罷休，漸漸各散，惟屠明珠逈不猶人，直等到喫過飯始去。

李鶴汀要早些睡，一至席終，和李實夫告辭先走，匡二跟了，逕回石路長安客棧。到了房裡，李實夫自向床上點燈吸煙。李鶴汀令匡二鋪床。實夫詫異問道：『楊媛媛那兒怎麼不去啦？』鶴汀說：『不去了。』實夫道：『你不要爲了我在這兒，倒玩得不舒服；你去好了嘿。』鶴汀道：『我昨天一夜沒睡，今天要早點睡了。』實夫嘿然半晌，慢慢說道：『租界上賭是賭不得的噥。你要賭嘿，回去到鄉下去賭。』鶴汀道：『賭是也沒賭過，就在堂子裡打了幾場牌。』實夫道：『打牌是不好算賭；只要不賭，不要去闖出什麼窮禍來。』鶴汀不便接說下去，逕自寬衣安睡。

實夫叫匡二把煙斗裡煙灰出了。匡二一面低頭挖灰，一面笑問：『四老爺叫來的個老倌人，名字叫什麼？』實夫說：『叫屠明珠。你看好不好？』匡二笑而不言。實夫道：『怎麼不作聲哪？不好嘿，也說好了嘿。』匡二道：『我看沒什麼好。就不過黎大人嘿，倒撫牢了當她寶貝。四老爺，這下回不要去叫她了。落得讓給黎大人了罷。』

實夫聽說，不禁一笑。匡二也笑道：『四老爺，你看她可好哇？前頭一路頭髮都掉光了，嘴裡牙齒也剩不多幾個，連面孔都咽進去了。她跟黎大人在說話，笑起來多難看！一隻嘴張開了，面孔上皮都牽在一起，好像鑲了一道荷葉邊。我倒替她有點難爲情。也虧她做得出多少神頭鬼臉的！拿隻鏡子來敎她自己去照照看，可像啊？』實夫大笑道：『今天屠明珠眞倒了霉了！你不曉得，她名氣倒大得很喏！手裡也有兩萬洋錢，推扳點客人還在拍她馬屁呢。』匡二道：『要是我做了客人，就算是屠明珠倒貼嘿，老實說，不高興。倒是黎大人喫酒的地方，可是叫蔣月琴，倒還老實點。粉也沒搽，穿了一件月白竹布衫，頭上一點都沒插什麼，年紀比起屠明珠也差不多了㖸。好是沒什麼好，不過淸淸爽爽，倒像是個娘姨。』實夫道：『也算你眼光不推扳。你說她像個娘姨，她是衣裳頭面多得哦實在多不過，所以穿嘿也不穿，戴嘿也不戴。你看她帽子上一粒包頭珠有多麼大！要五百洋錢的哦！』匡二道：『倒不懂她們哪來這麼些洋錢？』實夫道：『都是客人去送給她們的嘿。就像今天晚上，一會兒工夫嘿，也百把洋錢了。黎大人是不要緊，我們嘿叫冤枉死了，兩個人花二十幾塊。這下回他要請我們去喫花酒，我不去，讓大少爺一個人去好了。』匡二道：『四老爺嘿還要說笑話了。到上海一趟，玩玩，應該用掉兩個錢。要是沒有那叫沒法子，像四老爺，就每年多下來的用用也用不完嘿。』實夫道：『不是我做人家；要玩嘿，哪裡不好玩？做什麼長三書寓呢？可是長三書寓名氣好聽點？眞眞是鏟頭客人！』說得匡二格聲笑了。

不料鶴汀沒有睡熟，也在被窩裡發笑。實夫聽得鶴汀笑，乃道：『我說的話你們哪聽得進？怪不得你要笑起來了。就像你的楊媛媛，也是擋角色嘿，租界上倒是有點名氣的哦。』鶴汀一心要睡，不去接嘴。匡二出畢煙灰，送上煙斗，退出外間。實夫吸足煙癮，收起煙盤，也就睡了。

這李實夫雖說吸煙，卻限定每日八點鐘起身。倒是李鶴汀早晚無定。那日廿一日，實夫獨自一個在房間裡喫過午飯，見鶴汀睡得津津有味，並不叫喚，但吩咐匡二：『留心伺候，我到花雨樓去。』說罷出門，望四馬路而來。

相近尙仁里門口，忽聽得有人叫聲『實翁』。實夫抬頭看時，是朱藹人從尙仁里出來。彼此廝見。朱藹人道：『正要來奉邀。今天晚上請黎篆翁喫局，就借屠明珠那兒擺擺檯面。她房間也寬敞點。還是我們五個人。借重光陪，千乞勿卻！』實夫道：『我謝謝了噥。等會教舍姪來奉陪。』朱藹人沈吟道：『不然也不敢有屈，好像人太少。可不可以賞光？』

實夫不好峻辭，含糊應諾。朱藹人拱手別去。實夫纔往花雨樓。進門登樓，逕至第三層頂上看時，恰是上市時候，外邊茶桌，裡邊煙榻，撐得一大統間都滿滿的。有個堂倌認得實夫，知道他要開燈，當即招呼進去，說：『空著。』

實夫見當中正面榻上煙客在那裡會帳洗臉。實夫向下手坐下，等那煙客出去，堂倌收拾乾淨，然後調過上手來。

一轉眼間，喫茶的，吸煙的，越發多了，亂烘烘像潮湧一般，那裡還有空座兒，并夾著些小買賣，喫的，耍的，雜用的，手裡抬著，肩上搭著，胸前揣著，在人叢中鑽出鑽進，兜圈子。實夫皆不在意，但留心要看野雞。這花雨樓原是打野雞絕大圍場，逐隊成羣，不計其數，說笑話，尋開心，做出許多醜態。

實夫看不入眼，吸了兩口煙，盤膝坐起，堂倌送上熱手巾，揩過手面，取水煙筒來吸著。只見一隻野雞，約有十六七歲，臉上撲的粉有一搭沒一搭；脖子裡烏沉沉一層油膩，不知在某年某月積下來的；身穿一件膏荷蘇線棉襖，大襟上油透一塊，倒變做茶青色了；手中拎的湖色熟羅手帕子，還算新鮮，怕人不看見，一路儘著甩了進來。

實夫看了，不覺一笑。那野雞只道實夫有情於她，一直踅到面前站住，不轉睛的看定實夫，只等搭腔上來，便當乘間躺下；誰知恭候多時，毫無意思，沒奈何回身要走。卻值堂倌蹺起一隻腿，靠在屏門口照顧煙客，那野雞遂和堂倌說閒話。不知堂倌說了些甚麼，挑撥得那野雞又是笑，又是罵，又將手帕子往堂倌臉上甩來。堂倌慌忙仰後倒退，猛可裡和一個販洋廣京貨的順勢一撞，只聽得豁琅一聲響。衆人攢攏去看，早把一盤子零星拉雜的東西撒得滿地亂滾。那野雞見不是事，已一溜煙走了。

恰好有兩個大姐勾肩搭背趔趄而來，嘴裡只顧嘻嘻哈哈說笑，不提防腳下踹著一面皮鏡子；這個急了，提起腳來狠命一掙掙過去；那個站不穩，也是一腳，把個寒暑表踹得粉碎。諒這等小買賣如何喫虧得起，自然要兩個大姐賠償。兩個大姐偏不服道：『你爲什麼丟在地上哪？』兩下裡爭執一說，幾幾乎嚷鬧起來。堂倌沒法，乃喝道：『去罷！去罷！不要說了！』兩個大姐方咕噥走開。堂倌向身邊掏出一角小洋錢給與那小買賣的。小買賣的不敢再說，檢點自去。氣的堂倌沒口子胡咒亂罵。實夫笑而慰藉之，乃止。

接著有個老婆子，扶牆摸壁，迤邐近前，擠緊眼睛，只瞧煙客；瞧到實夫，見是單擋，竟瞧住了。實夫不解其故。只見老婆子囁嚅半晌道：『可要去玩玩？』實夫方知是拉皮條的，笑置不理。堂倌提著水銚子，要來沖茶，憎那老婆子擋在面前，白瞪著眼，咳的一聲，嚇得老婆子低首無言而去。

實夫復吸了兩口煙，把象牙煙盒捲得精光。約摸那時有五點鐘光景，裏外喫客清了好些，連那許多野鷄都不知飛落何處，於是實夫叫堂倌收槍，摸塊洋錢照例寫票，另加小洋一角。堂倌自去交帳，喊下手打面水來。實夫洗了兩把，聳身卓立，整理衣襟，只

李寔夫
開燈
花雨樓

等取票子來便走。忽然又見一隻野鷄款款飛來，兀的竟把實夫魂靈勾住！

第十六回

種果毒大戶撮便宜　打花和小娘陪消遣

按李實夫見那野雞只穿一件月白竹布衫，外罩元色縐心緞鑲馬甲，後面跟著個老娘姨，緩緩踅至屏門前，朝裡望望，即便站住。實夫近前看時，亮晶晶的一張臉，水汪汪的兩隻眼，著實有些動情。正要搭訕上去，適值堂倌交帳回來，老娘姨迎著問道：『陳來了沒有？』堂倌道：『沒來嘿。好幾天沒來了。』老娘姨沒甚話說，訕訕的挈了野雞往前軒去靠著闌干看四馬路往來馬車。

實夫問堂倌道：『可曉得她名字叫什麼？』堂倌道：『她叫諸十全，就在我們隔壁。』實夫道：『倒像是人家人。』堂倌道：『你嘿總喜歡人家人。可去坐會玩玩？』實夫微笑搖頭。堂倌道：『那也沒什麼要緊。中意嘿走走，不中意白花掉塊洋錢好了！』實夫只笑不答。堂倌揣度實夫意思是了，趕將手中揩擦的煙燈丟下，走出屏門外招手兒叫老娘姨過來，與她附耳說了許多話。老娘姨便笑嘻嘻進來向實夫問了尊姓，隨說：『一塊去囉。』

實夫聽說，便不自在。堂倌先已覺著，說

道：『你們先去等在衖堂口好了。一塊去嚜算什麼呀！』娘姨忙接口道：『那麼李老爺就來噥。我們在大興里等你。』

實夫乃點點頭。娘姨回身要走，堂倌又叫住叮囑道：『這可文靜點。他們是長三書寓裡慣了的。不要做出什麼話靶戲來！』娘姨笑道：『曉得囉！可用得著你來說！』說著，急至前軒挈了諸十全下樓先走。

實夫收了煙票，隨後出了花雨樓，從四馬路朝西，一直至大興里，遠遠望見老娘姨眞的站在衖口等候。比及實夫近前，娘姨方轉身進衖，實夫跟著；至衖內轉彎處，推開兩扇石庫門讓實夫進去。實夫看時，是一幢極高爽的樓房。那諸十全正靠在樓窗口打探，見實夫進門倒慌的退去。

實夫上樓進房，諸十全羞羞怯怯的敬了瓜子，默然歸坐。等到娘姨送上茶碗，點上煙燈，諸十全方橫在榻床上替實夫裝煙。實夫即去下手躺下。娘姨搭訕兩句，也就退去。實夫一面看諸十全燒煙，一面想些閒話來說。說起那老娘姨，諸十全趕著叫『媽』。原來即是她娘，有名有姓喚做諸三姐。

一會兒，諸三姐又上來點洋燈，把玻璃窗關好，隨說：『李老爺就在這兒用晚飯罷。』實夫一想，若回棧房，朱藹人必來邀請，不如躲避爲妙，乃點了兩隻小碗，摸塊洋錢叫去聚豐園去叫。諸三姐隨口客氣一句，接了洋錢，自去叫菜。

須臾，搬上樓來，卻又添了四隻葷碟。諸三姐將二副杯筷對面安放，笑說：『十全，來陪陪李老爺噥。』諸十全聽說，方過來篩了一杯酒，向對面坐下。實夫拿酒壺來也要給她篩。諸十全推說『不會喫。』諸三姐道：『你也喫一杯好了。李老爺不要緊的。』

正要擎杯舉筷，忽聽得樓下聲響，有人推門進來。諸三姐慌的下去招呼那人到廚下說話；隨後又喊諸十全下去。實夫只道有甚客人，悄悄至樓門口去竊聽；約摸那人是花雨樓堂倌聲音，便不理會，仍自歸坐飲酒。接連乾了五六杯，方見諸三姐與諸十全上樓。花雨樓堂倌也跟著來見實夫。實夫讓他喫杯酒。堂倌道：『我喫過了，你請用罷。』諸三姐叫他坐也不坐，站了一會，說聲『明天會』，自去了。

諸十全又殷殷勤勤勸了幾杯酒。實夫覺有醺意，遂叫盛飯。諸十全陪著喫畢。諸三姐絞上手巾，自收拾了往廚下去。諸十全仍與實夫裝煙。實夫與她說話，十句中不過答應三四句，卻也很有意思。及至實夫過足了癮，身邊摸出錶來一看已是十點多鐘，遂把兩塊洋錢丟在煙盤裡，立起身來。諸十全忙問：『做什麼？』實夫道：『我要走了。』諸十全道：『不要走嘛！』

實夫已自走出房門。慌的諸十全趕上去，一手拉住實夫衣襟，口中卻喊：『媽，快點來嘛！』諸三姐聽喚，也慌的跑上樓梯拉住實夫道：『我們這兒清清爽爽，什麼不好你要走啊？』實夫道：『我明天再來。』諸三姐道：『你明天來嘍，今天晚上就不要走了嘍。』實夫道：『不，我明天一定來好了。』諸三姐道：『那麼再坐會嘛，忙什麼呢？』實夫道：『天不早了，明天會罷。』說著下樓。諸三姐恐怕決撒，不好强留，連聲道：『李老爺，明天要來的嘛！』諸十全只說得一聲『明天來。』

實夫隨口答應，摸黑出了大興里，逕回石路長安客棧。恰好匡二同時回棧，一見實夫即道：『四老爺到哪去啦？啊唷！今天晚上是熱鬧得哦——！朱老爺叫了一班髦兒戲(註①)，黎大人也去叫一班，教我們大少爺也叫一班。

上海灘上統共三班髦兒戲，都叫了來了，有百十個人喏！推扳點房子都要壓坍了。四老爺爲什麼不來呀？』實夫微笑不答，卻問：『大少爺嘛？』匡二道：『大少爺是等不及要到尤如意那兒去，酒也沒吃，散下來就去了。』

實夫就早猜著幾分，卻也不說，自吸了煙，安睡無話。明日飯後仍至花雨樓頂上。那時天色尚早，煙客還清。堂倌閒著無事，便給實夫燒煙，因說起諸十全來。堂倌道：『她們一直不出來，就到了今年了剛剛做的生意。人是還有什麼好說的呢，就不過應酬推扳點。你喜歡人家人嘿倒也不錯。』實夫點點頭。方吸過兩口煙，煙客亦絡繹而來，堂倌自去照顧。

實夫坐起來吸水煙，只見昨日那擠緊眼睛的老婆子又摸索來了。摸到實夫對面榻上，正有三人吸煙。那老婆子即迷花笑眼說道：『咦，長大爺，二小姐在牽記你呀，說你爲什麼不來，教我來看看。你倒剛巧在這兒。』實夫看那三人都穿著青藍布長衫，元色綢馬甲，大約是僕隸一流人物。那老婆子只管嘮叨，三人也不大理會。老婆子即道：『長大爺，等會要來的嘛！各位一塊請過來。』說了自摸索而去。

老婆子去後，諸三姐也來了，卻沒有挈諸十全；見了實夫，即說：『李老爺，我們那兒去嘛。』實夫有些不耐煩，急向她道：『我等會來。你先去。』諸三姐會意，慌忙走開，還兜了一個圈子乃去。

實夫直至五點多鐘方吸完煙，出了花雨樓，仍往大興里諸十全家去便飯。這回卻熟絡了許多，與諸十全談談講講，甚是投機。至於顛鸞倒鳳，美滿恩情，大都不用細說。

比及次日清晨，李實夫於睡夢中隱約聽得飲泣之聲；張眼看時，只見諸十全面向裡床睡著，白在那裡嗚嗚咽咽的哭。實夫猛喫一驚，忙問：『做什麼？』連問幾聲，諸十全只不答應。實夫乃披衣坐起，亂想胡思，不解何故，仍伏下身去，臉偎臉問道：『可是我得罪了你了生氣？可是嫌我老不情願？』諸十全都搖搖手。實夫皺眉道：『那爲什麼？你說說看嘛。』又連問了幾聲，諸十全方答一句道：『不關你事。』實夫道：『就不關我事嘿，你也說說看。』諸十全仍不肯說。實夫無可如何，且自穿衣下床。樓下諸三姐聽得，舀上臉水，點了煙燈。

實夫一面洗臉，卻叫住諸三姐，盤問諸十全緣何啼哭。諸三姐先歎一口氣，乃道：『怪是也不怪她。你李老爺哪曉得！我自從養了她養到了十八歲，一直不捨得教她做生意。去年嫁了個丈夫，是個虹口（註②）銀樓裡小老闆，家裡還算過得去，夫妻也蠻好，可是總算好的囉？哪曉得今年正月裡，碰到一樁事情出來，這時候還是要她做生意！李老爺，你想她可要怨，怎麼不氣？』實夫道：『什麼事情？』諸三姐道：『不要說起。就說也是白說，倒去坍她丈夫的台，可是不要說的好？』

說時，實夫已洗畢臉。諸三姐接了臉水下樓。實夫被她說得忐忑鶻突，卻向榻床躺下吸煙，細細猜度。

一會兒，諸三姐又來問點心。實夫因復問道：『到底爲什麼事情？你說出來，萬一我能夠幫幫她也說不定，你說說看嘛。』諸三姐道：『李老爺，你倘若肯幫幫她倒也譬如做好事；不過我們不好意思跟你說，——跟你說了倒好像是我們來敲你李老爺的竹槓。』實夫焦躁道：『你不要這樣嘛，有話爽爽氣氣說出來好了。』

諸三姐又嘆了一口氣，方從頭訴道：『說

起來，總是她自己運氣不好。爲了正月裡她到舅舅家去喫喜酒，她丈夫嘍要面子，給她帶了一副頭面回來，夜裡放在枕頭邊，到明天起來時候說是沒有了呀。這可害了多少人四面八方去瞎找一陣，哪找得到哇？舅舅他們嘍嚇得要死，說找不到是只好喫生鴉片了。她丈夫家裡還有爹娘在，回去拿什麼來交代喥！眞正沒法子想了，這才說，不如讓她出來做做生意看；萬一碰到個好客人，看她命苦，肯替她瞞過了這樁事情，要救到七八條性命的哦。我也沒主意了，只好讓她去做生意。李老爺，你想她丈夫家裡也算過得去，夫妻也蠻好，不然怎麼犯著吃到這碗把勢飯喥？』

那諸十全睡在床上，聽諸三姐說，更加哀哀的哭出聲來。實夫搔耳爬腮，無法可勸。諸三姐又道：『李老爺，這時候做生意也難：就是長三書寓，一節做下來差不多也不過三四百洋錢生意。一個新出來人家人，自然比不得她們，要撐起一副頭面來，你說可容易？她有時候跟我說說話，說到了做生意就哭。她說生意做不好，倒不如死了算了，哪有什麼好日子等得到？』實夫道：『年紀輕輕，說什麼死呀。事情嘍慢慢的商量，總有法子好想。你去勸勸她，教她不要哭喥。』

諸三姐聽說，乃爬上床去向諸十全耳朵邊輕輕說了些甚麼。諸十全哭聲漸住，穿衣起身。諸三姐方下床來，卻笑道：『她出來頭一戶客人就碰到你李老爺，她命裏總還不該應就死。就像一個救星來救了她！李老爺，對不對？』

實夫俯首沉吟，一語不發。諸三姐忽想起道：『啊呀！說說話倒忘記了！李老爺喫什麼點心？我去買。』實夫道：『買兩個糰子好了。』諸三姐慌的就去。

種果毒大
戶偪便宜

實夫看諸十全兩頰漲得緋紅，光滑如鏡，眼圈兒烏沉沉浮腫起來，一時動了憐惜之心，不轉睛的只管獃看。諸十全卻羞的低頭下床。趿雙拖鞋，急往後半間去。隨後諸三姐送糰子與實夫喫了。諸十全也歸房洗臉梳頭。實夫復吸兩口煙，起身拿馬褂來穿，向袋裏掏出五塊洋錢放在煙盤裏。諸三姐問道：『你可是要走了？』實夫說：『走了。』諸三姐道：『你可是走了不來了？』實夫道：『誰說不來？』諸三姐道：『那忙什麼呢？』即取煙盤裏五塊洋錢仍塞在馬褂袋裏。

實夫怔了一怔，問道：『你要我辦副頭面？』諸三姐笑道：『不是呀！我們有了洋錢，要是用掉了，湊不齊了；放在李老爺那兒一樣的嘿。隔兩天一塊給我們，對不對？』實夫始點點頭說『好。』諸十全叮囑道：『你等會要來的㖼。』

實夫也答應了，穿好馬褂，下樓出門，回至石路長安棧中。不料李鶴汀先已回來，見了實夫，不禁一笑。實夫倒不好意思的。匡二也笑嘻嘻呈上一張請帖。實夫看是姚季蓴當晚請至尚仁里衛霞仙家喫酒的。鶴汀問：『可去？』實夫道：『你去罷，我不去了。』

須臾，棧使搬中飯來，叔姪二人喫畢。李實夫自往花雨樓去吸煙。李鶴汀卻往尚仁里楊媛媛家來；到了房裏，只見娘姨盛姐正在靠窗桌上梳頭，楊媛媛睡在床上尚未起身。鶴汀過去揭開帳子，正要伸手去摸，楊媛媛已自驚醒，翻轉身來，揣住鶴汀的手。鶴汀即向床沿坐下。楊媛媛問道：『昨天晚上賭到什麼時候？』鶴汀道：『今天九點鐘剛散。我是一直沒睡過。』媛媛道：『可贏呢？』鶴汀說：『輸的。』媛媛道：『你倒好！一直沒聽見你贏過！還要跟他們去賭！』鶴汀道：『不要說了。你快

打花和小孃陪消遣

點起來，我們去坐馬車。』

楊媛媛乃披衣坐起。先把捆身子鈕好，卻憎鶴汀道：『你走開點嗄！』鶴汀笑道：『我坐在這兒嚜，關你什麼事？』媛媛也笑道：『我不要！』

適值外場提水銚子進來，鶴汀方走開，自去點了煙燈吸煙。盛姐梳頭已畢，忙著加茶碗，絞手巾。比及楊媛媛梳頭喫飯，諸事舒齊，那天色忽陰陰的像要下雨。楊媛媛道：『馬車不要去坐了，你睡會罷。』鶴汀搖搖頭。盛姐道：『我們來挖花，大少爺可高興？』鶴汀道：『好的。還有誰？』楊媛媛道：『樓上趙桂林也蠻喜歡挖花。』

盛姐連忙去請，趙桂林即時與盛姐同下樓來。楊媛媛笑向鶴汀道：『聽見了挖花，就趕命似的跑了來，怪不得你去輸掉了兩三萬還起勁死了！』趙桂林把楊媛媛拍了一下，笑道：『你說起來倒就像眞的！』

鶴汀看那趙桂林約有廿五六歲，滿面煙容，又黃又瘦。趙桂林也隨口與鶴汀搭訕兩句。盛姐已將桌子掇開，取出竹牌牙籌。李鶴汀 楊媛媛 趙桂林 盛姐四人搬位就坐，擄起牌來。

鶴汀見趙桂林右手兩指黑得像煤炭一般，知道她煙癮不小，心想如此倌人還有何等客人去做她；那知打到四圈，趙桂林適有客人來。接著衛霞仙家也有票來請鶴汀。大家便說：『不要打了。』一數籌碼，鶴汀倒是贏的。楊媛媛笑道：『你去輸了兩三萬，來贏我們兩三塊洋錢，可不氣人！』鶴汀也自好笑。趙桂林自上樓去。盛姐收拾乾淨。

鶴汀見外場點上洋燈，方往衛霞仙家赴宴；趕到門首，恰好朱藹人從那邊過來相遇，便一同登樓進房。姚季蓴迎見讓坐。衛霞仙敬過瓜子。李鶴汀向姚季蓴說：『四家叔嘿謝謝了。』朱藹人也道：『陶家弟兄說上墳去，也不來了。』姚季蓴道：『人太少了嘿。』當下又去寫了兩張請客票交與大姐阿巧。阿巧帶下樓去給帳房看。帳房念道：『公陽里周雙珠家請洪老爺。』正要念那一張，不料朱藹人的管家張壽坐在一邊聽得，忽搶出來道：『洪老爺我去請好了。』劈手接了票，逕自去了。

註①女子京戲班。

註②上海日本租界。

第十七回

別有心腸私譏老母　將何面目重責賢甥

按張壽接了請客票，逕往公陽里周雙珠家；趷進大門，只見阿德保正蹺起腳坐在客堂裏，嘴裏啣一支旱煙筒。張壽只得上前，將票放在桌上，說：『請洪老爺。』阿德保也不去看票，只說道：『不在這兒，放在這兒好了。』張壽只得退出。阿德保又冷笑兩聲，響亮的說道：『這時候也新行出來，堂子裏相幫用不著了！』

張壽只做不聽見，低頭急走。剛至公陽里衖口，劈面遇著洪善卿。張壽忙站過一旁，稟明姚老爺請。洪善卿點頭答應。張壽乃自去了。

洪善卿仍先到周雙珠家；在客堂裏要票來看過，然後上樓。只見老鴇周蘭正在房裏與周雙珠對坐說話。善卿進去，周蘭叫聲『洪老爺』，即起身向雙珠道：『還是你去說她兩聲，她還聽點。』說著自往樓下去了。

善卿問雙珠：『你媽在說什麼？』雙珠道：『說雙玉有點不舒服。』善卿道：『那教你去說她兩聲，說什麼呀？』雙珠道：『就爲了雙寶多嘴。雙寶也是不好，要爭口氣又不爭氣，還死要面子。碰到這雙玉㖸，一點都推扳不起。兩個人搞到一起，弄不好了。』善卿道：『雙寶怎麼死要面子？』雙珠道：『雙寶在說：「雙玉沒有銀水煙筒嘿，我房裏拿去給她。就是她出局衣裳，我也穿過的了！」剛剛給雙玉聽見了，衣裳也不要穿了，銀水煙筒也不要了，今天一天睡在床上不起來，說是不舒服。媽這就拿雙寶來鬧了一場，還要我去勸勸雙玉，教她起來。』善卿道：『你去勸她嘿說什麼㖸？』雙珠道：『我也不高興去勸她。我看了雙玉倒叫人生氣。——你不過多了幾個局，一會子工夫好了不起了，拿雙寶來要打要罵，倒好像是她買的討人！』善卿道：『雙玉也是厲害點。你幸虧不是討人，不然她也要看不起你了！』雙珠道：『她跟我倒十二分要好。我說她什麼，她總答應我，倒比媽說的靈。』

正說著，只聽得樓下阿德保喊道：『雙玉先生出局。』樓上巧囡在對過房裏接口應道：『來的。』善卿便向雙珠道：『用不著你去勸她了；她要出局去，也只好起來。』雙珠道：『我說她不起來嘿，讓她去，頂多她不做生意好了。這時候做清倌人，順了她性子，過兩天都是她的世界了嘿！』

道言未了，忽聽得樓下周蘭連說帶罵，直罵到周雙寶房間裏，便劈劈拍拍一陣聲響，接著周雙寶哀哀的哭起來，知道是周蘭把雙寶打了一頓。雙珠道：『我媽也不公道；要打嘿，雙玉也應該打一頓。雙玉稍微生意好了點，就稀奇死了；生意不好嘿，怎麼這樣苦啊！』

善卿正要說時，適見巧囡從對過房裏走來。雙珠即問道：『鬧過一場了嘿，爲什麼又再打起來啦？』巧囡低聲道：『雙玉出局不肯去呀。三先生去說說㖸。讓她去了嘿好了。』

雙珠冷笑兩聲，仍坐著不動身。善卿忽立起來道：『我去勸她，她一定去。』即時踅過周雙玉房間裏，只見雙玉睡在大床上，床前點一盞長頸燈台，暗昏昏的。善卿笑嘻嘻搭訕道：『可是你有點不舒服？』雙玉免不得叫聲洪老爺。

善卿便過去向床沿坐下，問道：『我聽見你要出局去嘿？』雙玉道：『爲了不舒服，不去了。』善卿道：『你不舒服是不要去的好；不過你不去，你媽也沒法子，只好教雙寶去代局。教雙寶去代局，不如還是你自己去。我說的對不對？』

雙玉一聽雙寶代局，心裏自是發急，想了想道：『洪老爺說得不錯，我去好了。』說著已坐起來。善卿也自喜歡，忙喊巧囡過來點燈收拾。

善卿仍至雙珠房裏，把雙玉肯去的話訴與雙珠。雙珠也道：『說得好。』正值阿金搬晚飯來，擺在當中間方桌上。善卿道：『你也喫飯罷；預備好了嘿，也好出局去了。』雙珠道：『你可要喫口飯再去喫酒？』善卿道：『我先去了，不要喫。』雙珠道：『你就來叫好了。我喫了飯洗臉，快得很。』

善卿答應了，自去尚仁里衛霞仙家赴宴。雙珠隨至當中間坐下，卻叫阿金去問雙玉，說：『喫得下嘿，一塊來喫了罷。』

雙玉聽見雙寶挨打，十分氣惱本已消去九分，又見姐姐特令娘姨來請喫飯，便趁勢討好，一口應承，歡歡喜喜出來與雙珠對坐。阿金巧囡打橫，四人同桌喫飯。

喫飯中間，雙珠乃從容向雙玉說道：『雙寶一隻嘴，沒什麼數，不管什麼都是先說了再說，我見了她也恨死了在這裏。你是不比雙寶，生意嘿好，媽也喜歡你，你就眼開眼閉

別有心腸
私邀老母

點，雙寶有什麼話聽不進去，你來告訴我好了，不要去跟媽說。』

雙玉聽了，一聲兒不言語。雙珠又微笑道：『你是不是當我幫雙寶了？我倒不是幫雙寶。我想，我們這時候在堂子裏，大家不過做個倌人，再過兩年，都要嫁人去了。在做倌人時候，就算你有本事，會爭氣，也有限得很。這樣一想，可是推扳點好了？』雙玉也笑答道：『那是姐姐也多心了。我人嚜笨，話的好歹都聽不出還行！姐姐為我好跟我說，我倒怪姐姐。哪有這樣的呀？』雙珠道：『只要你心裏明白，就蠻好。』

說著，都喫畢飯。巧囡忙催雙玉收拾出局。雙珠也自洗起臉來。約至九點多鐘，方接到洪善卿叫局票子。另有一張票叫雙玉，客人姓朱，也叫到衛霞仙家，料道是同檯面了，雙珠卻不等雙玉，下樓先行。正在門前上轎，恰遇雙玉回來，便說與她轉轎同去。到了衛霞仙家檯面上，洪善卿手指著一個年輕後生，向雙玉說：『是朱五少爺叫你。』雙玉過去坐下。

雙珠見席上七客，主人姚季蓴之外，乃是李鶴汀王蓮生朱藹人陳小雲等，都是熟識；只有這個後生面生，暗問洪善卿，始知是朱藹人的小兄弟，號叫淑人，年方十六，沒有娶親。雙珠看他眉清目秀，一表人材，有些與朱藹人相像，只是羞怯怯的坐那裏，跼蹐不安，巧囡去裝水煙也不吸，巧囡便去給王蓮生裝水煙。

當時姚季蓴要和朱藹人划拳。朱藹人坐在朱淑人上首。朱淑人趁划拳時偷眼去看周雙玉，不料雙玉也在偷看，四隻眼睛剛剛湊一個準。雙玉倒微微一笑，淑人卻羞得回過頭去。

朱藹人划過五拳，姚季蓴又要和朱淑人划。淑人推說『不會。』姚季蓴道：『划拳嚜有什麼不會呀？』朱藹人也說：『划划好了。』朱淑人只得伸手；起初三拳倒是贏的，末後輸了兩拳。朱淑人正取一杯在手，周雙玉在背後把袖子一扯，道：『我來喫罷。』朱淑人不提防，猛喫一驚，略鬆了手，那一隻銀雞缸杯便的溜溜落下來，墜在桌下，潑了周雙玉淋淋漓漓一身的酒。朱淑人著了急，慌取手巾要來揩拭。周雙玉掩口笑道：『不要緊的。』巧囡忙去拾起杯子，幸是銀杯，尚未砸破。在席衆人齊聲一笑。

朱淑人登時漲得滿面通紅，酒也不喫，低頭縮手，掩在一邊，沒處藏躲。巧囡問：『我們可是喫兩杯？』朱淑人竟沒有理會。周雙玉向巧囡手裏取一杯來代了，巧囡又代喫一杯，過去。比及檯面上出局初齊，周雙玉又要轉局去，只得撇了周雙珠告辭先行。周雙珠知道姚季蓴最喜鬧酒，直等至洪善卿擺過莊，方回。

周雙珠去後，姚季蓴還是興高采烈，不肯歇手。洪善卿已略有酒意，又聽得窗外雨聲淙淙，因此不敢過醉，趕個眼錯，逃席而去，一逕向北出尚仁里，坐把東洋車，轉至公陽里，仍往周雙珠家；到了房裏，只見周雙珠正將一副牙牌獨自坐著打五關。

善卿脫下馬褂，抖去水漬，交與阿金，掛在衣架上。善卿隨意坐下，望見對過房裏仍是暗昏昏地，知道周雙玉出局未歸。雙珠卻向阿金道：『你收拾好了回去罷。』阿金答應，忙預備好煙茶二事，就去鋪床吹燈。善卿笑道：『天還早呢，雙玉出局也沒回來，忙什麼呀？』雙珠道：『阿德保催過了；爲了下雨，我曉得你要來，教她等了會兒，再不去是要吵架了。』善卿不禁笑了。

阿金去後，雙玉方回。隨後又有一羣打茶圍客人擁至雙玉房裏說說笑笑，熱鬧得很。

這邊雙珠打完五關，不好就睡，便來和善卿對面歪在榻床上，一面取籤子燒鴉片煙，一面說閒話道：『王老爺倒還是去叫了張蕙貞，沈小紅可曉得啊？』善卿道：『有什麼不曉得！沈小紅有了洋錢嘿，自然不喫什麼醋囉。』雙珠道：『沈小紅這人跟我們雙玉倒差不多。』善卿道：『雙玉跟什麼人喫醋？』雙珠道：『不是說喫醋；她們自己算是有本事，會爭氣，倒像是一生一世做倌人，不嫁人的了。』

正說時，雙玉忽走過這邊房裏來，手中拿一支銀水煙筒給雙珠看，問：『式樣可好？』雙珠看是景星店號，知道是客人給她新買的了，乃問：『要多少洋錢？』雙玉道：『說是二十六塊洋錢哪。可貴呀？』雙珠道：『是差不多這樣，倒不錯。』雙玉聽說，更自歡喜，仍拿了過那邊房裏去陪客人。雙珠因又說道：『你看她這標勁（註）！』善卿道：『她會做生意嘿，最好了。不然單靠你一個人去做生意，不是總辛苦點？』雙珠道：『那是自然；我也但望她生意好才好。』

說著，那對過房裏打茶圍客人一鬨而散，四下裏便靜悄悄的。雙珠卸下頭面，方要安睡，卻聽得樓下雙寶在房裏和人咕唧說話，隱隱夾著些飲泣之聲。善卿道：『可是雙寶在哭？』雙珠鼻子裏哼了一聲，道：『有這樣哭嘿，不要去多嘴囉！』善卿問：『跟誰說話？』雙珠說是『客人。』善卿道：『雙寶也有客人在這兒？』雙珠道：『這個客人倒不錯，跟雙寶也蠻要好，就是雙寶總有點道三不著兩。』善卿問客人姓甚。雙珠說是：『姓倪。大東門廣亨南貨店裏的小閒。』

善卿便不再問，掩門共睡。無如樓下雙寶和那客人說一回，哭一回，雖辨不出是甚言詞，但聽那吞吐斷續之間，十分悽慘，害得善卿翻來覆去的睡不著。直至敲過四點鐘，樓下聲息漸微，善卿方矇矓睡去。

不料睡到八點多鐘，善卿正在南柯郡中與金枝公主游獵平原，卻被阿金推門進房，低聲叫：『洪老爺。』雙珠先自驚醒，問阿金：『做什麼？』阿金說是『有人找。』雙珠乃推醒善卿告訴了。善卿問：『是什麼人？』阿金又不認得。善卿不解，連忙穿衣下床，趿鞋出房，叫阿金『去喊他上來。』

阿金引那人至樓上客堂裏，善卿看時，也不認得，問他：『找我做什麼？』那人道：『我們是寶善街悅來棧裏。有個趙樸齋，可是你親眷？』善卿說：『是的。』那人道：『昨天晚上趙先生在新街上同人打架，打破了頭，滿身都是血，巡捕看見了，送到仁濟醫館裏去。今天我們去看看他，他教我來找洪先生。』善卿問：『爲什麼打架？』那人笑道：『那是我們也不曉得。』善卿也十猜八九，想了想便道：『曉得了。倒難爲你們。等會我去好了。』那人即下樓去。

善卿仍進房洗臉。雙珠在帳子裏問：『什麼事？』善卿推說『沒什麼。』雙珠道：『你要走嘿，喫點點心再走。』善卿因叫阿金去喊十件湯包來喫了，向雙珠道：『你再睡會，我走了。』雙珠道：『等會早點來。』

善卿答應，披上馬褂，下樓出門。那時宿雨初晴，朝暾耀眼，正是清和天氣。善卿逕往仁濟醫館詢問趙樸齋。有一人引領上樓，推開一扇屏門進去，乃是絕大一間外國房子，兩行排著七八張鐵床，橫七豎八睡著幾個病人，把洋紗帳子四面撩起摜在床頂。趙樸齋卻在靠裏一張床上，包著頭，絡著手，盤膝而坐；一見善卿，慌的下床叫聲『舅舅』，滿面羞慚。

善卿向床前籐杌坐下。於是趙樸齋從頭告

將何面目重見賢甥

訴，被徐張兩個流氓打傷頭面，喫一大虧；卻又嚕嗦疙瘩，說不明白。善卿道：『總是你自己不好。你到新街上去做什麼？你不到新街上去，他們可好到你棧裏來打你？』說得樸齋頓口無言。善卿道：『這時候沒什麼別的話，你等稍微好了點，快點回去罷。上海地方你也不要來了！』

樸齋囁嚅半晌，方說出客棧裏缺了房飯錢，留下行李的話，善卿又數落一場，始爲計算棧中房飯及回去川資；將五塊洋錢給與樸齋，叫他作速回去，切勿遲延。樸齋那裏敢道半個『不』字，一味應承。

善卿再三叮嚀而別，仍踅出仁濟醫館，心想回店幹些正事，便直向南行。將近打狗橋，忽然劈面來了一人，善卿一見大驚。乃是陶雲甫的兄弟陶玉甫，低頭急走，竟不理會。善卿一把拉住，問道：『你轎子也不坐，底下人也不跟，一個人在街上跑，做什麼？』

陶玉甫抬頭見是善卿，忙拱手爲禮。善卿問：『可是到東興里去？』玉甫含笑點頭。善卿道：『那麼也坐部東洋車去嘛。』隨喊了一部東洋車來。善卿問：『可是沒帶車錢？』玉甫復含笑點頭。善卿向馬褂袋裏撈出一把銅錢遞與玉甫。玉甫見善卿如此相待，不好推卻，只得依他坐上東洋車。善卿也就喊部東洋車，自回鹹瓜街永昌參店去了。

陶玉甫別了洪善卿，逕往四馬路東興里口停下。玉甫把那銅錢盡數給與車夫，方進衖至李漱芳家。適值娘姨大阿金在天井裏漿洗衣裳，見了道：『二少爺倒來了。可看見桂福？』玉甫道：『沒看見。』大阿金道：『桂福去看你呀。你轎子嘛？』玉甫道：『我沒坐轎子。』

說著，大阿金去打起簾子。玉甫放輕腳步

趕進房裏，只見李漱芳睡在大床上，垂著湖色熟羅帳子，大姐阿招正在揩抹櫥箱桌椅。玉甫只道李漱芳睡熟未醒，搖搖手向高椅坐下。阿招卻低聲告訴道：『昨天又一夜沒睡，睡了又要起來，起來一趟嘍咳嗽一趟，直到天亮了剛睡著。』玉甫忙問：『可有寒熱？』阿招道：『寒熱倒沒什麼寒熱。』玉甫又搖搖手道：『不要說了。讓她再睡會罷。』不料大床上李漱芳又咳嗽起來。

註：紅倌人的傲氣

第十八回

添夾襖厚誼即深情　補雙檯阜財能解慍

按陶玉甫聽得李漱芳咳嗽，慌忙至大床前揭起帳子，要看漱芳面色。漱芳回過頭來睃了玉甫半日，嘆一口氣。玉甫連問：『可有什麼地方不舒服？』漱芳也不答，卻說道：『你這人倒好！我說了幾遍，教你昨天回來了就來，你一定不依我！隨便什麼話，跟你說了，你只當耳邊風！』玉甫急分辯道：『不是呀；昨天回來晚了，家裏有親眷在那兒，哥哥這就說：「可有什麼要緊事，要連夜趕出城去？」我可好說什麼嘛？』漱芳鼻子裏哼了一聲，說道：『你不要來跟我瞎說！我也曉得點你脾氣。要說你外頭還有什麼人在那兒，那也冤枉了你了。你總不過一去了就不想到，讓你去死也罷，活也罷，總不關你事，對不對？』玉甫陪笑道：『就算我不想到，不過昨天一夜；今天不是想到了，來了？』漱芳道：『你是蠻好，一覺睡下去睡到天亮，一夜就過了。你可曉得睡不著坐在那兒，一夜比一年還要長點哩。』玉甫道：『都是我不好，害了你。你不要生氣。』

漱芳又咳嗽了幾聲，慢慢的說道：『昨天

夜裏，天嚜也眞叫人生氣，雨下得不停。浣芳噥，出局去了。阿招嚜替媽裝煙，單剩了大阿金坐在那兒打瞌睆。我教她收拾好了去睡罷。大阿金走了，我一個人就榻床上坐會，下得這雨更大了。一陣一陣風，吹在玻璃窗上，乒乒乓乓，像有人在砰窗戶。連窗簾都捲起來，直捲到臉上。這一嚇嚇得我要死。這可只好去睡了。到了床上噥，哪睡得著！隔壁人家剛剛在擺酒，划拳，唱曲子，鬧得頭也疼了。等他們散了檯面嚜，桌了上一隻自鳴鐘，跌篤跌篤，我不要去聽它，它一定要鑽到耳朵管裏！再起來聽聽雨嚜，下得這麼高興；望望天嚜，永遠不肯亮的了。一直到兩點半鐘，眼睛算閉一閉。剛剛閉了眼睛，倒說你來了呀，一肩轎子，抬到了客堂裏。看見你轎子裏出來，倒理也不理我，一直往外頭跑。我連忙喊嚜，自己倒喊醒了。醒過來聽聽，客堂裏眞的有轎子，釘鞋，腳在地板上聲音，有好幾個人在那兒。我連忙爬起來，衣裳也不穿，開門出去問他們：「二少爺呢？」相幫他們說：「哪有什麼二少爺啊？」我說：「那麼轎子哪來呀？」他們說：「是浣芳出局回來的轎子。」倒給他們好笑，說我睡糊塗了。我想再睡會，也沒我睡的了，一直到天亮，咳嗽沒停過。』玉甫攢眉道：『你怎麼這樣！你自己也要保重點的噥！昨天夜裏風又格外大，半夜三更不穿衣裳起來，還要開門出去，不冷嗎？你自己不曉得保重，我就天天在這兒看著你也沒用嚜。』

漱芳笑道：『你肯天天在這兒看著我！你也只好說說罷了。我自己曉得命裏沒福氣，我也不想什麼別的，要你再陪我三年，你依了我到了三年，我就死嚜我也蠻快活了。要是我不死，你就再去娶別人，我也不來管你了。就不過三年，你也不肯依我，倒說天天在這兒看著我！』玉甫道：『你說說就說出不好的來了。你只有個媽離不開，再過三四年等你兄弟娶了親，讓他們去當家，你跟媽到我家裏去，那才眞的天天看著你，你嚜也稱心了。』

漱芳又笑道：『你是自然一直蠻稱心，我哪有這福氣！我不過在這兒想：你今年二十四歲，再過三年也不過二十七歲。你二十七歲娶一個回去，成雙到老，有幾十年呢。這三年裏頭就算我寃屈了你也該應嚜。』玉甫也笑道：『你瞎說些什麼！娶回去成雙到老那就是你嚜。』

漱芳乃不言語了。只見李浣芳蓬著頭從後門進房，一面將手揉眼睛，一面見玉甫，說道：『姐夫，你昨天怎麼不來呀？』玉甫笑嘻嘻拉了浣芳的手過來，斜靠著梳妝檯而立。漱芳見浣芳只穿一件銀紅湖縐捆身子，遂說道：『你怎麼衣裳也不穿？』浣芳道：『今天天熱呀。』漱芳道：『哪熱啊！快點去穿了嚜！』浣芳道：『我不要穿，熱死了在這兒！』

正說著，阿招已提了一件玫瑰紫夾襖來向浣芳道：『媽也在說了，快穿上罷。』浣芳還不肯穿。玉甫一手接那夾襖替浣芳披在身上道：『你先穿著，等會熱嚜再脫好了，好不好？』浣芳不得已依了。阿招又去舀進臉水請浣芳洗臉梳頭。漱芳也要起身。玉甫忙道：『你再睡會嚜，還早呢。』漱芳說：『我不要睡了。』玉甫只得去扶起來，坐在床上，復勸道：『你就床上坐會，我們說說話倒不錯。』漱芳仍說：『不要！』

及至漱芳下床，終覺得鼻塞聲重，頭眩腳軟，惟咳嗽倒好些。漱芳一路扶著桌椅步到榻床坐下。玉甫跟過來放下一面窗簾。大阿金送上燕窩湯，漱芳只呷兩口即叫浣芳喫了。浣芳新妝既罷，漱芳方去洗起臉來。阿招道：『頭

添夾襖厚
意即深情

還蠻好，不要梳了。』漱芳也覺坐不住，就點點頭。大阿金用抿子蘸鏍花水略刷幾刷。漱芳又自去刷出兩邊鬢腳，已是喫力極了，遂去歪在榻床上喘氣。

玉甫見漱芳如此，心中雖甚焦急，卻故作笑嘻嘻面孔。只有浣芳立在玉甫膝前呆呆的只向漱芳猷看。漱芳問她『看什麼？』浣芳說不出，也自笑了。大阿金正在收拾鏡台，笑道：『她嘿看見姐姐不舒服了也不起勁了，可曉得？』浣芳接說道：『昨天蠻好的，都是姐夫不好嘿，我不來！』說著便一頭撞在玉甫懷裏不依。玉甫忙笑道：『她們騙你呀。沒什麼不舒服，等會就好了。』浣芳道：『等會要是還不好，要你賠個好姐姐還我！』玉甫道：『曉得了。等會我一定給你個好姐姐好了。』浣芳聽說方罷。

漱芳歪在榻床上，漸漸沉下眼睛，像要睡去。玉甫道：『還是到床上去睡罷。』漱芳搖搖手。玉甫向籐椅子上揭條絨毯替漱芳蓋在身上。漱芳憎道：『重！』仍即揭去。玉甫沒法，只去放下那一面窗簾；還恐漱芳睡熟著涼，要想些閒話來說，於是將鄉下上墳許多景致略加裝點，演說起來。浣芳聽得津津有味。漱芳卻憎道：『給你說得煩死了！我不要聽！』玉甫道：『那你不要睡噥。』漱芳道：『我不睡好了，你放心。』玉甫在榻床一邊盤膝危坐，靜靜的留心看守。但害得個浣芳坐不定，立不定，沒處著落。漱芳叫她外頭去玩一會，浣芳又不肯去。

一會兒，大阿金搬中飯進房。玉甫問漱芳：『可喫得下？喫得下嘿喫口罷。』漱芳說：『不要喫。』浣芳見漱芳飯都不喫，只道有甚大病，登時發急，漲得滿面緋紅，幾乎掉下眼淚。倒引得漱芳一笑，說浣芳道：『你怎麼這樣啊。我還沒死哩。這時候喫不下嘿等會喫。』浣芳自知性急了些，連忙極力忍住。玉甫因浣芳著急，也苦苦的勸漱芳多少喫點。漱芳只得令大阿金買些稀飯，喫了半碗。浣芳也喫不下，只喫一碗。玉甫本自有限。大家喫畢中飯，收拾洗臉。玉甫思將浣芳支使開去，恰好阿招來報說：『媽起來了。』浣芳猶自俄延。玉甫催道：『快點去罷。媽要說了。』浣芳始訕訕的趔趄而去。

浣芳去後，只有玉甫漱芳兩人在房裏，並無一點聲息。不料至四點多鐘，玉甫的親兄陶雲甫乘轎來找。玉甫請進房裏相見就坐。雲甫問漱芳：『可是不舒服？』漱芳說：『是呀。』大阿金忙著預備茶碗。雲甫阻止道：『我說句話就走，不要泡茶了。』乃向玉甫道：『三月初三是黎篆鴻生日。朱藹人分的傳單，包了大觀園一天戲酒。篆鴻嘿唯恐驚動官場，不肯來，藹人這就另合一個公局，在屠明珠那兒。不多幾個人，我們兩個人也在內。我所以先跟你說一聲，到了初三那天，大觀園也不必去了，屠明珠那兒一定要到的。』

玉甫雖諾諾連聲，卻偷眼去看漱芳。偏被雲甫覺得，笑問漱芳道：『你可肯放他去應酬一會？』漱芳不好意思，笑答道：『大少爺倒說得詫異。這是正經事，總要去的。我可有什麼不放他去的呀？』雲甫點頭道：『這才是了。我說漱芳也是懂道理的人。要是正經事也拉牢了不許去，可算得什麼要好啊？』漱芳不好接說，含笑而已。雲甫隨說：『我走了。』玉甫慌忙直站起來。漱芳送至簾下。

雲甫踅出門外上轎，吩咐轎班：『朱公館去。』轎班俱係稔熟，抬出東興里，往東進中和里。相近朱公館，朱藹人管家張壽早已望見，忙跑至轎前稟說：『我們老爺在尚仁里林家。』

雲甫便令轉轎，仍由四馬路逕至尚仁里林素芬家。認得朱藹人的轎子，還停在門首，陶雲甫遂下轎進門。到了樓上房裏，朱藹人迎著，即道：『正要來請你。我一個人來不及了。屠明珠那兒你去辦了罷。』雲甫問如何辦法，朱藹人向身邊取出一篇草帳道：『我們噿兩家弟兄跟李實夫叔姪六個人作東，請于老德來陪客。中飯喫大菜，晚飯滿漢全席。三班髦兒戲噿，白天十一點鐘一班，晚上兩班，五點鐘做起。你說好不好？』陶雲甫道：『蠻好。』

林素芬見計議已定，方上前敬瓜子。陶雲甫收了草帳，也就起身，說：『我還有點事，再見罷。』朱藹人並不挽留，與林素芬送至樓梯邊而別。

素芬回房，問藹人『什麼事？』藹人細細說明緣故。素芬遂說道：『你請客噿不到這兒來，也去拍屠明珠的馬屁，可不氣人！』藹人道：『不是我請客，我們六個人公局。』素芬道：『前天倒不是你請客？』

藹人沒得說，笑了。素芬復道：『我們這兒是小地方，請大人到這兒來，自然不配，你也一直寃屈死了，這可找到個大地方，要舒服點了。』藹人笑道：『這可眞正倒詫異了。我有沒去做屠明珠？你怎麼就喫醋啦？』素芬道：『你要做屠明珠去做好了噿，我也沒拉牢了你。』藹人笑道：『我就不說了，隨便你去說什麼罷。』素芬鼻子裏哼了一聲，咕嚕道：『你噿去拍屠明珠的馬屁，屠明珠可來跟你要好啊！』藹人笑道：『誰要她來要好？』素芬仍咕嚕道：『你就擺十個雙檯，屠明珠也沒什麼希奇，跟你要好噿倒不見好！情願去做鏟頭客人，上海灘上也只有你一個！』藹人笑道：『你不要生氣，明天晚上我也來擺個雙檯好了。』

素芬呆著臉，也不答言。藹人過去攙了素芬的手，至榻床前，央及道：『替我裝筒煙嘛。』素芬道：『我是毛手毛腳，不像屠明珠會裝嘛！』口中雖如此說，卻已橫躺著拿籤子燒起煙來。藹人挨在膝前坐了，又伏下身子向素芬耳朵邊低聲說道：『你一直跟我蠻要好，這時候為了個屠明珠，怎麼氣得這樣？你看我可會去做屠明珠？』素芬道：『你是倒也說不定。』藹人道：『我再去做別人，那是說不定；要說是屠明珠，就算她跟我要好嚜，我也不高興去做她。』素芬道：『你去做不做關我什麼事？你也不要來跟我說！』藹人乃一笑而罷。

素芬裝好一口煙，放下煙槍，起身走開。藹人自去吸了，知道素芬還有些芥蒂，遂又自去開了抽屜，尋著筆硯票子隨意點幾色菜式。素芬看見，裝做不理；等藹人寫畢，方道：『你點菜嚜，可要先點兩樣來喫晚飯？』藹人忙應說：『好。』另開兩個小碗。素芬叫娘姨拿下樓去令外場叫菜。

正是上燈時候，菜已送來，自己又添上四隻葷碟，於是藹人與素芬對酌閒談。一時復說起屠明珠來。素芬道：『做倌人也只做得個時髦。在時髦的時候，自有多少客人去鬨起來。客人嚜眞叫氣人：一樣一千洋錢，用在生意清點的倌人身上多好？用在時髦倌人身上，她們覺也不覺得。那麼這些客人一定要去做時髦倌人，情願白花了洋錢去拍她馬屁！』藹人道：『你不要說客人氣人，倌人也氣人。生意清了嚜，隨便什麼客人，巴結得不得了；稍微生意好了點，這就姘戲子，做恩客，都來了。到後來，弄得一場無結果。』素芬道：『姘戲子這些，到底少的。這也不要去說它了。我看幾個時髦倌人也沒什麼好結果。你在時髦時候，揀個靠得住點客人嫁了嚜好囉，她們都不想嫁

人；等到年紀大了點，生意一淸了嘿——好！』藹人道：『倌人嫁人也難。要嫁人哪一個不想嫁個好客人？碰到了好客人，他家裏大小老婆倒有好幾個在那兒；就嫁過去，總也不稱心的了。要是沒什麼大小老婆嘿，客人靠不住，拿你衣裳頭面都當光了，再出來做倌人。租界上常有這種事。』素芬道：『我說要跟客人脾氣對嘿好；脾氣對了，就窮點，只要有口飯喫喫好了。要是差不多客人，那麼寧可揀個有錢點總好點。』藹人笑道：『你要揀個有錢點，像我是挨不著的了！』素芬也笑道：『噢唷！好客氣哦！你算沒錢！你在騙誰呀？』藹人笑道：『我就有錢，脾氣不對，你也看不中嘿。』素芬道：『你說說就說不連牽了！』隨取酒壺給藹人篩酒。藹人道：『酒有了，我們喫飯罷。』素芬遂喊娘姨拿飯來，並令叫妹子翠芬來同喫。娘姨回說：『翠芬喫過了。』

藹人素芬兩人剛喫畢飯，即有一幫打茶圍客人上樓，坐在對過空房間裏。隨後復有叫素芬的局票。藹人趁勢要走。素芬知留不住，送至房門。藹人下樓登轎，逕回公館；次日晚間，免不得請一班好友在林素芬家擺個雙檯，不必細說。

至三月初三，十點鐘時，朱藹人起來，即乘轎往大觀園。只見門前掛燈結綵，張壽帶著緯帽，迎見稟說：『陳老爺洪老爺湯老爺都在這兒了。』藹人進去廝見，動問諸事，皆已齊備。藹人大喜，乃說道：『那麼我到那邊去了，此地奉托三位。』陳小雲洪善卿湯嘯菴都說：『應得效勞。』當時藹人復乘轎往鼎豐里屠明珠家。

第十九回

錯會深心兩情浹洽　强扶弱體一病纏綿

按朱藹人乘轎至屠明珠家，吩咐轎班：『打轎回去接五少爺來。』說畢登樓。鮑二姐迎著，請去房間裡坐。藹人道：『我就書房裡坐囉。』原來屠明珠寓所是五幢樓房（註）：靠西兩間乃正房間；東首三間：當中間爲客堂；右邊做了大菜間，粉壁素幃，鐵床玻鏡，像水晶宮一般；左邊一間，本是鋪著騰客人的空房間，卻點綴些琴棋書畫，因此喚作書房。

當下朱藹人往東首來，只見客堂板壁全行卸去，直通後面亭子間；在亭子間裡搭起一座小小戲台，簷前掛兩行珠燈，台上屏帷簾幕俱係灑繡的紗羅綢緞，五光十色，不可殫述；又將喫大菜的桌椅移放客堂中央，仍鋪著檯單，上設玻罩綵花兩架及刀叉瓶壺等架子，八塊洋紗手巾，都摺疊出各種花朵，插在玻璃盃內。

藹人見了，讚說：『好極！』隨到左邊書房，望見對過廂房內屠明珠正在窗下梳頭，相隔窵遠，只點點頭，算是招呼。鮑二姐奉上煙茶。屠明珠買的四五個討人俱來應酬。還有那髦兒戲一班孩子亦來陪坐。

不多時，陶雲甫陶玉甫李實夫李鶴汀朱淑人六個主人陸續齊集。屠明珠新妝既畢，也就過這邊來。正要發帖催請黎篆鴻，恰好于老德到了，說：『不必請，正在來了。』陶雲甫乃去調派。先是十六色外洋所產水果乾果糖食暨牛奶點心，裝著高腳玻璃盆子，排列桌上，戲場樂人收拾伺候，等黎篆鴻一到開枱。

須臾，有一管家飛奔上樓報說：『黎大人來了。』大家立起身來。屠明珠迎至樓梯邊，攙了黎篆鴻的手，踅進客堂。篆鴻即嗔道：『太費事了！幹什嗎？』衆人上前廝見。惟朱淑人是初次見面。黎篆鴻上下打量一回，轉向朱藹人道：『我說句教人生氣的話，比你還要好點哩。』衆人掩口而笑，相與簇擁至書房中。屠明珠在旁道：『黎大人寬寬衣㖸。』說著，即伸手去代解馬褂鈕扣。黎篆鴻脫下，說聲『對不住。』屠明珠笑道：『黎大人怎麼這樣客氣！』隨將馬褂交鮑二姐掛在衣架上，回身捺黎篆鴻向高椅坐下。

戲班裡娘姨呈上戲目請點戲。屠明珠代說道：『請于老爺點了罷。』于老德點了兩齣，遂叫鮑二姐拿局票來。朱藹人指陶玉甫朱淑人道：『今天他們兩個人沒有多少局來叫嘿怎樣呢？』黎篆鴻道：『隨意好了。喜歡多叫就多叫點，叫一個也蠻好。』

朱藹人乃點撥與于老德寫。將各人叫過的局盡去叫來。陶玉甫還有李漱芳的妹妹李浣芳可叫，只有朱淑人只叫得周雙玉一個。

局票寫畢，陶雲甫即請去入席。黎篆鴻說：『太早。』陶雲甫道：『先用點點心。』黎篆鴻又埋怨朱藹人道：『費事都是你起的頭嘿。』

於是大衆同踅出客堂來。只見大菜桌前一溜兒擺八隻外國籐椅，正對著戲台；另用一式茶碗，放在面前。黎篆鴻道：『我們隨意坐，要喫嘿拿點好了。』說了就先自去撿一個牛奶餅，拉開旁邊一隻籐椅，靠壁坐下。衆人只得從直遵命，隨意散坐。

堂戲照例是『跳加官』開場。『跳加官』之後係點的『滿床笏』『打金枝』兩齣吉利戲。黎篆鴻看得厭煩，因向朱淑人道：『我們來講講話。』遂挈著手，仍進書房。朱藹人也跟進去。黎篆鴻道：『你嘿只管看戲去，瞎應酬些什麼。』朱藹人亦就退出。黎篆鴻令朱淑人對坐在榻床上，問他若干年紀，現讀何書，曾否攀親，朱淑人一一答應。

一時，屠明珠把自己親手剝的外國榛子，松子，胡桃等，兩手捧了，送來給黎篆鴻喫。篆鴻收下，卻分一半與朱淑人，叫他：『喫點㖸。』淑人拈了些，仍不喫。黎篆鴻又問長問短。

說話多時，屠明珠旁坐觀聽，微喻其意。談至十二點鐘，鮑二姐來取局票，屠明珠料道要喫大菜了，方將黎篆鴻請出客堂。衆人起身。正要把酒定位，黎篆鴻不許，仍拉了朱淑人並坐。衆人不好過於客氣。于老德以外皆依次爲序。第一道元蛤湯喫過，第二道上的板魚，屠明珠忙替黎篆鴻用刀叉出骨。

其時叫的局已接踵而來，戲台上正做崑曲『絮閣』，鑼鼓不鳴，笙琶競奏，倒覺得清幽之致。黎篆鴻自顧背後出局團團圍住而來者還絡繹不絕，因問朱藹人道：『你替我叫了多少局呀？』朱藹人笑道：『有限得很，十幾個。』黎篆鴻攢眉道：『你嘿就叫胡來！』再看衆人背後，有叫兩三個的，有叫四五個的，單有朱淑人只叫一個局。黎篆鴻問知是周雙玉，也上下打量一回，點點頭道：『眞正是一對玉人！』衆人齊聲讚和。黎篆鴻復向朱藹人道：『你做老哥哥的，不要裝糊塗，應該給他們團圓起來，這才是正經。』朱淑人聽了，滿面含羞，連周雙玉都低下頭去。黎篆鴻道：『你們兩個人不要客氣嘍，坐過來，說說話，讓我們嘍也聽聽。』朱藹人道，『你要聽他們兩個人說句話，那可難了。』黎篆鴻怔道：『可是啞子？』眾人不禁一笑。朱藹人笑道：『啞子嘍不是啞子，不過不開口。』黎篆鴻慫恿朱淑人道：『你快點爭點氣！非要說兩句給他們聽聽！不要給你哥哥猜著！』朱淑人越發不好意思的。黎篆鴻再和周雙玉兜搭，叫她說話。周雙玉只是微笑；被篆鴻逼不過，始笑道：『沒什麼說的嘍。說什麼呀？』眾人鬨然道：『開了金口了！』黎篆鴻舉杯相屬道：『我們大家應該公賀一杯。』說畢，即一口吸盡，向朱淑人照杯。眾人一例皆乾。羞得個朱淑人徹耳通紅，那裡還肯喫酒。幸虧戲台上另換一齣『天水關』，其聲聒耳，方剪住了黎篆鴻話頭。

第八道大菜將完，乃係芥辣雞帶飯。出局見了，散去大半。雙玉也要興辭。適爲黎篆鴻所見，遂道：『你慢點走。我要跟你說句話。』周雙玉還道是說著玩。朱藹人幫著挽留，方仍歸座。大姐巧囡向周雙玉耳邊說了些甚麼，周雙玉囑咐就來，巧囡答應先去。迨至席終，各用一杯牛奶咖啡，揩面漱口而散。恰好髦兒戲正本同時唱畢。娘姨再請點戲。黎篆鴻道：『隨便誰去點點罷。』朱藹人素知黎篆鴻須睡中覺，不如暫行停場，俟晚間兩班合演爲妙，並不與黎篆鴻商量，逕自將這班髦兒戲遣散了。

黎篆鴻丟開眾人，左手挈了朱淑人，右手挈了周雙玉，道：『我們到這兒來。』慢慢踱至左邊大菜間中，向靠壁半榻氣褥坐下，令朱淑人周雙玉分坐兩旁，遂問周雙玉若干年紀，寓居何處，有無親娘。周雙玉一一應答。黎篆鴻轉問朱淑人：『幾時做起？』朱淑人茫然不解。周雙玉代答道：『就不過前月底，朱老爺替他叫了一個局，我們那兒來也沒來過。』黎篆鴻登時沉下臉埋怨朱淑人道：『你這人眞不好！天天盼望你來，你爲什麼不來呀？』朱淑人倒喫一嚇。被周雙玉嗤的一笑，朱淑人纔回過味來。

黎篆鴻復安慰周雙玉道：『你不要生氣，明天我同他一塊來好了。他要是再不好嚜，你告訴我，我來打他。』周雙玉別過頭去笑道：『謝謝你。』黎篆鴻道：『這時候不要你謝；我替你做了個大媒人嚜，你一起謝我好了。』說得周雙玉亦斂笑不語。黎篆鴻道：『你可是不肯嫁給他？你看看這麼個小伙子，嫁給他有什麼不好？你不肯？錯過了嗴！』周雙玉道：『我哪有這等福氣！』黎篆鴻道：『我替你做主嚜，就是你福氣。你答應了一聲，我一說就成功了嚜。』周雙玉仍不語。篆鴻連道：『說嗴。肯不肯哪？』雙玉嗔道：『黎大人，你這種話可有什麼問我的呀？』黎篆鴻道：『可是要問你媽？這話也不錯。你肯了嚜，我自然去問你媽。』周雙玉仍別過頭去不語。

適値鮑二姐送茶進房，周雙玉就打岔說道：『黎大人，喫茶罷。』黎篆鴻接茶在手，因問鮑二姐：『他們這些人呢？』鮑二姐道：『都在書房裡講話。可要去請過來？』黎篆鴻說：『不要去請。』將茶碗授與鮑二姐，遂橫身躺在半榻上。鮑二姐旣去，房內靜悄悄的，不覺模模糊糊，口開眼閉。

周雙玉先已睃見，即躡手躡腳，一溜而去。朱淑人依然陪坐，不敢離開。俄延之間，聞得黎篆鴻鼻管中鼾聲漸起，乃故意咳嗽一聲，亦並未驚醒，於是朱淑人也溜出房來，要尋周雙玉說話。趕至對過書房裡。只見朱陶李諸人陪著于老德圍坐長談，屠明珠在旁搭

錯會深心
兩情浹洽
十五

話，獨不見周雙玉。正要退出，卻爲屠明珠所見，急忙問道：『黎大人可是一個人在那兒？』朱淑人點點頭，屠明珠慌的趕去。

朱淑人趁勢回身，立在房門前思索，猜不出周雙玉去向；偶然向外望望，忽見東首廂房樓窗口靠著一人，看時正是周雙玉。朱淑人不勝之喜，竟大著膽從房後抄向東來；進了屠明珠的正房門，放輕腳步掩至周雙玉背後。周雙玉早自乖覺，只做不理。朱淑人慢慢伸手去摸她手腕。周雙玉欻地將手一甩，大聲道：『不要鬧嘿！』朱淑人初不料其如此，猛吃一驚，退下兩步，縮在榻床前呆臉出神。

周雙玉等了一會，不見動靜，回過頭來看他做甚，不料他竟像嚇癡一般，知道自己莽撞了些，覺得很不過意，心想如何去安慰他；想來想去，不得主意，只斜瞟了一眼，微微的似笑不笑。朱淑人始放下心，歎口氣道：『你好！嚇得我要死！』周雙玉忍笑低聲道：『你曉得嚇嘿，還要動手動腳！』朱淑人道：『我哪敢動手動腳？我要問你一句話。』周雙玉問是『什麼話？』朱淑人道：『我問你：公陽里在哪兒？你家裡有多少人？我可好到你那兒去？』周雙玉總不答言。朱淑人連問幾遍。周雙玉厭煩道：『不曉得！』說了，即立起身來往外竟去。朱淑人怔怔的看著她，不好攔阻。

周雙玉踅至簾前，重復轉身笑問朱淑人道：『你跟洪善卿可知己？』朱淑人想了想道：『洪善卿，知己嘿不知己，我哥哥跟他也老朋友了。』周雙玉道：『你去找洪善卿好了。』

朱淑人正要問她緣故，周雙玉已自出房。朱淑人只得跟著同過西邊書房裡來。正遇巧囝來接，周雙玉即欲辭去。朱藹人道：『你去跟黎大人說一聲。』屠明珠道：『黎大人睡著在那兒，不要說了。』朱藹人沉吟道：『那麼去罷，等會再叫好了。』

剛打發周雙玉去後，隨後一個娘姨從簾子縫裡探頭探腦。陶玉甫見了，忙至外間唧唧說了一會，仍回書房陪坐。陶雲甫見玉甫神色不定，乃道：『又有什麼花頭了，是不是？』玉甫囁嚅道：『沒什麼，說漱芳有點不舒服。』陶雲甫道：『剛才蠻好嘛。』玉甫隨口道：『怎曉得她。』雲甫鼻子裡哼的冷笑道：『你要去嚜先去一趟，這時候沒什麼事；等會早點來。』

玉甫得不的一聲，便辭眾人而行，下樓登轎，逕往東興里李漱芳家；踅進房間，只見李漱芳擁被而臥，單有妹子李浣芳爬在床口相陪。陶玉甫先伸手向額下一按，稍覺有些發燒。浣芳連叫『姐姐，姐夫來了。』漱芳睜眼見了，說道：『你不要就來哴。你哥哥不要說啊？』玉甫道：『哥哥教我來，不要緊的。』漱芳道：『為什麼倒教你來？』玉甫道：『哥哥說，教我先來一趟，等會嚜早點去。』漱芳半晌纔接說道：『你哥哥是蠻好，你不要去跟他強，就聽聽他話好了。』

玉甫不答，伏下身子，把漱芳兩手塞進被窩，拉起被來直蓋到脖子裡，將兩肩膀裹得嚴嚴的，只露出半面通氣；又勸漱芳卸下耳環。漱芳不肯，道：『我睡一會就好了。』玉甫道：『你剛才一點都沒什麼，是不是轎子裡吹了風？』漱芳道：『不是；就給倒霉的「天水關」鬧得頭腦子快要漲死了！』玉甫道：『那你為什麼不先走嚜？』漱芳道：『局還沒到齊，我可好意思先走？』玉甫道：『那也不要緊嚜。』浣芳插嘴道：『姐夫，你也不說一聲喏。你說了嚜，讓姐姐先走，我嚜多坐會，不是蠻好？』玉甫道：『你為什麼不說一聲？』浣芳道：『我不曉得姐姐不舒服嚜。』玉甫笑道：『你不曉得，我倒曉得了！』浣芳也自笑了。

於是玉甫就床沿坐下，浣芳靠在玉甫膝前，都不言語。漱芳眼睜睜地，並未睡著。到了上燈時分，陶雲甫的轎班來說：『擺檯面了，請二少爺就過去。』玉甫應諾。漱芳偏也聽見，乃道：『你快點去罷，不要給你哥哥說。』玉甫道：『不忙，這時候去正好哩。』漱芳道：『不呀！早點去嘿早點來。你哥哥看見了不顯得你好？不然，總說是你迷昏了，連正經事都不管。』

玉甫一想，轉向浣芳道：『那麼，你陪陪她，不要走開。』漱芳忙道：『不要；讓她去喫晚飯，喫了飯嘿出局去。』浣芳道：『我就這兒喫了呀。』漱芳道：『我不喫，你跟媽兩個人喫罷。』玉甫勸道：『你也多少喫一口，好不好？你不喫，你媽先要急死了。』漱芳道：『我曉得了，你去罷。』

當下玉甫乘轎至鼎豐里屠明珠家赴席。浣芳仍爬在床沿問長問短。漱芳道：『你去跟媽說，我要睡一會，沒什麼不舒服，晚飯嘿不喫了。』浣芳初不肯去說，後被漱芳催逼而去。

須臾，漱芳的親生娘李秀姐從床後推門進房；見房內沒人，說道：『二少爺怎麼走啦？』漱芳道：『我教他去的。他做主人，自然要應酬一會。』李秀姐踅至床前看看面色，東揣西摸了一回。漱芳笑阻道：『媽，不要嘿，我沒什麼不舒服呀。』秀姐道：『你可想喫什麼？教他們去做，灶下空在那兒。』漱芳道：『我不要喫。』秀姐道：『我有一碗五香鴿子在那兒，教他們燉口稀飯，你等會喫。』漱芳道：『媽，你喫罷。我想著就不好受，哪喫得下！』

秀姐復叮囑幾句，將妝檯上長頸燈台撥得高高的，再將廂房掛的保險燈捻下了些，隨手放下窗簾，仍出後房門，自去喫晚飯，只剩李

强扶弱體
一病經綿

漱芳一人在房。

註：即樓上五間，樓下五間的二層樓房。當時一樓一底稱一幢。

第二十回

提心事對鏡出譫言　動情魔同衾驚噩夢

按李漱芳病中自要靜養，連阿招大阿金都不許伺候，眼睜睜地睡在床上，並沒有一人相陪；捱了多時，思欲小遺，自己披衣下床，趿雙便鞋，手扶床欄摸至床背後；剛向淨桶坐下，忽聽得後房門呀的聲響，開了一縫。漱芳忙問：『是誰？』沒人答應，心下便自著急。慌欲起身，只見烏黑的一團從門縫裡滾進來，直滾向大床下去。漱芳急的不及結帶，一步一跌撲至房中，扶住中間大理石圓檯，方纔站定。正欲點火去看是什麼，原來一隻烏雲蓋雪的大黑貓從床下鑽出來往漱芳嗥然一聲，直挺挺的立著。漱芳發狠把腳一跺，那貓竄至房門前還回過頭來瞪出兩隻通明眼睛眈眈相視。

漱芳沒奈何，回至床前，心裡兀自突突地跳；要喊個人來陪伴，又恐驚動媽，只得忍住，仍上床擁被危坐。適值陶玉甫的局票來叫浣芳，浣芳打扮了，進房見漱芳，說道：『姐姐，我走了。可有什麼話跟姐夫說？』漱芳道：『沒什麼，教他酒少喫點，喫好了就來。』浣芳答應要走。漱芳復叫住，問：『誰跟局？』

浣芳說是『阿招。』漱芳道：『教大阿金也跟了去代代酒。』浣芳答應自去了。

漱芳覺支不住，且自躺下。不料那大黑貓偏會打岔，又藏藏躲躲溜進房中。漱芳面向裡睡，沒有理會。那貓悄悄的竟由高椅跳上妝檯，將妝檯上所有洋鏡，燈台，茶壺，自鳴鐘等物，一件一件，搬起鼻子儘著去聞。漱芳見帳子裡一個黑影子閃動，好像是個人頭，登時嚇得滿身寒凜，手足發抖，連喊都喊不出。比及硬撐起來，那貓已一跳竄去。漱芳切齒罵道：『短命畜生！打死它！』存想一回，神志稍定，隨手向鏡台上取一面手鏡照看，一張黃瘦面龐漲得像福橘一般，嘆一口氣，丟下手鏡，翻身向外睡下，仍是眼睜睜地只等陶玉甫散席回來。等了許久，不但玉甫杳然，這浣芳也一去不返。

正自心焦，恰好李秀姐復進房，問漱芳道：『稀飯好了，喫一口罷？』漱芳道：『媽，我沒什麼呀。這時候喫不下，等會喫。』秀姐道：『那麼等會要喫嘿你說。我睡了，他們哪想得著。』漱芳應諾，轉問秀姐道：『浣芳出局去了有一會了，還沒回來？』秀姐道：『浣芳要轉局去。』漱芳道：『浣芳轉局去了嘿，你也教個相幫去看看二少爺。』秀姐道：『相幫都出去了。二少爺那兒有大阿金在那兒。』漱芳道：『等他們回來了，教他們就去。』秀姐道：『等他們回來等到什麼時候；我教灶下去好了。』即時到客堂裡喊灶下出來，令他『去看看陶二少爺。』

灶下應命要走，陶玉甫卻已乘轎來了，大阿金也跟了回來。秀姐大喜道：『來了！來了！不要去了！』

玉甫逕至漱芳床前，問漱芳道：『等了半天了，可覺得氣悶？』漱芳道：『沒什麼。檯面

心事
對鏡出
明言
二十二

散了沒有?』玉甫道:『沒有哩!老頭子好高興,點了十幾齣戲,差不多要唱到天亮呢。』漱芳道:『你先走嘿,可跟他們說一聲?』玉甫笑道:『我說有點頭痛,酒也一點都喫不下。他們說:「你頭痛嘿回去罷。」我這就先走囉。』漱芳道:『可是眞的頭痛?』玉甫笑道:『眞是眞的,坐著嘿要頭痛,一走就不痛了。』漱芳也笑道:『你也好刁哦!怪不得你哥哥要說!』玉甫笑道:『哥哥對著我笑,倒沒說什麼。』漱芳笑道:『你哥哥是氣昏了在笑。』

玉甫笑而不言,仍就床沿坐下,摸摸漱芳的手心,問:『這時候可好點?』漱芳道:『還是不過這樣了嘿。』又問:『晚飯喫多少?』漱芳道:『沒喫。媽燉了稀飯在這兒,你可要喫?你喫嘿,我也喫點好了。』

玉甫便要喊大阿金。大阿金正奉了李秀姐之命來問玉甫:『可喫稀飯?』玉甫即令搬來。大阿金去搬時,玉甫向漱芳道:『你媽要騙你喫口稀飯,眞正是不容易。你多喫點,媽可不要快活噢!』漱芳道:『你倒會說風涼話!我自己巒想喫的,喫不下嘿怎麼樣呢?』

當下大阿金端進一大盤,放在妝檯上;另點一盞保險檯燈。玉甫扶漱芳坐在床上,自己就在床沿,各取一碗稀飯同喫。玉甫見那盤內四色精緻素碟,再有一小碗五香鴿子,甚是清爽,勸漱芳喫些。漱芳搖頭,只夾了些雪裡紅過口。

正喫之時,可巧浣芳轉局回家,不及更衣,即來問候阿姐,見了玉甫,笑道:『我說姐夫來了一會了。』又道:『你們在喫什麼?我也要喫的!』隨回頭叫阿招:『快點替我盛一碗來嚜!』阿招道:『換了衣裳再喫嚜。忙什麼呀?』浣芳急急脫下出局衣裳,交與阿招,連催大阿金去盛碗稀飯,靠妝檯立著便喫,喫著又自己好笑。引得玉甫漱芳也都笑了。

不多時，大家喫畢洗臉。大阿金復來說道：『二少爺，媽請你過去，說句話。』玉甫不解何事，令浣芳陪伴漱芳。也出後房門，踅過後面李秀姐房裡。秀姐迎見請坐，說道：『二少爺，我看她病倒不好㖸。光是發幾個寒熱，那也沒什麼要緊；她的病不像是寒熱呀。從正月裡到這時候，飯嚜一直喫不下，你看她身上瘦得只剩了骨頭了。二少爺，你也勸勸她，應該請個先生來喫兩帖藥才好嚜。』玉甫道：『她的病，去年冬天就應該請個先生來看看了。我也跟她說了幾回了，她一定不肯喫藥，教我也沒法子。』秀姐道：『她是一直這脾氣，生了病嚜不肯說出來，問她總說是好點。請了先生來，教她喫藥，她倒要不快活了。不過我在想，這時候這個病不比別樣，她再要不肯喫藥，二少爺，不是我說她，七八分要成功了㖸！』

玉甫垂頭無語。秀姐道：『你去勸她，也不要說什麼，就光說是請個先生來，喫兩帖藥嚜，好得快點。你倘若老實說了，她心裡一急，再要急出什麼病來，倒更加不好了。二少爺，你嚜也不要急，就急死也沒用。她的病到底沒生多久，喫了兩帖藥還不要緊哩。』玉甫攢眉道：『要緊是不要緊，不過她也要自己保重點嚜好。隨便什麼事，推扳一點點，她就不快活，你想她病哪會好！』秀姐道：『二少爺，你不是不知道，她自己曉得保重點也沒這個病了；都是爲了不快活了，起的頭嚜。這也要你二少爺去說了她，她還好點。』

玉甫點頭無語。秀姐又說些別的，玉甫方興辭，仍回漱芳房來。漱芳問道：『媽請你去說什麼？』玉甫道：『沒什麼，說屠明珠那兒可是「燒路頭」（註①）。』漱芳道：『不是這個話，媽在說我嘿。』玉甫道：『媽爲什麼說你？』漱芳道：『你不要騙我，我也猜著了。』玉甫笑道：『你猜著了嘿還要問我！』漱芳默然。浣芳拉了玉甫踅至床前，推他坐下，自己爬在玉甫身上，問：『媽眞的說什麼？』玉甫道：『媽說你不好。』浣芳道：『說我什麼不好？』玉甫道：『說你不聽姐姐的話，姐姐爲了你不快活，生的病。』浣芳道：『還說什麼？』玉甫道：『還說嘿，說你姐姐也不好。』浣芳道：『姐姐什麼不好呀？』玉甫道：『姐姐嘿不聽媽的話；聽了媽的話，喫點鴉片煙找樂子散散心，哪會生病！』浣芳道：『你瞎說！誰教姐姐喫鴉片煙？喫了鴉片煙更不好了！』

正說時，漱芳伸手要茶。玉甫忙取茶壺湊在嘴邊。吸了兩口，漱芳從容說道：『我媽是單養我一個人；我有點不舒服了，她嘴裡嘿不說，心裡急死了在這兒。我也巴不得早點好了嘿，讓她也快活點。哪曉得一直病到這時候還不好！我自己拿隻鏡子來照照，瘦得呵是不像個人的了！說是請先生喫藥，眞正喫好了也沒什麼；我這個病哪喫得好啊！去年一病下來，頭一個先是媽急得呵要死；你嘿也沒一天舒服日子過。我再要請先生了，喫藥了，吵得一家人都不安逸；娘姨大姐幹活都忙死了，還要替我煎藥，她們自然不好說我，說起來到底是爲我一個人，病嘿倒還是不好，不是自己也覺得沒趣？』玉甫道：『那是你自己在多心。還有誰來說你？我說嘿，不喫藥也沒什麼，不過好起來慢些，喫兩帖藥嘿早點好。你說對不對？』漱芳道：『媽一定要去請先生，那也只好依她。倘若喫了藥還是不好，媽更要急死了。我想我從小到這時候，媽一直稀奇死了，隨便要什麼她總依我；我沒一點點好處給她，倒害她快要急死了，你說我哪對得住她。』玉甫道：

『你媽就為了你病，你病好了她也好了，你也沒什麼對不住。』漱芳道：『我自己生的病，自己可有什麼不覺得？這個病，死嘿不見得就死，要它好倒也難的了。我是一直唯恐媽幾個人聽見了要發急，一直沒說，這時候也只好說了。你嘿也白認得了我一場。起先說的那些話，不要提了；要嘿這輩子裡碰見了，再補償你。（註②）我自己想，我也沒什麼甩不開的，就不過一個媽苦一點。媽說嘿說苦，到底有個兄弟在那兒，你再照應點她，還算不錯，我就死了也蠻放心。除了媽，就是她，』說著手指浣芳。『她雖然不是我親生妹子，一直跟我蠻要好，就像是親生的一樣。我死了倒是她先要喫苦。我這時候別的事都不想，就是這一樁事要求你。你倘若不忘記我，你就聽我一句話，依了我。你等我一死了嘿，你把浣芳就娶了回去，就像是娶了我。過兩天，她要想著我姐姐的好處，也給我一口羹飯喫喫，讓我做了鬼也好有個著落。那我一生一世的事也總算是完全的了！』

漱芳只管嘮叨，誰想浣芳站在一旁，先時還怔怔的聽著，聽到這裡，不禁哇的一聲竟哭出來，再收納不住。玉甫忙上前去勸。浣芳一撒手，帶哭跑去，直哭到李秀姐房裡，叫聲『媽』，說：『姐姐不好了呀！』秀姐猛喫一嚇，急問：『做什麼？』浣芳說不出，把手指道：『媽去看嘛！』

秀姐要去看時，玉甫也跑過來，連說：『沒什麼，沒什麼。』遂將漱芳說話略述幾句，復埋怨浣芳性急。秀姐也埋怨道：『你怎麼一點都不懂事！姐姐是生了病了，說說罷了，可是真的不好啦！』

於是秀姐挈了浣芳的手，與玉甫偕至前邊，並立在漱芳床前。見漱芳沒甚不好，大家放心。秀姐乃呵呵笑道：『她曉得什麼，聽見你說得難受就急死了。倒嚇得我要死！』漱芳見浣芳淚痕未乾，微笑道：『你要哭，等我死了多哭兩聲好了；怎麼這麼等不及！』秀姐道：『你也不要說了嘛；再說說，她又要哭了。』隨望望妝檯上擺的黑石自鳴鐘道：『天也十二點鐘了，到我房裡去睡罷。』挈了浣芳的手要走。浣芳不肯去，道：『我就這兒籐高椅上睡好了。』秀姐道：『籐高椅上哪裡好睡，快點去嘛。』浣芳又急的要哭。玉甫調停道：『讓她這兒床上睡罷。這張床三個人睡也蠻舒服了。』

秀姐便就依了，再叮囑浣芳『不要哭』方去。隨後大阿金阿招齊來收拾，吹燈掩門，叫聲『安置』而退，玉甫令浣芳先睡。浣芳寬去外面大衣，自去漱芳腳後裡床曲體蜷臥。玉甫也穿著緊身衫褲，和漱芳並坐多時，方各睡下。

玉甫心想漱芳的病，甚是焦急，那裡睡得著。漱芳先已睡熟。玉甫覺天氣很熱，想欲翻身，卻被漱芳臂膊搭在肋下，不敢驚動，只輕輕探出手來將自己這邊蓋的衣服揭去一層，隨手一甩，直甩在裡床浣芳身邊，浣芳仍寂然不動，想也是睡熟的了。玉甫睜眼看時，妝檯上點的燈台，隔著紗帳，黑黝黝看不清楚；約摸兩點鐘光景，四下裡已靜悄悄的，惟遠遠聽得馬路上還有些車輪輾動聲音。玉甫稍覺心下清涼了些，漸漸要睡。

矇矓之間，忽然漱芳在睡夢中大聲叫喚，一隻手抓住玉甫捆身子，狠命的往裡掙，口中只喊道：『我不去呀！我不去呀！』玉甫早自驚醒，連說：『我在這兒呀。不要怕嘛。』慌忙起身，抱住漱芳，且搖且拍。漱芳纔醒過來，手中兀自緊緊揣著不放，瞪著眼看定玉甫，只是

喘氣。

玉甫問：『可是做夢？』漱芳半日方道：『兩個外國人要拉我去呀！』玉甫道：『你總是白天看見了外國人了，嚇著了。』漱芳喘定放手，又歎口氣道：『我腰裡好酸！』玉甫道：『可要我來揪揪？』漱芳道：『我要翻身。』

玉甫乃側轉身，讓漱芳翻身向內。漱芳縮緊身子，鑽進被窩中，一頭頂住玉甫懷裡，教玉甫兩手合抱而臥。這一翻身，復驚醒了浣芳，先叫一聲『姐夫』。玉甫應了。浣芳便坐起來，揉揉眼睛，問：『姐姐呢？』玉甫道：『姐姐噻睡了；你快點睡噥，起來做什麼？』浣芳道：『姐姐睡在哪呀？』玉甫道：『哪，在這兒。』浣芳不信，爬過來扳開被橫頭看見了方罷。玉甫催她去睡。浣芳睡下，復叫道：『姐夫，你不要睡，等我睡著了噻你睡。』玉甫隨口應承。

一會兒，大家不知不覺同歸黑甜鄉中。及至明日九點鐘時都未起身，大阿金在床前隔帳子低聲叫：『二少爺。』陶玉甫李漱芳同時驚醒。大阿金呈上一張條子。玉甫看是雲甫的筆跡，看畢回說：『曉得了。』

大阿金出去傳言。漱芳問：『什麼事？』玉甫道：『黎篆鴻昨天晚上接著個電報，說有要緊事，今天回去了，哥哥教我等一會一塊去送送。』漱芳道：『你哥哥倒巴結噉。』玉甫道：『你睡著，我去一趟就來。』漱芳道：『昨天晚上你就跟沒睡一樣，等會早點回來，再睡會。』

玉甫方穿好衣裳下床，浣芳也醒了，嚷道：『姐夫，怎麼起來啦？你倒喊也不喊我一聲就起來了！』說著，已爬下床來。玉甫急取她衣裳替她披上。漱芳道：『你也多穿點，黃浦灘風大。』

玉甫自己乃換了一件棉馬褂，替浣芳加上一件棉背心。收拾粗完，陶雲甫已乘轎而來。玉甫忙將帳子放下，請雲甫到房裡來。

註①妓家迎接五路財神。

註②如果她再世為人，還來得及嫁他。

第廿一回

問失物瞞客詐求籤　限歸期怕妻偷擺酒

按陶玉甫請陶雲甫到李漱芳房裡來坐，雲甫先問漱芳的病，便催玉甫洗臉打辮，喫些點心，然後各自上轎，出東興里，向黃浦灘來。只見一隻小火輪船泊在洋行碼頭；先有一肩官轎，一輛馬車，傍岸停著。陶雲甫陶玉甫投上名片，黎篆鴻迎進中艙。艙內還有李實夫李鶴汀叔姪兩位，也是來送行的。大家相見就坐，敍些別話。

須臾，于老德朱藹人乘轎同至。黎篆鴻一見，即問如何。朱藹人道：『說好了；總共八千洋錢。』黎篆鴻拱手說：『費神。』李實夫問是何事。黎篆鴻道：『買兩樣舊東西。』于老德道：『東西總算還不錯，價錢也可以了：光是一件五尺高景泰窰花瓶就三千洋錢哦。』李實夫吐舌搖頭道：『不要去買了！要它做什麼？』黎篆鴻笑而不言。

徘徊片刻，將要開船，大家與辭登岸。黎篆鴻于老德送至船頭。陶雲甫陶玉甫朱藹人皆乘轎而回。惟李實夫與李鶴汀坐的是馬車，馬夫本是稔熟，逕駛至四馬路尚仁里口停下。李實夫知道李鶴汀要往楊媛媛家，因推說有事，不肯同行。鶴汀知道實夫脾氣，遂作別進衖。

李實夫實無所事，心想天色尚早，那裡去好，不若仍去擾諸十全的便飯爲妙；當下一直朝西，至大興里，剛跨進諸十全家門口，只見客堂裡坐著一個老婆子，便是花雨樓所見擠緊眼睛的那個。實夫好生詫異。諸三姐迎見嚷道：『啊唷！李老爺來了！』說著慌即跑出天井，一把拉住實夫袖子，拉進客堂。那老婆子見機，起身告辭。諸三姐也不留，只道：『有空來玩。』那老婆子道謝而去。諸三姐關門回來，說：『李老爺，樓上去噦。』

實夫到了樓上，房內並無一人。諸三姐一面劃根自來火點煙燈，一面說道：『李老爺，對不住，請坐一會。十全燒香去了，就快回來了。你吃煙噦。我去泡茶來。』

諸三姐正要走，實夫叫住，問那個老婆子是何人。諸三姐道：『她叫郭孝婆，是我的姐姐。李老爺可認得她？』實夫道：『人是不認得，在花雨樓看見過幾回了。』諸三姐道：『李老爺，你不認得她，說起來你也曉得了。她嘿就是我們七姊妹的大姐姐。從前我們有七個人，都是小姊妹們，爲了要好了，結拜的姊妹，一塊做生意，一塊玩，在上海也總算有點名氣的了。李老爺，你可看見照相店裡有「七姊妹」的照相片子？就是我們嘿。』實夫道：『噢，你就是七姊妹。那倒一直沒說起過。』諸三姐道：『可是說了七姊妹，李老爺就曉得了。當然這時候的七姊妹可不比從前了，嫁的嫁了，死的死了，單剩我們三個人還在。郭孝婆是大姐，弄成這樣子。我嘿挨著第三。還有第二個姐姐，叫黃二姐，算頂好點，手裡有幾個討人，自己開的堂子，生意倒蠻好。』實夫道：『這時候郭孝婆在做什麼？』諸三姐道：『說起我們大姐姐來，再氣人也沒有！本事嘿，挨著她頂大，就光是運氣不好；前年還找著一頭生意，剛剛做了兩個月，給新衙門來捉了去，倒說是她拐逃，喫了一年多官司，去年年底剛放出來。』

實夫再要問時，忽聽得樓下門鈴搖響。諸三姐道：『十全回來了。』即忙下樓去迎。實夫抬頭隔著玻璃窗一望，只見諸十全已經進門，後面卻還跟著一個年輕俊俏後生，穿著元色湖縐夾袍，白灰寧綢棉馬褂。

實夫料道是新打的一戶野雞客人，便留心側耳去聽。聽得諸三姐迎至樓下客堂裡，與那後生唧唧說話，但聽不清說的甚麼。說畢，諸三姐乃往廚下泡茶，送上樓來。

實夫趁此要走。諸三姐拉住低聲道：『李老爺，不要走嗷。你道是什麼人？這個嘿就是她丈夫呀。一塊去燒香回來。我說樓上有女客在這兒，他不上來，就要走了。李老爺，你請坐一會，對不住。』實夫失驚道：『她有這麼個丈夫！』諸三姐道：『可不是！』實夫想了一想道：『倘若他一定要樓上來嘿，怎麼樣呢？』諸三姐道：『李老爺放心。他可敢上來！就上來了，有我在這兒，也不要緊嘿！』

實夫歸坐無語。諸三姐復下樓去張羅一會，果然那後生竟自去了。諸十全送出門口，又和諸三姐同往廚下唧唧說了一會，始上樓來陪實夫。實夫問：『可是你丈夫？』諸十全含笑不答。實夫緊著要問。諸十全嗔道：『你問它做什麼呀？』實夫道：『問問你丈夫嘿也沒什麼嘛。可有什麼人來搶了去了發急？』諸十全道：『不要你問！』實夫笑道：『噢唷！有了個丈夫了，稀奇死了，問一聲都不許問！』諸十全伸手去實夫腿上捽了一把，實夫叫聲『啊唷喂』。諸十全道：『你可要說？』實夫連道：『不說了！不說了！』諸十全方纔放手。

實夫仍若無其事嘻嘻笑著說道：『你這丈夫倒出色得很啱：年紀嚜輕，蠻標緻的面孔，就是一身衣裳也穿得這樣清爽！眞正是你好福氣！』諸十全聽了，欻地連身直撲上去，將實夫撳倒在煙榻上，兩手向肋下亂搔亂戳。實夫笑得涎流氣噎，沒個開交。幸値諸三姐來問中飯，諸十全訕訕的只得走開。諸三姐扶起實夫，笑道：『李老爺，你也是怕癢的？倒跟她丈夫差不多。』實夫道：『你還要去說她丈夫！就爲是我說了她丈夫嚜，她生氣，跟我鬧！』諸三姐道：『你說她丈夫什麼，她生氣？』實夫道：『我說她丈夫好，沒說什麼。』諸三姐道：『你嚜說好，她只當你調皮，拿她開心，對不對？』

實夫笑而點頭，卻偷眼去看諸十全，見諸十全靠窗端坐，哆口低頭，剔理指甲，早羞得滿面紅光，油滑如鏡。實夫便不再說。諸三姐問道：『李老爺喫什麼？我去叫菜。』實夫隨意說了兩色，諸三姐即時去叫。

實夫吸過兩口煙，令諸十全坐近前來說些閒話。諸十全向懷中摸出一紙籤詩授與實夫看了，即請推詳。實夫道：『可是問生意好不好？』諸十全嗔道：『你嚜眞正調皮死了！我們做什麼生意呀？』實夫道：『那麼是問你丈夫？』諸十全又欻地叉起兩手。實夫慌忙起身躲避，連聲告饒。諸十全乘間把籤詩搶回，說：『不要你詳了！』實夫涎著臉伸手去討，說：『不要生氣，讓我來念給你聽。』諸十全越發把籤詩撩在桌上，別過頭去說：『我不聽！』

實夫甚覺沒意思，想了想，正色說道：『這個籤嚜是中平，句子倒說得蠻好，就是上上籤也不過這樣。』諸十全聽說，回頭向桌上去看，果然是『中平籤』。實夫趁勢過去指點道：『你看這兒可是說得蠻好？』諸十全道：『說的什麼？你念念看嘛。』實夫道：『我來念，我來念。』一手取過籤詩來，將前面四句丟開，單念旁邊註解的四句道：

『媒到婚姻遂，醫來疾病除；行人雖未至，失物自無虞。』

念畢，諸十全仍是茫然。實夫復逐句演說一遍。諸十全問道：『什麼東西叫「醫來」？』實夫道：『「醫來」嘿就是說請先生。請到了先生，病就好了。』諸十全道：『先生到哪去請啊？』實夫道：『那是他倒沒說嘛，你生了什麼病，要請先生？』諸十全推說：『沒什麼。』實夫道：『你要請先生，問我好了。我有個朋友，內外科都會，眞正好本事；隨便你稀奇古怪的病，他一把脈，就有數了，可要去請他來？』諸十全道：『我沒什麼病嘿請先生來做什麼？』實夫道：『你說到哪去請先生，我問你可要請；你不說，我可會問你？』諸十全自覺好笑，並不答言。

實夫再問時，諸三姐已叫菜回來，搬上中飯，方打斷話頭不提。

飯畢，李實夫欲往花雨樓去吸煙。諸十全雖未堅留，卻叮囑道：『等會早點來，到這來用晚飯。我等著你。』實夫應承下樓。諸三姐也趕著叮囑兩句，送至門首而別。

實夫出了大興里，由四馬路緩步東行，剛經過尚仁里口，恰遇一班熟識朋友從東趕來，就是羅子富王蓮生朱藹人及姚季蓴四位。李實夫不及招呼，早被姚季蓴一把拉住，說：『妙極了！一塊去！』

李實夫固辭不獲，被姚季蓴拉進尚仁里直往衛霞仙家來。只見客堂中掛一軸神馬，四衆

二十九

道流，對坐宣卷，香煙繚繞，鐘鼓悠揚。李實夫就猜著幾分。姚季蕁讓衆人上樓。到了房裡，衛霞仙接見坐定。姚季蕁即令大姐阿巧：『喊下去，檯面擺起來。』李實夫乃道：『我剛喫飯！哪喫得下！』姚季蕁道：『誰不是剛喫飯！你喫不下嘿，請坐會，談談。』朱藹人道：『實翁可是急等著用筒煙？』衛霞仙道：『煙嘿此地有在這兒嘛。』李實夫讓別人先吸。王蓮生道：『我們是都喫過了有一會了，你請罷。』

實夫知道不能脫身，只得向榻床上吸起煙來。姚季蕁去開局票，先開了羅子富朱藹人兩個局，問王蓮生：『可是兩個一塊叫？』蓮生忙搖手道：『叫了小紅好了。』問到李實夫叫什麼人，實夫尚未說出，衆人齊道：『當然屠明珠囉。』實夫要阻擋時，姚季蕁已將局票寫畢發下；又連聲催起手巾。

李實夫只吸得三口煙，尚未過癮，乃問姚季蕁道：『你喫酒嘿，等會喫也正好嘛。忙什麼呢？』羅子富笑道：『忙是也不忙；難爲了兩個膝蓋嘿，就等會也沒什麼。』李實夫還不懂。姚季蕁不好意思，解說道：『爲了今天宣卷，我們早點喫好了，等會再有客人來喫酒嘿，房間空著了，對不對？』衛霞仙插嘴道：『誰要你讓房間呀，你說要晚點喫就晚點喫好了嘿。』即回頭令阿巧：『下頭去說一聲：局票慢點發，等會喫了。』

阿巧不知就裡，答應要走。姚季蕁連忙喊住道：『不要去說了，檯面擺好了呀。』衛霞仙道：『檯面嘿擺在那兒好了。』季蕁道：『我肚子也餓死了在這兒，就此刻喫了罷。』霞仙道：『你說剛喫飯呀。可要先買點點心來點點！』說著，又令阿巧去買點心。季蕁沒奈何，低聲央告道：『謝謝你，不要難爲我，噥噥罷！』霞仙嗤的笑道：『那你為什麼倒說我們呢？可是我們教你早點喫？』季蓴連說『不是，不是！』

霞仙方罷了，仍咕嚕道：『人人怕老婆，總不像你怕得這樣，眞正也少有出見的！』說得衆人鬨堂大笑。姚季蓴涎著臉無可掩飾。幸而外場起手巾上來，季蓴趁勢請衆人入席。

酒過三巡，黃翠鳳沈小紅林素芬陸續齊來，惟屠明珠後至。朱藹人手指李實夫告訴屠明珠道：『他跟黎大人在吃醋了，不肯叫你。』屠明珠道：『他跟黎大人嘿吃什麼醋呀？他不肯叫，不是吃醋，總是找到了合適的在那兒了，想叫別人，可曉得？』李實夫只是訕訕的笑。王蓮生笑道：『做客人倒也不好做；你三天不去叫她的局，她們就瞎說，總說是叫了別人了，都這樣的！』沈小紅坐在背後，冷接一句道：『倒不是瞎說嘛！』羅子富大笑道：『怎麼不是瞎說！客人嘿也在瞎說，倌人嘿也在瞎說！此刻嘿喫酒，瞎說個些什麼！』姚季蓴喝聲采，叫阿巧取大杯來。當下擺莊划拳，鬧了一陣。及至酒闌局散，已日色沉西矣。

羅子富因姚季蓴要早些歸家，不敢放量，覆杯告辭。姚季蓴乃命拿乾、稀飯來。李實夫飯也不喫，先就興辭。王蓮生朱藹人只喫一口，吸煙要緊，也匆匆辭去。惟羅子富喫了兩碗乾飯始揩面漱口而行。姚季蓴即要同走。衛霞仙拉住道：『我們喫酒客人沒來嘿，你就要讓房間了！』姚季蓴笑道：『就快來了呀。』霞仙道：『就來了嘿，讓他們亭子間裡喫，你給我坐在這兒，不要你讓好了！』

季蓴復作揖謝罪，然後跟著羅子富下樓，轎班皆已在門前伺候。姚季蓴作別上轎，自回公館。

羅子富卻並不坐轎，令轎班抬空轎子跟在後面，向南轉一個彎，往中衖黃翠鳳家。正欲登樓，望見樓梯邊黃二姐所住的小房間開著門，有個老頭兒當門踞坐。子富也不理會，及至樓上，黃二姐卻在房間裡，黃翠鳳沉著臉，哆著嘴，坐在一旁吸水煙，似有不豫之色。

子富進去，黃二姐起身叫聲『羅老爺』，不則聲。

問：『檯面散了？』子富隨口答應坐下。翠鳳且自吸水煙，竟不搭話。子富不知為著甚事，也不則聲。

俄延多時，翠鳳忽說道：『你自己算算看，多大年紀了？還要去軋姘頭，可要面孔！』黃二姐自覺慚愧，並沒一句回言。翠鳳因子富當前，不好多說。又俄延多時，翠鳳水煙方吸罷了，問子富：『可有洋錢在那兒？』子富忙應說：『有。』向身邊摸出一個橡皮靴葉子授與翠鳳。

翠鳳揭開看時，葉子內夾著許多銀行鈔票。翠鳳只揀一張十圓的抽出。其餘仍夾在內，交還子富，然後將那十圓鈔票一撩，撩與黃二姐，大聲道：『再拿去貼給他們！』黃二姐羞得沒處藏躲，收起鈔票，佯笑道：『不哦！』翠鳳道：『我也不來說你了，這以後看你沒有了還好跟誰去借！』黃二姐笑道：『你放心，不跟你借好了。——這可謝謝羅老爺，倒難為你。』說著，訕訕的笑下樓去。翠鳳還咕嚕道：『你要曉得了難為倒好了！』

子富問道：『她要洋錢去做什麼？』翠鳳攢眉道：『我們這媽眞正氣人，不是我要說她！有洋錢在那兒，給姘頭借了去，自己要用了，再跟我要。說了她，裝糊塗。隨便你罵她打她，她過兩天忘記了，還是這樣。我也拿她沒辦法了！』子富道：『她姘頭是什麼人？』翠鳳道：『算算她姘頭，倒無其數哞！老姘頭不說它了，就這時候新的也有好幾個在那兒。你看她年紀噻大，可有一點點譜子！』子富道：『小房間裡有個老頭子，可是她姘頭？』翠鳳道：『老頭子是裁縫張師傅，哪是姘頭。這時候就爲了給他裁縫帳，湊不齊了。』

子富微笑丟開，閒談一會，趙家媽搬上晚餐。子富說已喫過，翠鳳乃喊妹子黃金鳳來同喫。晚餐未畢，只聽得樓下外場喊道：『大先生出局。』翠鳳高聲問：『哪裡？』外場說：『後馬路。』翠鳳應說：『來的。』

第廿二回

借洋錢贖身初定議　買首飾賭嘴早傷和

按黃翠鳳因要出局，慌忙喫畢晚飯，即喊小阿寶𠊎面水來，對鏡洗臉。羅子富問：『叫到後馬路什麼地方？』翠鳳道：『還是錢公館了嘛。他們是牌局，一去了就要我代打；我要是沒什麼轉局，一直打下去不許走。有時候兩三個鐘頭坐在那兒，厭煩死了！』子富道：『厭煩就謝謝不要去了。』翠鳳道：『叫局怎麼好不去？我媽要說的。』子富道：『你媽哪敢說你？』翠鳳道：『媽噯有什麼不敢說？我一點都沒做錯什麼事，媽自然不說什麼；倘若推扳了一點點，我這媽肯罷休啊！』

說時，趙家媽取出出局衣裳。翠鳳一面穿換，一面叮囑子富道：『你坐在這兒，我去一會子就回來的。』又叮囑金鳳『不要走開』，又令小阿寶喊珠鳳也來陪坐。然後趙家媽提了琵琶及水煙筒袋前行，翠鳳隨著，下樓登轎，逕至後馬路錢公館門前停下。望見客堂裡燈燭輝煌，又聽得高聲划拳，翠鳳只道是酒局；及進去看時，席上只有楊柳堂呂傑臣陶雲甫暨主人錢子剛四位，方知爲打牌的晚間便飯。

楊柳堂一見黃翠鳳，嚷道：『來得正好！請你喫兩杯酒。』即取一雞缸杯送到翠鳳嘴邊。翠鳳側首讓過道：『我不喫。』柳堂還要糾纏。翠鳳不理，逕去靠壁高椅坐下。錢子剛忙起身向柳堂道：『你去划拳，我來喫。』便接了那杯酒。柳堂歸座與呂傑臣划拳。

錢子剛執杯在手，告訴黃翠鳳道：『我們四個人在捉贏家，我一連輸十拳喏，喫了八杯，剩兩杯沒喫。你可喫得下？替我代一杯，好不好？』翠鳳聽說，接來呷乾，授還杯子，又說：『還有一杯去拿來。』子剛道：『就剩一杯了，讓趙家媽代了罷。』趙家媽向桌上取一杯來，也喫了。

陶雲甫慫恿楊柳堂道：『你嘿也好算是鏟頭了！一樣一杯酒，錢老爺教她代，你看她喫得多快！』黃翠鳳乃道：『你是眞會說！喫杯酒也有這許多話說！一樣是朋友，你幫著楊老爺來說我，不也就是在說錢老爺。——讓你去說好了，不關我事。』呂傑臣道：『這時候我輸了，你也替我代一杯，讓他說不出什麼。』翠鳳道：『呂老爺，不然是代了好了，這時候給他說了，決計不代。』（註①）

楊柳堂催呂傑臣：『快點喫，喫好了我們要打牌了。』黃翠鳳問：『可打過了？』錢子剛說：『四圈莊打滿了，還有四圈。』呂傑臣喫完拳酒，因指陶雲甫：『挨著你捉贏家了。』陶雲甫遂與楊柳堂划起拳來。

黃翠鳳恐怕又要代酒，假作隨喜，避入左廂書房。只見書房中央几案縱橫，籌牌錯雜，四枝擅燭卻已吹滅，惟靠窗煙榻上煙燈甚明，隨意坐在下首。隨後錢子剛也到書房裡，向上首躺著吸煙。翠鳳乃問道：『我媽有沒跟你借錢？』子剛道：『借嘿沒借，前天晚上我跟她閒談，她說這時候開銷大，洋錢積不下來，不夠過，好像要跟我借，後來一陣子講別的事，她也就沒提。』

翠鳳道：『我媽眞愛多心哦！你倒要當心點！上回你去鑲了一對手鐲，她跟我說：「錢老爺一直沒生意，倒不曉得哪來這些錢？」我說：「客人的錢嘿，你管他哪來的呀。」她說：「我們沒錢用，不曉得洋錢都到哪去了。」我是氣昏了，不去說她了。你想這種話她是什麼意思？』

子剛道：『你教我當心點，是不是當心她借錢？』翠鳳道：『她要跟你借錢嘿，你一定不要借給她。隨便什麼東西，你也不要去替我買。你這時候就說是買給我，過兩天總是他們的東西。他們一點都不承情，倒好像你洋錢多得很在這裡，害他們眼熱死了。你不買倒沒什麼。』子剛道：『她倒一直跟你蠻要好，這時候她轉錯了什麼念頭，不相信你了，對不對？』

翠鳳道：『一點都不錯。這時候是她有心要跟我爲難。上月底有個客人動身，付下來一百洋錢局帳。她有了洋錢，十塊二十塊，都給姘頭借了去；今天要付裁縫帳，沒有了，倒跟我要錢。我說：「我嘿什麼地方有洋錢？出局衣裳，自然要你做的嘿。你曉得今天要付裁縫帳，爲什麼給姘頭借了去？」給我鬧了一場，她倒嚇得不作聲了。』子剛道：『那今天有沒給她點？』

翠鳳道：『我爲了第一回，替她做面子，就羅那裡借了十塊洋錢給她。依了她心裡，倒不是要借羅的錢，要我來請你去，跟你借，還要多借點，那才稱心了。』子剛道：『照這樣說，她沒借到我的錢，哪會稱心啊？倘若她跟我借，我倒也不好回掉她。』

翠鳳道：『你不借也沒什麼嘿。怎麼應該要借給她？你說「我一直沒生意嘛，錢也沒

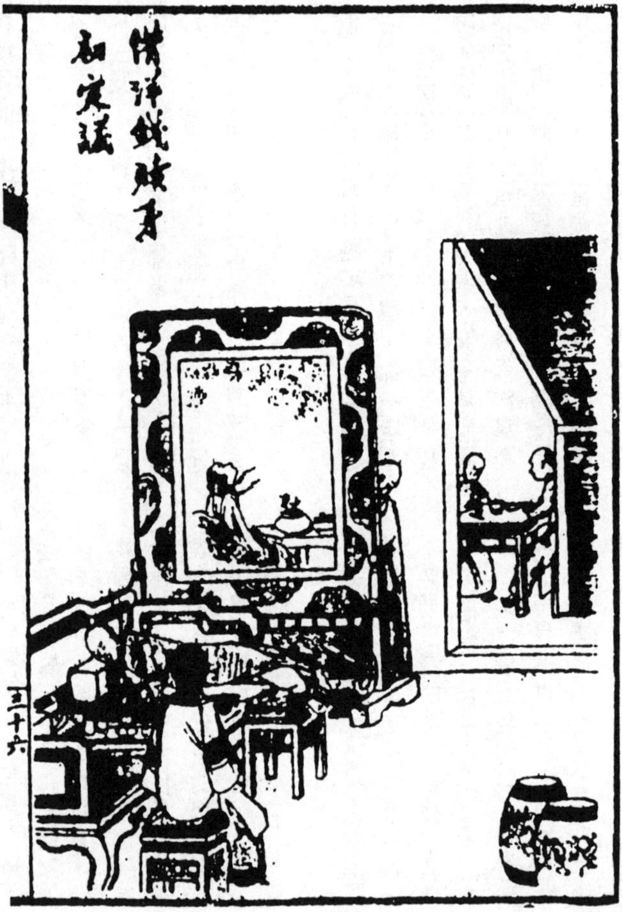

了』，可是說得蠻體面？到了節上，統共叫幾個局，應該付多少洋錢，局帳清爽了，她可好說你什麼壞話？』子剛道：『那是她要恨死了。我說她不過要借錢，就稍微借點給她，也有限得很，再噥兩節，等你贖了身嘍，好了嘛。』

翠鳳道：『我不要！你同她可有什麼講究，一定要借給她？可是眞的洋錢太多囉？就算你洋錢多，等我贖了身借給我好了嘍。』子剛道：『這時候你可想贖身？』

翠鳳連忙搖手，叫他莫說，再回頭向外窺覷，卻正見一個人影影綽綽站在碧紗屏風前，急問：『誰呀？』那人見喚，拍手大笑而出。原來是呂傑臣。

錢子剛丟下煙槍，起坐笑道：『你在嚇人！』呂傑臣道：『我是在捉姦！你們倆可要面孔！就是要偷局嘍，也好等我們客人散了，舒舒服服去幹好了嘍，怎麼一會子工夫也等不及呀？』黃翠鳳咕嚕道：『狗嘴裡可會生出象牙來！』

呂傑臣再要回言，被錢子剛拉至客堂歸席。楊柳堂道：『我們輸了拳，酒也沒人代，你主人家倒找樂子去了！』陶雲甫道：『這時候讓你去快活，等會打牌嘍，頂多多輸點。』（註②）

錢子剛並不置辯，只問拳酒如何。四人復鬨飲一回，始用晚飯。飯後同至書房點燭打牌。

錢子剛因吸煙過癮，請黃翠鳳代打。翠鳳打過兩圈，贏了許多，愈覺得高興，乃喊趙家媽來附耳叮囑些說話。趙家媽領會，獨自踅回家中，逕上樓尋羅子富。不料子富竟不在房，只有黃珠鳳垂頭伏桌打瞌眈。趙家媽拎起珠鳳耳朵，問：『羅老爺呢？』珠鳳醒而茫然，對答不出；連問幾遍，方說道：『羅老爺走了呀。』

趙家媽問：『到哪去啦？』珠鳳道：『不曉得嚜。』

趙家媽發怒，將指頭照珠鳳太陽心裡戳了一下，又下樓至小房間問黃二姐。黃二姐告訴道：『羅老爺嚜給朋友請到吳雪香那兒喫酒去了。你去跟大先生說，早點回來去轉局。』趙家媽道：『那麼等羅老爺票子來了，我帶了去罷。這時候她也不肯回來嚜。』黃二姐應承了。等彀多時，纔接到羅子富局票，果然是叫到東合興里吳雪香家的。

趙家媽手執局票，重往後馬路錢公館來；一進門口，見左廂書房裡黑黝黝地並無燈光，知道打牌已畢，客人已散，即轉身進右廂內室見了錢子剛的正妻，免不得叫聲『太太』。

那錢太太倒眉花眼笑說道：『可是接先生回去？先生在樓上。你就在這兒等一會好了。』趙家媽只得坐下，卻慢慢說出要去轉局。錢太太道：『先生有轉局嚜，早點去罷，晚了不行的。你到樓梯下頭去喊一聲哴。』

趙家媽急至後半間仰首揚聲叫『大先生』，樓上不見答應；又連叫兩聲，說：『要轉局去呀。』仍是寂然毫無聲息。錢太太又叫住道：『不要喊了，先生聽見的了。』趙家媽沒法，仍出前半間陪錢太太對坐閒談。

一會兒，聽得黃翠鳳腳聲下樓，趙家媽忙取琵琶及水煙筒袋上前相迎。翠鳳盛氣嗔道：『忙什麼呀！唉喤唉喤鬧個沒完！』錢太太含笑分解道：『她嚜也算沒錯，為了票子來了有一會了，唯恐太晚了不行，喊你早點去。』

翠鳳不好多言，和錢太太立談兩句，道謝辭別。錢太太直送至客堂前，看著翠鳳上轎方回。（註③）趙家媽跟在轎後，逕往東合興里吳雪香家，攙了翠鳳到樓面上，只見客人倌人，娘姨大姐，早擠得密層層沒些空隙。羅子富座後緊靠妝檯，趙家媽擠不進去。適羅子富與王蓮生並坐，王蓮生叫的局乃是張蕙貞，見了黃翠鳳，即挪過自己坐的櫈子招呼道：『翠鳳姐姐（註④），到這兒來哦。』又招呼趙家媽。覺得著實殷勤，異常親密。

黃翠鳳見張蕙貞金珠首飾奕奕有光，知道是新辦的。因攜著手看了看道：『這時候名字戒指也老樣式了。』張蕙貞見黃翠鳳頭上插著一對翡翠雙蓮蓬，也要索觀。黃翠鳳拔下一隻授與張蕙貞。蕙貞道：『綠頭倒不錯。』

不料王蓮生以下即係主人葛仲英座位，背後吳雪香聽得張蕙貞讚好，便伸過頭來一看，問黃翠鳳：『多少洋錢買的？』翠鳳說是『八塊。』吳雪香忙向自己頭上拔下一隻，拿來比試。張蕙貞見是全綠的，乃道：『也不錯。』吳雪香艴然道：『也不錯！我一對四十塊洋錢呢！啊，可是也「不錯」！』

黃翠鳳聽說，從吳雪香手裡接來估量一回，問道：『可是你自己買噠？』吳雪香道：『買是客人去買來的，在城隍廟茶會上。他們都說不貴，珠寶店裡哪肯哪！』張蕙貞道：『我是倒也看不出。拿她一對來比著嘿，好像好點。』吳雪香道：『翡翠這東西難講究的哦，稍微好一點就難得看見了。我一對蓮蓬，隨便什麼東西總比不過它。四十塊洋錢，是這樣子呀。』

黃翠鳳微笑不言，將蓮蓬授還吳雪香。張蕙貞也將蓮蓬授還黃翠鳳。葛仲英正在打莊，約略聽得吳雪香說話，不甚清楚；及三拳划畢，即回頭問吳雪香：『什麼東西要四十塊洋錢？』吳雪香將蓮蓬授與葛仲英。仲英道：『你上了當了！哪裡有四十塊洋錢！買起來，不過十塊光景！』吳雪香道：『你嘿曉得什麼呀！自己不識貨，還要批搨，十塊洋錢你去買罷！』

羅子富道：『拿來，我來看。』劈手接過蓮蓬來。黃翠鳳道：『你也是不識貨的嘿，看什麼呢？』羅子富大笑道：『我眞的也不識貨！』遂又將蓮蓬傳與王蓮生。

蓮生向張蕙貞道：『比你頭上一對好多少了！』張蕙貞道：『那是自然，我一對哪好比呀！』吳雪香接嘴道：『你也有在那兒，讓我看好不好？』張蕙貞道：『我一對是一點也不好的，這要再去買一對。』說著，也拔下一隻，授與吳雪香。雪香問：『幾塊洋錢？』張蕙貞笑道：『你一對嘿，我要買十對哪。』吳雪香道：『四塊洋錢，自然沒什麼好東西買了。你再要買，情願價錢大點。價錢大了，東西總好囉。』張蕙貞笑著，隨向王蓮生手裡取那蓮蓬和吳雪香更正。

當時臨到羅子富擺莊，『五魁』『對手』之聲隆隆然如春霆震耳，纔把吳雪香蓮蓬議論剪斷不提。

原來這一席——除羅子富王蓮生以外——都是錢莊朋友。只爲葛仲英同吳雪香恩愛纏綿，意不在酒，大家爭要湊趣，不肯放量。勉强把羅子富的莊打完就草草終席而散。吳雪香等客人散盡了，重復和葛仲英不依道：『我在說話嘿，你應該也幫我說句把，那才算你是要好；你倒來挑我的眼，可不奇怪！我說一對蓮蓬要四十塊洋錢呢，眞的四十塊洋錢，不是我騙你嘿。你不相信，去問小妹姐好了。你一下子急死了，唯恐我要你拿出四十塊洋錢來，連忙說十塊。就是十塊嘿，可是你替我去買來噠？你就替我買了一隻洋銅手鐲連一隻錶，也說是三十幾塊呢。說到我自己的東西就不稀奇了。你心裡只道我是蹩腳倌人，哪買得起四十塊洋錢蓮蓬，只好拿洋銅手鐲來當金手鐲戴了，是不是？』

一頓夾七夾八的胡話倒說得仲英好笑起來，道：『這可有什麼要緊呢？就是四十塊嘍也不關我事。』雪香道：『那你說什麼十塊呀？你說是十塊嘍，你去照式照樣買來！我還要買一副頭面哩！洋錢我自己出好了！你去替我買！』仲英笑道：『不要說了，我去買好了！』雪香道：『你是在敷衍嘍！我明天就要的噥！』仲英道：『我今天連夜去買，好不好？』雪香道：『好的，你去噥。』

仲英眞的取馬褂來穿。恰遇小妹姐進房，慌道：『二少爺做什麼？』正要攔阻，雪香丟個眼色，不使上前。仲英套上扳指，掛上表袋，手執摺扇，笑向雪香道：『我走了！』雪香一把拉住，問：『你到哪去？』仲英道：『你教我買東西去嘍。』雪香道：『好的，我跟你一塊去。』攜了仲英的手便走。

踅至簾前，仲英立定不行，雪香儘力要拉出門外去。小妹姐在後，拍手大笑道：『給巡捕來拉了去了嘍好了！』客堂裡外場不解何事，也來查問。小妹姐乃做好做歹勸進房裡，仍替仲英寬去馬褂。

雪香撅著嘴，坐在一旁，嘿然不語。仲英只是訕訕的笑。小妹姐亦呵呵笑道：『兩個小孩子，到了一起嘍，成天的哭哭笑笑，也不曉得爲什麼，可不是個笑話！』仲英道：『對不住，倒難爲你老太太看著有氣！』小妹姐道：『可不是，我眞氣死了在這兒！』說罷自去。

仲英踅至雪香面前，低聲笑道：『你可聽見？給他們當笑話。一點什麼事都沒有，瞎鬧了一場，這可算什麼呢？』雪香不禁嗤的笑道：『你可要再跟我强了？』仲英道：『好了。已經便宜你了。』雪香方歡好如初。

仲英聽得外場關門聲響，隨取下表袋看時，已至一點多鐘，說道：『天不早了，我們睡罷。』雪香問：『可要喫稀飯？』仲英說：『不喫。』雪香即喊小妹姐來收拾。小妹姐舀水傾盆，鋪床疊被。

正在忙亂之際，忽然一個小大姐推進大門，跑至房裡，趕著小妹姐叫一聲『媽』，便將袖子掩口要哭。小妹姐認得是外甥女，名叫阿巧，住在衛霞仙家的，急問她道：『你這時候跑了來做什麼？』那阿巧要說卻一時說不出口。

註①家中請客打麻將似與妓院牌局不同，只主人一人叫局，而她有義務替賓主全都代酒。

註②性是晦氣的。

註③前文錢子剛勸酒一節，是正面寫他會哄女人。此處又背面著墨，寫錢太太比任何賢妻都氣量大，也可見她丈夫本事大。

註④破例稱姐姐，不避諱年齡，是特別親密。

第廿三回

甥女聽來背後言　老婆出盡當場醜

按吳雪香家娘姨小妹姐見外甥女阿巧要哭，駭異問道：『什麼呀？』阿巧哭道：『我不去了！』小妹姐不解，怔怔的看定阿巧；看了一會，問道：『可是跟什麼人吵架了？』阿巧搖頭道：『不是。早上揩隻煙燈，跌碎了玻璃罩，他們媽說，要我賠的。我到洋貨店裡買了一隻嘿，嫌道不好，再要去買，換一家洋貨店，說要買好的。等到買了來，還是不好，要我去換，拿跌碎的玻璃罩一塊帶了去照樣子買一隻。洋貨店裡說要兩角洋錢的哦，換嘿也不肯換。我做他們大姐，一塊洋錢一個月，正月裡做下來不滿三塊洋錢，早就寄到鄉下去了，哪還有兩角洋錢！』

小妹姐聽說，倒笑起來，道：『這可是什麼急事呀？你這孩子嘿也少有出見的！你拿玻璃罩放在這兒，明天我替你去買。』阿巧忙道：『媽，不是呀！他們那兒的活我忙不過來呀！早上一起來嘿，三隻煙燈，八隻水煙筒，都要我來收拾。還有三間房間，掃地抹桌子，倒痰盂，哪一樣不做？下半天洗衣裳，好多好多衣裳，就交給我一個人。一天到晚總沒空。有時候客人打牌，一夜不睡，到天亮打完了，他們嘠去睡了，我嘠收拾房間。』

小妹姐道：『他們還有兩個大姐哩，在做什麼？』阿巧道：『她們兩個人可肯幹活啊？十二點鐘喊她們起來喫中飯，就替先生梳一個頭；梳好了頭嘠沒事了，躺在榻床上，擱起腳來喫鴉片煙；有客人來，跟客人講講笑話，蠻省力。我嘠絞手巾，裝水煙，忙死了。大月底，看她們分賞錢，三四塊，五六塊，多開心。我是一個小銅錢也沒看見！』說到這裡，又哇的哭出聲來。

小妹姐正色道：『你嘠總自己幹活，不要去學她們的樣。她們分賞錢，你也不要去眼熱。這時候自然要喫點虧。你要會梳了個頭嘠就好了。不然，我跟你說了罷：剛剛鄉下上來，頭一家做生意就不高興出來，出來了你想做什麼？還有什麼人家要你？』

阿巧嗚咽道：『媽，你不曉得呀！光是幹活倒罷了；我在幹活，她們還要跟我鬧。我不鬧嘠，她們就不快活，告訴媽，說我幹活不高興。碰到會鬧點客人，她們同客人串通了，拿我開心，一個客人拉住了個手，一個客人扳牢了個腳，她們兩個人來剝我褲子！』說著復嗚嗚咽咽哭個不住。

卻引得葛仲英吳雪香都好笑起來。小妹姐也笑了，急問：『剝了沒呀？』阿巧哭道：『怎麼沒剝！倒是先生看不過，拉我起來。媽曉得了，倒說我小孩子哭哭笑笑，討人厭！』吳雪香接說道：『客人也太沒譜子！人家一個大姐，你剝掉她褲子，可是不作興的？』葛仲英道：『一塊洋錢一個月，可怕沒人家要！不要到他們那兒去做了！』小妹姐獨無言。

迨房間內收拾已畢，葛仲英吳雪香將要

外甥女聽
來背後
言
四十五

安置，小妹姐乃向阿巧道：『你就不做也等我找到了人家嘿好出來。這時候你回去噥兩天再說。』阿巧道：『那麼媽要替我找的噦。』小妹姐道：『曉得了。你去罷。』阿巧又問：『煙燈罩可要賠啊？』小妹姐叫把跌碎的留下：『明天我去買。』又叮囑：『幹活這可當心點。』

阿巧答應，辭了小妹姐，仍歸至尚仁里衛霞仙家。那時客堂裡宣卷道流正演說『洛陽橋』故事，許多閒人簇擁觀聽。阿巧概不理會，逕去後面小房間見老鴇衛姐，回說：『煙燈罩洋貨店裡不肯換，明天媽去買來。』衛姐道：『你到媽那兒去的？』阿巧說：『去的。』衛姐嗔道：『一點點事，都要去告訴媽！可是告訴了你媽就不要賠了？』

阿巧不敢頂嘴，趦上樓來，只見衛霞仙房裡第二桌喫酒客人尚未散盡。那客人乃北信典舖中翟掌櫃暨幾個朝奉，正是會鬧的。阿巧自思生意將歇，何必再去巴結，遂不進房，竟去亭子間煙榻上暗中摸索睡下；聽得前面一陣陣嘻笑之聲不絕於耳，那裡睡得著；隨後拖櫈掇凳，又夾著忽喇喇牙牌散落聲音，知道是打麻將了。

阿巧正要起身，卻聽得那兩個大姐出房喊外場起手巾，復下樓尋阿巧。衛姐說：『阿巧在樓上嘿，恐怕去睡了。』一個大姐道：『她倒開心呢！你去喊噦。』一個大姐道：『我不去喊！她不高興幹活嘿，我們來做好了，什麼稀奇！』

阿巧聽了，賭氣復睡；只因心灰意懶，遂不覺沉沉一覺。直到日上三竿，阿巧醒來，坐在榻上，揉揉眼睛，側耳聽時，樓下寂然，宣卷已畢，惟衛霞仙房中打牌之後，外場搬點心進去，客人和兩個大姐兀自鬧做一團。阿巧依然迴避，逕往灶下揩一把面，先將空房間收拾起來。

須臾，小妹姐來了。阿巧且不收拾，留心竊聽。聽得小妹姐到小房間見了衛姐，把買的煙燈罩交付，問衛姐：『對不對？』衛姐呵呵笑道：『你嚜去上小孩子的當，倒眞去買了來了！我爲了她幹活不當心，說要她賠嚜，讓她當心點；可是眞敎她賠呀！』說著，取兩角小洋錢給還小妹姐。小妹姐堅卻不收。衛姐只得道謝，隨拉小妹姐且坐閒談。

衛姐又道：『這個小孩子，幹活倒不錯，就不過脾氣獨點。在堂子裡，有個把客人要跟她鬧鬧也沒什麼要緊嚜，她鬧了要不快活的！』

阿巧聽到這裡，越發生氣，不欲再聽，仍回空房間來收拾。等得小妹姐辭別衛姐出門，阿巧忙趕上去，叫聲『媽』，直跟至衖堂轉彎處，方問：『媽可去替我找人家？』小妹姐道：『你怎麼這麼急！就有人家嚜，也要過了這節的哦！這時候到哪去找？』阿巧復再三叮嚀而歸。

小妹姐去後，接連數日，不得消息。阿巧因沒工夫，亦不曾去吳雪香家探望。到了三月十四這一日，阿巧早起正在客堂裡揩擦水煙筒，忽見一肩轎子停在門首，一個娘姨打起轎簾，攙出一個半老佳人，舉止大方，妝飾入古。阿巧揣度當是誰家奶奶。那奶奶滿面怒氣，挺直胸脯趦進大門，即高聲問：『此地可是衛霞仙那兒？』阿巧應說：『是的。』

那奶奶並不再問，帶領娘姨，逕上樓梯。阿巧詫異得緊，且向門首私問轎班，方知爲姚季蓴正室。阿巧急跑至小房間告訴衛姐。衛姐不解甚事，便和阿巧飛奔上樓，跟隨姚奶奶都到衛霞仙房裡來。

其時衛霞仙面窗端坐，梳洗未完。姚奶奶

一見，即復高聲問道：『你可是衛霞仙？』霞仙抬頭看了，猛喫一驚，將姚奶奶上下打量一回，纔冷冷的答道：『我嘿就是衛霞仙了喥。你是誰呀？』姚奶奶儼然向高椅坐下，嚷道：『不跟你說話！二少爺喥？喊他出來！』

霞仙早猜著幾分來意，仍冷冷的答道：『你問哪一個二少爺呀？二少爺是你什麼人哪？』姚奶奶大吼，舉手指定霞仙面上道：『你不要來裝糊塗！二少爺嘿是我丈夫。你拿二少爺來迷得好！你可認得我是什麼人？』說著惡狠狠瞪出眼睛，像要奮身直撲上去。

霞仙見如此情形，倒不禁啞然失笑，尚未回言，阿巧膽小怕事，忙去取茶碗，撮茶葉，喊外場沖了開水，說：『姚奶奶請用茶。』再拿一隻水煙筒，問：『姚奶奶可用煙？我來裝。』衛姐也按住姚奶奶，分說道：『二少爺此地不大來的呀；這時候好久沒來了。眞正難得有回把叫個局，酒也沒喫過。姚奶奶不要去聽別人的話。』

大家七張八嘴勸解之際，被衛霞仙一聲喝住道：『不要作聲！瞎說個些什麼！』於是霞仙正色向姚奶奶朗朗說道：『你的丈夫嘿，應該到你府上去找嘿。你什麼時候交代給我們，這時候到此地來找你丈夫？我們堂子裡倒沒到你府上來請客人，你倒先到我們堂子裡來找你丈夫，可不是笑話！我們開了堂子做生意，走了進來總是客人，可管他是誰的丈夫！你的丈夫嘿，可是不許我們做啊？老實跟你說了罷，二少爺在你府上，那是你丈夫；到了此地來，就是我們的客人了。你有本事，你拿丈夫看牢了，爲什麼放他到堂子裡來玩，在此地堂子裡，你再要想拉了去，你去問聲看，上海租界上可有這種規矩？（註）這時候不要說二少爺沒來，就來了，你可敢罵他一聲，打他一下？

你欺負你丈夫，不關我們事；要欺負我們的客人，你當心點！二少爺嘿怕你，我們是不認得你這位奶奶嘿！』

一席話說得姚奶奶頓口無言，回答不出，登時漲得徹耳通紅，幾乎迸出急淚來。正待想一句來扳駁，只見霞仙復道：『你是奶奶呀；可是奶奶做得不耐煩了，也到我們此地堂子裡來找找樂子？可惜此刻沒什麼人來打茶圍，倘若有個把客人在這兒，我教客人捉牢了你强姦一場，你回去可有臉？你就告到新衙門，堂子裡姦情事也沒什麼希奇嘿！』

不料這裡說得熱鬧，樓下外場驀地喊一聲『客人上來。』霞仙便道：『來得正好，請房裡來。』

衛姐掀起簾子，迎進一個四十餘歲的客人，三綹髭鬚，身材肥胖；原來即係北信典舖翟掌櫃。早嚇得姚奶奶心頭小鹿兒橫衝直撞，坐也不是，走也不是，又羞又惱，那裡還說得出半個字。

翟掌櫃進房，且不入座，也將姚奶奶上下打量一回，終猜不出是什麼人。霞仙笑問翟掌櫃道：『你可認得她？她嘿是姚季蓴姚二少爺的老婆。今天到我們這兒堂子裡來，有心要坍坍二少爺的臺！』

翟掌櫃聽罷茫然。衛姐過去附耳說些大概，方始明白。翟掌櫃攢眉道：『那是姚奶奶失斟酌了！我跟季蓴兄也同過幾回檯面，總算是朋友。姚奶奶到這兒來，季蓴兄面上好像不好看相。』霞仙道：『什麼不好看相？出色得很喏！二少爺一直生意不好，有了這麼個老婆，這可要發財了！』

翟掌櫃搖手止住，轉勸姚奶奶道：『姚奶奶此刻請回府，有什麼話嘿，教季蓴兄來說好了。』

家文
婆
出畫當
場醜

姚奶奶無可如何，一口氣湧上喉嚨，哇的一聲要哭，慌忙立起身來，帶領娘姨出房下樓。霞仙還冷笑道：『姚奶奶，再坐會嘛。倘若二少爺來了嘍，我教娘姨來請你。』

姚奶奶至樓下，忍不住嗚嗚咽咽，大放悲聲，似乎連說帶罵，卻聽不清楚，仍就門首上轎而回。

姚奶奶既去，霞仙新妝亦罷，越想越覺好笑道：『蠻體面的二少爺，這看他還好出來做人！一個奶奶跑到堂子裡拉客人，就像是野雞了嘍！』衛姐也歎口氣道：『做了個奶奶，還有什麼不開心？自己走上門來，給我們罵兩聲，可不是倒運！』霞仙道：『你嘍也不要說了！沒給她顛倒罵兩聲，算你運氣！』衛姐微笑自去。

翟掌櫃問：『爲什麼要顛倒給她罵兩聲？』霞仙笑而告訴道：『我媽嘍，眞正是好人！二少爺就天天到我們這兒來，我們也沒什麼說不出口的；我媽一定要說是二少爺好久不來了，倒好像是我們怕她。還有個阿巧，更氣人！前天宣卷，樓上下頭，多少客人在那兒，喊她沖茶，不曉得到哪去了，客人的茶碗也沒加；今天二少爺老婆來了，你沒看見，她巴結得呵——！我們沒喊她，她倒先去泡了一碗茶，還要替她裝水煙，姚奶奶長，姚奶奶短，自己幹的活丟掉了不做，單去巴結個姚奶奶！哪曉得姚奶奶覺也沒覺得，馬屁拍到了馬腳上去了！』

阿巧適舀一盆面水上來給霞仙洗手，聽說即回嘴道：『姚奶奶嘍也是客人，爲什麼不應該泡茶給她喫？』霞仙笑向翟掌櫃道：『你聽聽！可不氣死人！姚奶奶說是客人！可是我們做的呀？』阿巧道：『做不做不關我事，你們同姚奶奶在吵架，倒說我拍馬屁！』霞仙沉下臉道：『你這人怎麼這麼彆扭！你此地不高興做，走好了嘿！姚奶奶喜歡你拍馬屁！』

阿巧撅起嘴趕下樓來草草收拾完畢，喫過中飯，捱至日色平西，捉個空復往東合興里吳雪香家尋見小妹姐，訴說適間情事，哭道：『不幹活，自然要說；幹了活，還是要說！隨便什麼事，總是我不好！媽說儂兩天，儂不下去了嘿！』小妹姐道：『儂不下去嘿，出來到什麼地方去？』阿巧道：『隨便什麼地方！就沒工錢也沒什麼！』小妹姐沉吟不語。吳雪香道：『那麼到這兒來幫幫你媽，再去找人家，好不好？』阿巧說：『蠻好。』小妹姐也就依了。當晚小妹姐便向衛霞仙家算清工錢，取出舖蓋。

阿巧在吳雪香家僅宿一宵，次日飯後，吳雪香取出一對翡翠雙蓮蓬，令阿巧齎至對門大腳姚家交還張蕙貞，並說：『綠頭蠻好，比我一對倒差不多，十六塊洋錢，一點不貴。』阿巧見張蕙貞傳說明白，張蕙貞因問阿巧：『可是新來的？』阿巧據實說了。蕙貞道：『我們這時候正要添個大姐，先生不用嘿，到這兒來罷。』阿巧不勝之喜，道：『那是再好也沒有！』連忙歸來說與小妹姐，即日小妹姐親自送去。阿巧因住在張蕙貞家。

適遇王蓮生偕洪善卿兩個在張蕙貞家晚間便飯。蕙貞將翡翠雙蓮蓬與王蓮生看，問道：『十六塊洋錢可貴？』洪善卿只估十塊。蓮生道：『還他十塊，多到十二塊不要添了。』蕙貞又訴說添用大姐一節。蓮生見阿巧好生面善，問起來，方知在衛霞仙家見過數次。

治晚飯喫畢，張蕙貞已燒成七八枚煙泡放在煙盤裡。王蓮生揩把手巾，向榻床躺下，蕙貞授過煙槍，颼颼的直吸到底。蕙貞接槍，通過斗門，再取煙泡來裝。

蓮生向蕙貞道：『你要買翡翠東西，教洪老爺到城隍廟茶會上去買便宜點。』蕙貞因要買一副翡翠頭面，拜托洪善卿。善卿應諾，辭別先行，自回南市永昌參店去了。

註：清朝禁止官員狎妓，所以只有在租界上妓院可以公開接待社會上層人物。

第廿四回

只怕招寃同行相護　自甘落魄失路誰悲

按王蓮生躺在榻床右首吸煙過癮，復調過左首來吸上三口，漸覺眉低眼合，像是煙迷。張蕙貞裝好一口煙，將槍頭湊到嘴邊，替蓮生把火，蓮生搖手不吸。蕙貞輕輕放下煙槍，要坐起來。蓮生一手扳住蕙貞胸脯，說：『你也喫一筒噥』蕙貞道：『我不要喫；喫上了癮，還能做生意呀！』蓮生道：『哪會上癮！小紅一直喫，也沒有癮。』蕙貞道：『小紅自然，她是本事好，生意會做，就喫上了也不要緊。我要像了她——好！』蓮生道：『你說小紅會做生意，爲什麼客人也沒有了呀？』蕙貞道：『你怎麼曉得她沒有客人？』蓮生道：『我看見她上節堂簿，除了我就不過幾戶老客人叫了二三十個局。』蕙貞道：『光只你一戶客人，再有二三十個局也就好了嘿。』蓮生道：『你不曉得，小紅也不夠過，她開消大，爹娘兄弟有好幾個人在那兒，都靠她一個人做生意。』蕙貞道：『爹娘兄弟在小房子（註）裡，哪有多少開消？只怕她自己的用項太大了點。』蓮生道：『她自己倒沒什麼用項，就不過三天兩天去坐坐馬車。』

蕙貞道：『坐馬車也有限得很。』蓮生道：『那麼什麼用項呢？』蕙貞道：『我怎麼曉得她！』

蓮生便不再問，自取煙盤內所剩兩枚煙泡，且燒且吸，移時始盡；於是一手扶住榻床闌干，抬身坐起。蕙貞知道是要吸水煙，忙也起身，取一支水煙筒，就在榻床邊挨著蓮生肩膀偎倚而坐，裝水煙與蓮生吸。

蓮生吸了兩筒，復問道：『你說小紅自己用項大，是什麼用項你說說看噱。』蕙貞略怔一怔道：『我是說說罷了呀。小紅自己嘿還有什麼用項。你不要到小紅那兒去瞎說；倘若你說了什麼嘿，她只當我說了她壞話，又給她罵。』蓮生笑道：『你儘管說好了，我可會去告訴小紅？』蕙貞大聲道：『教我說什麼呀？你跟小紅三四年老相好，還有什麼不曉得，倒來問我！』蓮生笑而嘆道：『你嘿眞正是鏟頭！小紅說了你多少壞話，你不說她倒罷了，還要替她瞞著！』蕙貞也嘆道：『不是瞞著呀！你嘿也纏錯了，纏到哪去了！小紅有了爹娘兄弟，再要坐坐馬車，可是用項比我大點？』

蓮生冷笑丟開。水煙吸罷，蕙貞仍並坐相陪，和蓮生美滿恩情，溫存浹洽，消磨了好一會，敲過十二點鐘，喚娘姨收拾安睡。

蕙貞在枕上又勸蓮生道：『小紅這人，凶嘿凶死了，跟你是總算不錯。她這時候客人嘿也就像是沒有，就不過你一個人去替她撐撐場面，她不跟你好，還跟誰要好？上回明園，她要跟你拚命，倒不是爲別的，就怕你做了我，她那兒不去了。你不去了，她可是要發急呀？我倒勸你：你跟她相好三四年，也應該摸著點她脾氣了。稍微有點不快活，你噥得過去就噥噥罷。她有時候就推扳了點，你也不要去說她。你說了她，她不好來怪你，倒說是我教你的話，我跟她結的冤家還不夠？光是背後罵我兩聲倒也罷了，倘若檯面上碰見了，她嘿倒不要面孔，跟我吵架，我可要難爲情？』蓮生道：『你說她跟我要好，哪會要好啊？我剛做她時候，她跟我說：「做倌人也難得很，就不過沒好客人；這時候有了你，那是再好也沒有。這再要去做一戶陌生客人，一定不做的了！」我說：「你不做嘿，就嫁給我好了。」她嘴裡嘿也說是「蠻好，」一直敷衍下去，起初說要還清了債嘿嫁了，這時候還了債，又說是爹娘不許去。看她這光景，總歸不肯嫁人。也不曉得她到底是什麼意思。』

蕙貞道：『那倒也沒什麼別的意思。她做慣了倌人，到人家去守不了規矩，不肯嫁。再歇兩年，年紀大了點，就要嫁你了。』蓮生搖手道：『倘若沈小紅要嫁給我，我也討不起。前兩年三節開消差不多二千光景，今年更不對了：還債買東西同局帳，一節還沒到，用在她身上二千多！你想，我哪有這些洋錢去用？』蕙貞復嘆道：『像我，一年就一千洋錢也好了。』蓮生再要說時，只聽得當中間內阿巧睡夢中咳嗽聲音，遂被叉斷不提。

次日上午，王蓮生張蕙貞初起身，管家來安即來稟說：『沈小紅那兒娘姨請老爺過去說句話。』蕙貞忙問甚事。蓮生道：『哪有什麼話？兩天不去了嘿，自然要來請了嘿！』蕙貞尋思一會道：『我猜小紅一定有點話要跟你說。你想嘛，隨便什麼時候你一到這兒來，她們就曉得了。這時候是曉得你在這兒，來請你，就沒什麼話也要想句把出來說說，鬧得你不舒服。你說對不對？』

蓮生不答。比及用畢午餐，吸足煙癮，蓮生方思過去。蕙貞連連叮囑道：『你到沈小紅那兒去，小紅問你從哪來，你就說是在這兒好

了。她要跟你說什麼話，不要緊的嘿，依了她一半；你就不依她，也不要跟她强，好好的跟她說。小紅這人，不過性子彆扭點，你說明白了，她也沒什麼。你記著，不要忘了！』

蓮生答應下樓，並不坐轎，帶了來安出門，只見一個小孩子往南飛跑，彷彿是阿珠的兒子，想欲聲喚，已是不及。蓮生卻往北出東合興里由橫衖穿至西薈芳里。阿珠早出門首，相隨上樓，同到房裡。沈小紅當窗閒坐，手中執著一對翡翠雙蓮蓬在那裡玩弄；見了蓮生，也不起身，只冷笑道：『我們這兒不請你是想不起來的了！兩天有幾起公事？忙得哦一趟也不來！』蓮生佯笑坐下。阿珠接著笑道：『王老爺一請了倒就來，還算我們有面子，沒坍台。先生，你要謝謝我的噥！』說著，先絞把手巾，忙將茶碗放在煙盤裡，點起煙燈，說：『王老爺，請用煙。』

蓮生過去躺在榻床上首吸起煙來。小紅便道：『你到這兒來，苦死了嘛！都是笨手笨腳，沒什麼人來替你裝煙！』蓮生笑道：『誰要你裝煙？』當時阿珠抽空迴避。

蓮生本已過癮，只略吸一口，即坐起來吸水煙。小紅乃將翡翠雙蓮蓬給蓮生看。蓮生問：『可是賣珠寶的拿來看？』小紅道：『是呀；我買了，十六塊洋錢，比茶會上可貴點？』蓮生道：『你有幾對蓮蓬在那兒，也好了，再去買來做什麼？』小紅道：『你替別人嘿去買了，挨著我嘿就不應該買了？』蓮生道：『不是說不應該買；你蓮蓬用不著嘿，買別的東西好了。』小紅道：『別的東西再買囉。蓮蓬用嘿用不著，我爲了氣不忿，一定要買它一對，多糟蹋掉你十六塊洋錢。』蓮生道：『那麼你拿十六塊洋錢去，隨便你買什麼。這一對蓮蓬也沒什麼好，不要買了，對不對？』小紅道：『我是人也沒什麼好，哪有好東西給我買？』蓮生低聲做勢道：『啊唷！先生好客氣！誰不知道上海灘上沈小紅先生！還要說不好！』小紅道：『我嘿可算是先生哪？比野雞也不如嘿！惶恐了嗐，叫先生！』

蓮生料想說不過她，不敢多言，仍嘿然躺下，一面取籤子燒煙，一面偷眼去看小紅；見小紅垂頭哆口，斜倚窗欄，手中還執那一對翡翠雙蓮蓬，將指甲招著細細分數蓮子顆粒。蓮生大有不忍之心，只是無從解勸。

適值外場報說：『王老爺朋友來。』蓮生迎見，乃是洪善卿，進房即說道：『我先到東合興里去找你，說走了，我就曉得在這兒。』

小紅敬上瓜子。笑向善卿道：『洪老爺，你找朋友倒會找哪！王老爺剛剛到這兒來，也給你找到了！此地王老爺難得來的嘿，一直在東合興里。今天爲了我們請了，才來一趟。等會還是到東合興去。洪老爺，你下回要找王老爺嘿，到東合興去找好了。東合興不在那兒，倒說不定在什麼地方。你就等在東合興，王老爺完了事回去嘿，碰頭囉。東合興就像是王老爺的公館。』

小紅正在嘮叨，善卿呵呵一笑，剪住道：『不要說了！我來一趟，聽你說一趟，我聽了也厭煩死了！』小紅道：『洪老爺說得不錯，我是天生不會說話，說出來就叫人生氣。像人家會說會笑，多巴結！一樣打茶圍，客人喜歡到她那兒去。一塊去的朋友，你說王老爺哪想得起來到此地來呀？』

善卿正色道：『小紅，不要這樣。王老爺做嘿做了個張蕙貞，跟你還是蠻要好，你也就噥噥罷。你一定要王老爺不去做張蕙貞，在王老爺也沒什麼，聽了你的話就不去了。不過我在說，張蕙貞也苦死了在那兒，讓王老爺去照應她點，你也譬如做好事。』這幾句倒說得沈小紅盛氣都平，無言可答。

於是洪善卿王蓮生談些別事。已近黃昏，善卿將欲告辭，蓮生阻止了，卻去沈小紅耳邊悄悄說了幾句，聽不出說的甚麼。只見小紅道：『你走嘿走好囉。誰拉著你不放？』蓮生又說兩句。小紅道：『來不來隨你的便。』蓮生乃與善卿相讓同行。

小紅略送兩步，咕嚕道：『張蕙貞等在那兒，一定要去一趟才舒服！』蓮生笑道：『張蕙貞那兒不去。』說著，下樓出門。善卿問：『到哪兒？』蓮生道：『到你相好那兒去。』

兩人往北，由同安里穿至公陽里周雙珠家。巧囝爲了王蓮生叫過周雙玉的局，引蓮生至雙玉房裡。洪善卿也跟進去，見周雙玉睡在床上。善卿趷到床前，問雙玉：『可是不舒服？』雙玉手拍床沿，笑說：『洪老爺，請坐噥。對不住。』

善卿即坐在床前與雙玉講話。周雙珠從對過房裡過來與王蓮生寒暄兩句，因請蓮生吸鴉片煙。巧囝卻裝水煙與善卿吸。善卿見是銀水煙筒，又見妝檯上一連排著五隻水煙筒，都是銀的，不禁詫異道：『雙玉的銀水煙筒有多少？』雙珠笑道：『這也是我們媽拍雙玉的馬屁啊。』

雙玉聽見，嗔道：『姐姐嘿總瞎說！媽拍我的馬屁，可不是笑話！』善卿笑問其故。雙珠道：『就是上回爲了銀水煙筒，雙玉教客人去買了一隻，媽這就拿大姐姐二姐姐的幾隻銀水煙筒都給了雙玉，雙寶嘿一隻也沒有。』善卿道：『那麼這時候還有什麼不舒服？』雙玉接說道：『發寒熱呀。前天晚上，客人打牌，一夜沒睡，發了寒熱。』

說話之時，王蓮生燒成一口鴉片煙要吸，不料煙槍不通，斗門咽住。雙珠先見，即道：『對過去喫罷，有隻老槍在那兒。』

當下衆人翻過對過雙珠房間，善卿始與蓮生說知，翡翠頭面先買幾色，價值若干，已面交與張蕙貞了。蓮生亦問善卿道：『有人說沈小紅自己的用項大，你可曉得她什麼用項？』善卿沉吟半晌，答道：『沈小紅也沒什麼用項；就爲了坐馬車，用項大點。』蓮生聽說是坐馬車，並不在意。

談至上燈時候，蓮生要赴沈小紅之約，匆匆告別。善卿即在雙珠房裡便飯。往常善卿便飯，因是熟客，並不添菜，和雙珠雙玉共桌而食；這晚雙玉不來，善卿說道：『雙玉爲什麼三天兩天不舒服？』雙珠道：『你聽她的！哪有什麼寒熱！都爲了媽太疼她了，她裝的病。前天晚上，雙玉起初沒有局，剛剛我跟雙寶出局去嘿，接連有四張票子來叫雙玉。相幫轎子都不在那兒，連忙去喊雙寶回來。碰著雙寶檯面上要轉個局，教相幫先拿轎子抬雙玉去出局，再去抬雙寶。等到雙寶回來了，再到雙玉那兒去嘿，晚了。轉到第四個局，檯面也散了，客人也走了。雙玉回來，告訴了媽，本來跟雙寶不對，就說是雙寶耽擱囉，要媽去罵她一頓。媽爲了檯面上轉局的客人在雙寶房裡，沒說什麼。雙玉這就不舒服，到了房裡，乒乒乓乓，摜東西。再碰著客人來打牌，一夜沒睡，到明天就說是不舒服。』

善卿道：『雙寶苦了，碰著了前世寃家！』雙珠道：『起先媽不喜歡雙寶，爲了她不會做生意，說她兩聲；自從雙玉進來，雙寶打了幾回了，都爲了雙玉。』善卿道：『此刻雙玉跟你可要好？』雙珠道：『要好嘿要好，見了我倒有點怕的。媽隨便什麼總依她，我不管她生意好

不好，看不過一定要說的，讓她去怪我好了。』善卿道：『你說她也不要緊，她可敢怪你。』

須臾，用過晚飯，善卿無事，即欲回店，雙珠也不甚留。洪善卿乃從周雙珠家出來，踅出公陽里南口，向東步行，忽聽得背後有人叫聲『舅舅。』

善卿回頭一看，正是外甥趙樸齋，只穿一件稀破的二藍洋布短襖，下身倒還是湖色熟羅套袴，趿著一雙京式鑲鞋，已戳出半隻腳趾。善卿喫了一驚，急問道：『你爲什麼長衫也不穿？』趙樸齋囁嚅多時才說：『仁濟醫館出來，客棧裡耽擱了兩天，缺了幾百房飯錢，鋪蓋衣裳都給他們押在那兒。』善卿道：『那麼爲什麼不回去？』樸齋道：『本來想要回去，沒錢。舅舅可好借塊洋錢給我去乘航船？』被善卿啐了一口道：『你這人還有面孔來見我！你到上海

來坍我的台！你再要叫我舅舅，給兩個嘴巴子你喫！』

善卿說了，轉身便走。樸齋緊跟在後，苦苦求告。約走一箭多遠，善卿心想無可如何，到底有礙體面，只得喝道：『同我到客棧裡去！』樸齋諾諾連聲，趨前引路，卻不往悅來棧，直引至六馬路一家小客棧，指道：『就在這兒。』

善卿忍氣進門，向櫃檯上查問。那掌櫃的笑道：『哪有鋪蓋啊，就不過一件長衫，脫下來押了四百個銅錢。』

善卿轉問樸齋，樸齋垂頭無語。善卿復狠狠的啐了一口，向身邊取出小洋錢贖還長衫，再給一夜房錢，令小客棧暫留一宿，喝叫樸齋：『明天到我行裡來！』樸齋答應，送出善卿，善卿毫不理會，叫輛東洋車自回南市鹹瓜街永昌參店，短歎長吁，沒法處置。

次早，樸齋果然穿著長衫來了。善卿叫個出店領樸齋去乘航船，只給三百銅錢與樸齋路上買點心。趙樸齋跟著出店辭別洪善卿而去。

註：妓院外的私寓，分租的房間。

第廿五回

翻前事搶白更多情（註）　約後期落紅誰解語

按洪善卿等出店回話，知趙樸齋已送上航船，船錢已經付訖。善卿還不放心，又備細寫一封書信與樸齋母親，囑她管東兒子，不許再到上海。令出店交信局寄去，善卿方料理自己店務。下午無事，正欲出門，適接一張條子，卻係莊荔甫請至西棋盤街聚秀堂陸秀林房喫酒的。當下向櫃上夥計叮囑些說話，獨自出門北行。因天色尚早，坐輛東洋車，令拉至四馬路中，先去東合興里張蕙貞西薈芳里沈小紅兩家尋王蓮生談談。兩家都回說不在。

善卿遂轉出畫錦里，至祥發呂宋票店，與胡竹山拱手，問陳小雲。竹山說：『在樓上。』善卿即上樓來。陳小雲廝見讓坐。小雲問：『莊荔甫么二上喫酒，有沒來請你？』善卿道：『陸秀林那兒呀，等會跟你一塊去。』小雲應諾。善卿問：『上回莊荔甫有好些東西有沒替他賣掉點？』小雲道：『就不過黎篆鴻揀了幾樣，還有許多都沒動。可有什麼主顧，你也替他問聲看。』善卿應諾。

須臾，詞窮意竭，相對無聊，兩人商量著

打個茶圍再去喫酒不遲；於是聯步下樓，別了胡竹山，穿進夾牆窄衖，就近至同安里金巧珍家。陳小雲領洪善卿逕到樓上房裡。金巧珍起身相迎。

兩人坐定，巧珍問道：『西棋盤街有張票子來請你，可是喫酒？』小雲道：『就是莊荔甫請我們兩個人。』巧珍道：『莊這節倒喫了幾檯了。』小雲道：『上回莊替朋友代請，不是他喫酒。今天晚上恐怕是「燒路頭」，不然嚜是「宣卷」。』巧珍道：『對了，我們二十三也宣卷呀。你也來喫酒囉。』小雲沉吟道：『喫酒是喫好了；倘若有客人喫酒嘿，我就晚一天二十四喫也行。』巧珍道：『沒有呀。有了客人嘿，我也不教你喫酒了；就爲了沒有了才說嘿。』小雲故意笑道：『客人沒有嘿，教我喫酒；有了客人，就挨不著我了！』

巧珍聽說，要去擰小雲的嘴，礙著洪善卿，遂也笑了一笑道：『你倒還要想挑眼了！我哪一句話說錯啦？你是長客呀。宣卷不擺檯面，可坍台？當然你替我撐撐場面。不然爲什麼要做長客？倘若有了喫酒的客人，你喫不喫就隨你便。你是長客，隨便哪一天都好喫的。我說的錯了？』小雲笑道：『你不要發急噱！我沒說你錯嘿。』巧珍道：『那你怎麼「挨得著」「挨不著」瞎說！眞正火冒死了！』

洪善卿坐在一旁，只是呵呵的笑。巧珍瞅見道：『這可教洪老爺笑死了！四五年的老客人，還要胡說八道，倒好像剛做起！』小雲道：『說說嘿笑笑，不是蠻好？不說氣悶死了。』巧珍道：『誰教你不要說？你說出來就教人生氣，倒說是笑話！你看洪老爺一樣做周雙珠，比你還要長遠點，哪有一句瞎打岔的話？單單只有你嘿就有這許多說不出畫不出的神頭鬼臉！』

善卿接著笑說道：『你們兩個人在吵架，爲什麼拿我來開心？』巧珍也笑道：『洪老爺，你不曉得他脾氣，看他的人嘿好像蠻好說話，不好起來，這才叫氣人！有一回他來，碰著我們房間裡有客人，請他對過房裡坐一會，他一聲也不響，就走。我問他：「爲什麼要走哇？」他倒說得好；他說：「你有恩客在這兒，我來做討厭人，不高興！」』

小雲不等說完，叉住笑道：『前幾年的話，還要說它做什麼？』巧珍瞟了一眼，帶笑而嗔道：『你嘿說過了就忘了，我是不忘記，都要說出來給洪老爺聽聽！洪老爺到這兒來嘿，總怠慢點，就不過聽兩句逗笑的話，倒也不錯。』

小雲一時著急，叉開兩手，跑過去一股腦兒摟住巧珍不依。巧珍發喊道：『做什麼呀？』娘姨阿海，大姐銀大聞聲而至，小雲始放了手。巧珍掙開，反手摸摸頭髮，卻沉下臉喝小雲道：『替我去坐在那兒！』小雲作勢連說：『噢！噢！』倒退歸座。阿海銀大在旁，齊聲道：『陳老爺一直規規矩矩，今天好快活！』善卿點頭道：『我也一直沒看見他這樣會鬧！』

這一鬧，不知不覺早是上燈以後了。小雲的管家長福尋來，呈上莊荔甫催請票。善卿起身道：『我們走罷。』即時與小雲同行。金巧珍送至樓梯邊，說聲『就來叫。』小雲答應出門，吩咐長福道：『我同洪老爺一塊去，你回去喊車夫拉到西棋盤街來。』長福承命自去。

陳小雲洪善卿比肩交臂，步履從容，迤邐過四馬路寶善街，方到西棋盤街聚秀堂。進門登樓，只見房內先有兩客。洪善卿認得是吳松橋張小村，惟與陳小雲各通姓名，然後大家隨意就座。莊荔甫忙寫兩張催條交與楊家

翻前事搶白
最多情

媽，道：『一面去催客，一面擺檯面。』

比及檯面擺好，催客的也回來報說：『尙仁里衛霞仙那兒請客不在那兒。楊媛媛那兒嚜就來。』洪善卿問：『可是請姚季蓴？』莊荔甫道：『不是，我請老翟。』善卿道：『前兩天姚季蓴夫人到衛霞仙那兒去吵架，可曉得？』荔甫駭異，忙問如何吵架。

善卿正要說時，適外場又報說：『莊大少爺朋友來。』荔甫急迎出去。衆人起立拱候。恰正是李鶴汀來了。大家曾經識面，不消問訊。莊荔甫令楊家媽去隔壁陸秀寶房裡請施大少爺過來。衆人見是年輕後生，面龐俊俏，衣衫華麗，手挈陸秀寶一同進房，都不知爲何人。莊荔甫在旁代說，纔知姓施，號瑞生。略道渴慕，便請入席。莊荔甫請李鶴汀首座，次即施瑞生，其餘隨意坐定。

先是陸秀寶換了出局衣裳過來坐在施瑞生背後，因見洪善卿，想起問道：『趙大少爺可看見？』善卿道：『他今天回去了。』張小村接嘴道：『樸齋沒回去，我剛才在四馬路還看見他的哩。』善卿訝甚，卻不便問明。

施瑞生向莊荔甫道：『我也要問你：「雙喜」「雙壽」的戒指哪兒去買呀？』荔甫道：『就是龍瑞裡，滿坑滿谷在那兒！』瑞生轉向陸秀林索取戒指看個樣式，仍即歸還。

吳松橋問李鶴汀：『這兩天有沒打過牌？』鶴汀說：『沒有。』松橋道：『等會可高興打？』鶴汀攢眉道：『沒人嚜。』松橋轉問陳小雲：『可打牌？』小雲道：『我打牌不過應酬倌人，沒什麼大輸贏。』松橋聽說默然。

當下金巧珍周雙珠楊媛媛孫素蘭及馬桂生陸續齊集。馬桂生暗中將張小村袖口一拉。小村回過頭去。桂生張開摺扇遮住半面和小村唧唧說話。小村只點點頭，隨即起身，趦至煙榻前，暗中點首叫過吳松橋來附耳說道：『桂生家裡也在宣卷，教我去撐撐場面。你跟鶴汀說一聲，等會跟他打場牌。』松橋道：『還有誰？』小村道：『沒有嘿就是陳小雲，好不好？』松橋沉吟一會，方道：『小雲恐怕不肯打。我說桂生那兒在宣卷嘿，你也該喫檯酒了；你索性翻檯過去喫酒，喫到這麼個模樣，這才說再打場牌就容易了。』小村亦沉吟道：『喫酒不高興；桂生那兒去喫也沒什麼意思。』松橋道：『你不曉得，要喫酒倒是么二上喫的好，長三書寓裡，倌人太時髦了，就擺個雙檯也不過這樣。像桂生那兒，你應酬了一檯酒，連著再打場牌，她們該多巴結！』小村道：『那麼你去喫了罷，我貼你兩塊小賬好了。』松橋道：『你做的相好，我可好去喫酒？要嘿打起牌來，我贏了，我也出一半。』

小村想了一想，便起身拱手向諸位說明翻檯緣故，務請賞光。眾人都說奉擾不當。馬桂生不勝之喜，即令娘姨回家收拾起來。

這裡眾人挨肩划拳。先是莊荔甫打個通關，各敬三拳，藉申主誼，然後請諸位行令。李鶴汀量淺拳疏，拱手求免。施瑞生正和陸秀寶鬼混，意不在酒。張小村因要翻檯不敢先醉，和吳松橋商議合夥擺莊，不過點景而已。惟陳小雲洪善卿兩人興致如常。熱鬧一會，金巧珍周雙珠各代了兩杯酒，同楊媛媛孫素蘭一鬨而散。陸秀寶也脫去出局衣裳重來應酬。張小村乃叫馬桂生『先去擺起檯面來。』桂生堅囑『就請過來。』桂生去後，隨即散席。

陸秀寶早拉施瑞生趕過隔壁自己房裡，捺瑞生橫躺在煙榻上。秀寶爬在身邊，低聲問道：『可是還要去喫酒哩？』瑞生道：『他們要翻檯，我不高興去。』秀寶道：『一塊喫酒嘿，自然一塊翻檯。光是你不去，不好。』瑞生道：『不過少叫一個局，沒什麼不好。』秀寶冷笑道：『你叫袁三寶，三塊洋錢一個局，連著叫了多少！挨著我嘿，就算省了！』瑞生道：『袁三寶是清倌人，哪有三塊洋錢！』秀寶道：『起初是清倌人，你去做了嘿就不清囉！』瑞生呵呵笑道：『你在說自己！我就不過一個陸秀寶，那才起初是清倌人，我一做了就不清了！』

秀寶嘻嘻癡笑，一手伸進瑞生袖口，揣捏臂膊。瑞生趁勢摟住，正要摸下，偏値不做美的楊家媽進房傳說：『張大少爺請過去。』瑞生坐起身來，被秀寶推倒道：『忙什麼呀？讓他們先去好了。』瑞生只得回說：『請張大少爺先去，過一會就來。』楊家媽笑應自去。

瑞生秀寶摟在一處，卻悄悄的側耳靜聽。聽得隔壁房裡張小村得了楊家媽回話便道：『那我們走罷。』李鶴汀陳小雲因有車轎前行。張小村引著洪善卿吳松橋及主人莊荔甫，一路說笑，款步下樓。瑞生向秀寶附耳說道：『都走了。』秀寶佯嗔道：『走了嘿怎麼樣呢？』

一語未了，不意陸秀林送客回來，偏也趕到秀寶房裡。秀寶已自動情，恨得咬咬牙，把瑞生狠命推開，兩腳一蹬，咭咭咯咯一陣響，跑到梳妝檯前照著洋鏡整理鬏髻。秀林向瑞生道：『張大少爺叫我跟你說一聲，在慶雲里第三家，怕你不認得。』瑞生嘴裡連說：『曉得了，曉得了。』兩隻眼只斜睃著秀寶。秀林回頭見秀寶滿面通紅，更不多言，急忙退出。

瑞生歪在煙榻上暗暗招手，低聲喚秀寶道：『來嘛。』秀寶眼光向瑞生一瞟，卻跺跺腳使氣作答道：『不來！』瑞生猛喫一驚，盤膝坐起，手拍腿膀，央說道：『不要！我替你姐姐磕個頭！看我面上，不要生氣！』

秀寶聽說，要笑又忍住了，噘起一張小嘴，趔趄著小腳兒，左扭右扭，欲前不前，還離煙榻有三四步遠，欻地奮身一撲，直撲上來。瑞生擋不住，仰叉躺下。秀寶一個頭鑽緊在瑞生懷裏，復渾身壓住，使瑞生動彈不得，任憑瑞生千呼萬喚，再也不抬起來。瑞生沒奈何，騰出右手，慢慢從腰下摸進去，忽摸著肚帶結頭，想要拉動。秀寶覺著，『唉』的大喊一聲，好像『水滸傳』樂和吹的『鐵叫子』一般，一面捏牢瑞生的手，抬起頭來，與瑞生四隻眼睛眼睜睜相對。瑞生悄問道：『你爲什麼還要强啊？』接連問了幾遍，終不答話。

好一會，秀寶始喃喃說道：『你要去喫酒哩呀。等會喫了酒，早點來，好不好？』瑞生道：『這時候也空在這兒，爲什麼一定要等會哪？』

秀寶見問得緊，要說又說不出口，只將手指指自己胸膛。瑞生仍屬不解。秀寶急了，撒手起身，攢眉道：『你這人怎麼說不明白的呀！』瑞生想了想，沒奈何，嘆口氣，咕嚕道：『咳！這時候就饒了你好了！等會你還要强嘢，給你上大刑！』秀寶把嘴一披道：『你又有多少本事！』瑞生笑道：『我也沒什麼本事，不過要你死！』秀寶道：『噢唷！話倒說得蠻像，不要等會叫人生氣！』瑞生道：『那麼這時候先試試看哪！』秀寶見說，慌忙走開。瑞生沉下臉道：『碰也沒碰著就逃走了！你這小丫頭也少有出見的！』

秀寶正要回嘴，只聽得外場喊『楊家媽』，說：『請客叫局一塊來。』陸秀寶便道：『來請你了。』楊家媽送進票子，果然是張小村的。秀寶問：『可是說就來？』瑞生道：『你不要我嘿，我當然去了！』秀寶大聲道：『什麼呀！你這人嘿……』說到半句，即又咽住。楊家媽在旁幫著憨笑一陣，竟自作主張，喊下去道：『請客就來。』瑞生也不理會。

秀寶自去收拾一回，見瑞生依然高臥，因問道：『你喫酒可去啊？』瑞生冷冷的道：『我不去了！「空心湯團」喫飽了在這兒，喫不下了！』

秀寶登時跳起身，兩腳在樓板上著實一跺，只掙出一字道：『咳！』於是重復爬上煙榻向瑞生耳邊悄悄說了些話。瑞生方纔大悟道：『那你爲什麼不早說噥？』秀寶也不置辯，仍即走開。

瑞生立起來，抖抖衣裳要走，卻向秀寶道：『我也跟你老實說了罷：今天你還沒好嘿，我就明天來。這時候去喫了酒，我要回去了。』秀寶瞪目反問道：『你在說什麼？』瑞生陪笑道：『不是呀，我跟你商量呀。明天我一定來就是了。』秀寶嚷道：『誰說叫你明天來？你要回去，去罷！』

瑞生不暇分說，回過頭去，也把腳一跺，咳了一聲，引得楊家媽都笑起來。瑞生轉身，先行告罪，隨取出局衣裳涎皮涎臉的親替秀寶披在身上。秀寶假作不理，約同秀林逕自下樓。瑞生跟至門首，看著秀林秀寶登轎，方與楊家媽在後步行。往西轉彎，剛赿過景星銀樓，忽然劈面來了一個年輕娘姨，拉住楊家媽，叫聲『好婆』，說：『慢點噥。』

施瑞生因前面轎子走得遠了，不及等楊家媽，急急跟去。比及來至慶雲里，見那兩肩轎子早停在馬桂生家門首，正尋找楊家媽，瑞生乃說被個娘姨拉住之故。陸秀林生氣，逕自下轎進門。瑞生問秀寶：『可要我來攙你？』秀寶忙道：『不要，你先進去噥。』瑞生始隨秀林都到馬桂生房中。衆人先已入席，虛左以待。施

約後期落紅誰解語

瑞生不便再讓，勉强首座。

等彀多時，楊家媽纔攙陸秀寶進來。陸秀林一見，嗔道：『你可有這麼糊塗的！跟局跟到哪去了？』楊家媽含笑分說道：『她們小孩子碰著了一點點事嚇得要死。我說不要緊的，她們不相信，還要叫我去哩。』

秀林還要埋怨，施瑞生插嘴問道：『碰著了什麼事？』楊家媽當下慢慢的訴說出來，請諸位洗耳聽著。

註：即詬罵。

第廿六回

真本事耳際夜聞聲　假好人眉間春動色

按楊家媽道：『就是蘇冠香囉，說給新衙門裡捉了去了。』陳小雲瞿然道：『蘇冠香可是寧波人家逃走出來的小老婆？』楊家媽道：『正是；逃走倒不是逃走，爲了大老婆跟她不對，她丈夫放她出來，叫她再嫁人，不過不許做生意。這時候做了生意了，丈夫挑她的眼，這下子我孫女兒嘿，剛到蘇冠香那兒做娘姨，可不倒霉！』莊荔甫道：『你孫女兒可有帶擋（註①）？』楊家媽道：『就是這麼說呀。要是掮洋錢的，那可有點不得了了；像我們有什麼要緊，可怕新衙門裡要捉我們這人！』李鶴汀道：『蘇冠香倒架子大死了，這可要喫苦了！』楊家媽道：『不礙事的；聽說齊大人在上海。』洪善卿道：『可是平湖齊韻叟？』楊家媽道：『正是。她們一家，就是蘇冠香跟齊大人娶了去的蘇萃香是親姊妹。還有幾個都是討人。』

莊荔甫忽然想起，欲有所問，卻爲吳松橋張小村兩人一心只想打牌，故意攛莊划拳，又打斷話頭。等至出局初齊，張小村便慫恿陳小雲打牌。小雲問籌碼若干。小村說是一百塊底。小雲道：『太大了。』小村極力央求應酬一次。吳松橋在旁幫說。陳小雲乃問洪善卿：『我跟你合打好不好？』善卿道：『我不會打嘿，合什麼呀？要嘿你跟荔甫合了罷。』小雲又問莊荔甫。荔甫轉向施瑞生道：『你也合點。』瑞生心中亦有要事，慌忙搖手，斷不肯合。

於是陳小雲莊荔甫言定輸贏對拆，各打四圈。李鶴汀道：『要打牌嘿，我們酒不要喫了。』施瑞生聽說，趁勢告辭，仍和陸秀寶同去。張小村不知就裡，深致不安，并恐洪善卿掃興，急取雞缸杯篩滿了酒，專敬五拳。吳松橋也代主人敬了洪善卿五拳。十杯划畢，局已盡行，惟留下楊媛媛連爲牌局。衆人略用稀飯而散。

登時收過檯面，開場打牌。張小村問洪善卿：『可高興打兩副？』善卿說：『眞的不會打。』吳松橋道：『看看嘿就會了。』洪善卿即拉隻櫈子坐於張小村吳松橋之間，兩邊騎看。楊媛媛自然坐李鶴汀背後。莊荔甫急於吸煙，讓陳小雲先打。恰好骰色挨著小雲起莊。

小雲立起牌來即咕嚕道：『牌怎麼這麼個樣式呀？』三家催他發張。發張以後，摸過四五圈，臨到小雲，摸上一張又遲疑不決；忽喚莊荔甫道：『你來看嘛，我倒也不會打了嘛。』

荔甫從煙榻上崛起跑來看時，乃是在手筒子清一色，係共十四張。荔甫翻騰顚倒配搭多時，抽出一張六筒教陳小雲打出去，被三家都猜著是筒子一色。張小村道：『不是四七筒就是五八筒，大家當心點。』

可巧小村摸起一張么筒，因檯面上么筒是熟張，隨手打出。陳小雲急說：『胡了！』攤出牌來，核算三倍，計八十胡。三家籌碼交淸。莊荔甫復道：『這副牌，可是應該打六筒？你看，一四七筒，二五八筒，要多少胡張啱！』吳松橋沉吟道：『我說應該打七筒：打了七筒，不過七八筒兩張不胡，一筒到六筒一樣要胡；這下子一筒胡下來，多三副搯子，二十二胡加三倍，要一百七十六胡呢。你去算𠰻。』張小村道：『蠻對；小雲打錯了。』莊荔甫也自佩服。李鶴汀道：『你們幾個人都有這些講究！誰高興去算它呀！』說著，便歷亂擄牌。

洪善卿在旁默默尋思這副牌，覺得各人所言皆有見解，方知打牌亦非易事，不如推說不會，作『門外漢』爲妙，爲此無心再看，訕訕辭去。楊媛媛坐了一會，也自言歸。

比及八圈滿莊，已是兩點多鐘了。吳松橋張小村皆爲馬桂生留下，其餘三人不及再用稀飯，告別出門。鶴汀轎子，陳小雲包車，分路前行，獨莊荔甫從容款步，仍回西棋盤街聚秀堂來。黑暗中摸到門首，擧手敲門，敲了十數下，倒是陸秀林先從樓上聽見，推開樓窗喊起外場，開門迎進。

外場見是莊荔甫，忙劃根自來火，點著洋燈，照荔甫上樓。荔甫至樓梯下，只見楊家媽也擠緊眼睛，拖雙鞋皮，趺撞而出。外場將洋燈交與楊家媽，荔甫即向外場說：『開水不要了，你去睡罷。』外場應諾。

楊家媽送荔甫到樓上陸秀林房，荔甫又令楊家媽去睡。楊家媽逡巡自去。房內保險燈俱滅，惟梳妝檯上點一盞長頸燈台。陸秀林卸妝閒坐吸水煙，見了荔甫，問：『打牌可贏哪？』荔甫說：『稍微贏點。』還問秀林：『你爲什麼不睡？』秀林道：『等你呀。』

荔甫笑而道謝，隨脫馬褂掛於衣架。秀林授過水煙筒，親自去點起煙燈。荔甫跟至煙榻

前，見一隻玻璃船內盛著燒好的許多煙泡，尤爲喜愜，遂不暇吸水煙，先躺下去過癮。秀林復移過蘇繡六角茶壺套，問荔甫：『可要喫茶?蠻熱的。』荔甫搖搖頭，吸過兩口鴉片煙，將鋼籤遞給秀林。秀林躺在左首，替荔甫化開煙泡，裝在槍上。

荔甫起身，向大床背後去小解，忽隱約聽見隔壁房內有微微喘息之聲，方想起是施瑞生宿在那裡；解畢，躡足出房，從廊下玻璃窗張覷，無如燈光半明不滅，隔著湖色綢帳，竟一些看不出。只聽得低聲說道：『這可還要强啊?』彷彿施瑞生聲音。那陸秀寶也說一句，其聲更低，不知說的甚麼。施瑞生復道：『你隻嘴倒硬的嘍！一條小性命可是一定不要的了?』

莊荔甫聽到這裡，不禁『格』聲一笑。被房內覺著，悄說：『快點不要嘛！房外頭有人在看！』施瑞生竟出聲道：『那就讓他們看好了嘍！』隨向空問道：『可好看哪?你要看嘍來嘛！』

莊荔甫極力忍笑，正待回身，不料陸秀林煙已裝好，見莊荔甫一去許久，早自猜破，也就躡足出房，猛可裡拉住荔甫耳朵，拉進門口，用力一推，荔甫幾乎打跌，接著彭的一聲，索性把房門關上。荔甫兀自彎腰掩口笑個不住。秀林沉下臉埋怨道：『你這倒霉人嘍少有出見的！』荔甫只齜著嘴笑，雙手挽秀林過來，並坐煙榻，細述其言，並揣摩想像彷傚情形。秀林別轉頭假怒道：『我不要聽！』

荔甫沒趣躺下，將槍上裝的煙吸了，乃復斂笑端容和秀林閒話，仍漸漸說到秀寶。荔甫偶讚施瑞生：『總算是好客人。』秀林搖手道：『施脾氣不好，就像是「石灰布袋」（註②）！這時候新做起，好像蠻要好；熟了點就厭了不來了。』荔甫道：『那也說不定的嘅。我說他們兩個人都是好本事，拆不開的了。施再要去攀相好，推扳點倌人也喫他不消。』秀林瞪目嗔道：『你還要去說它！』說了，取根水煙筒走開。

荔甫再吸兩枚煙泡，吹滅煙燈，手捧茶壺套安放妝檯原處，即褪鞋箕坐於大床中，看鐘時將敲四點。荔甫點頭招手要秀林來。秀林佯做不理。荔甫大聲道：『讓我喫筒水煙嘛！』秀林不防，倒喫一驚，忙帶水煙筒來就荔甫，著實說道：『人家都睡了有一會了，噢喤噢喤，給他們罵！』荔甫笑而不辯，伸臂勾住秀林頸項，附耳說話。說得秀林且笑且怒道：『你發昏了，是不是？』將水煙筒丟與荔甫，強掙脫身，趕往大床背後。

荔甫一筒水煙尚未吸完，卻聽秀林自己在那裡嗤的好笑。荔甫問：『笑什麼？』秀林不答；須臾事畢，出立床前，猶覺笑容可掬。荔甫放下水煙筒，款款殷殷要問適間笑的緣故。秀林要說，又笑一會，然後低聲道：『起先你沒聽見，那才叫氣人！我慶雲里出局回來，同楊家媽兩個人在講講話，聽見秀寶房間裡這邊玻璃窗上什麼東西在碰。我當是秀寶到下頭去了，連忙說：「楊家媽，你快點去看嘛。」楊家媽去了回來，倒說道：「晦氣！房門也關了的了！」我說：「可進去看哪？」楊家媽說：「看它做什麼！碰壞了叫他賠！」我這才剛剛想到。過一會，楊家媽下頭去睡了，我一個人打通一副五關，燒了七八個煙泡，多少時候哪，再聽聽，玻璃窗上還在那兒響呀。我恨死了！自己兩隻耳朵恨不得要扳掉它。』

荔甫一面聽，一面笑。秀林說畢，兩人前仰後合，笑作一團。荔甫忽向秀林耳邊又說幾句。秀林帶笑而怒道：『這可不跟你說了！』荔甫忙討饒。當時天色將明，莊荔甫陸秀林收拾安睡。

次日早晨，荔甫心記一事，約至七點鐘驚醒，囑秀林再睡，先自起身。大姐舀進面水，荔甫問楊家媽爲何不見。大姐道：『她孫女兒來叫了去了。』

荔甫便不再問，略揩把面，即離了聚秀堂，從東兜轉至晝錦里祥發呂宋票店。陳小雲也初起身，請荔甫登樓廝見。小雲訝其太早。荔甫道：『我還要托你樁事，聽說齊韻叟在這兒。』小雲道：『齊韻叟同過檯面，倒不大相熟。這時候不曉得可在這兒？』荔甫道：『可不可以托相熟的去問他一聲，可要交易點。』小雲沉思道：『就是葛仲英李鶴汀嘿跟他世交，要嘿寫張條子去托他們。』

荔甫欣然道謝。小雲即時繕就兩封行書便啓，喚管家長福交代：一封送德大錢莊，一封送長安客棧，並說，如不在須送至吳雪香楊媛媛兩家。

長福連聲應『是』，持信出門，揀最近之處，先往東合興里吳雪香家詢葛二少爺，果然在內，惟因高臥未醒，交信而去；方欲再往尚仁里，適於四馬路中遇見李鶴汀管家匡二。長福說明送信之事。匡二道：『你交給我好了。』長福出信授與匡二，因問：『這時候到哪去？』匡二說：『沒什麼事，走著玩。』長福道：『潘三那兒去坐會好不好？』匡二躊躇道：『難爲情的嘛。』長福道：『徐茂榮本來不去了呀，就去也沒什麼難爲情。』

匡二微笑應諾，轉身和長福同行。行至石路口，只見李實夫獨自一個從石路下來，往西而去。匡二詫異道：『四老爺往這邊去做什麼？』長福道：『恐怕是找朋友。』匡二道：『不見得。』長福道：『我們跟了去看看。』

兩人遮遮掩掩一路隨來，相離只十餘步。李實夫一直從大興里進去。長福匡二僅於衖口窺探，見實夫踅至弄內轉彎處石庫門前舉手敲門，有一老婆子笑臉相迎，進門仍即關上。長福匡二因也進弄，相度一回，並不識何等人家；向門縫裡張時，一些都看不見；退後數步，隔牆仰望，綠玻璃窗模糊不明，亦不清楚。

徘徊之間，忽有一隻紅顏綠鬢的野雞推開一扇樓窗，探身俯首，好像與樓下人說話。李實夫正立在那野雞身後。匡二見了，手拉長福急急回身，卻隨後聽得開門聲響，有人出來。長福匡二踅至衖口，立定稍待，見出來的即是那個老婆子。匡二不好搭訕。長福貿貿然問老婆子道：『你的小姐名字叫什麼？』那老婆子將兩人上下打量，沉下臉答道：『什麼小姐不小姐！不要瞎說！』說著自去。

長福雖不回言，也咕嚕了一句。匡二道：『恐怕是人家人。』長福道：『一定是野雞；要是人家人，還要給她罵兩聲哩。』匡二道：『野雞嘿，叫她小姐也沒什麼嘿。』長福道：『要嘿就是你們四老爺包在那兒，不做生意了，對不對？』匡二道：『管他們包不包，我們到潘三那兒去！』

於是兩人折回往東至居安里，見潘三家開著門，一個娘姨在天井裡當門箕踞漿洗衣裳。兩人進門，娘姨只認得長福，起迎笑道：『長大爺，樓上去嘛。』匡二知道有客人，因說：『我們等會再來罷。』娘姨聽說，急甩去兩手水漬，向裙襴上一抹，兩把拉住兩人，堅留不放。長福悄問娘姨：『客人可是茂榮？』娘姨道：『不是，就快走了。你們樓上請坐會。』長福問匡二如何。匡二勉從長福之意，同上樓來。匡二見房中鋪設亦甚周備，因問房間何人所居。長福道：『此地就是潘三一個人。還有幾個不在這兒，有客人來嚜去喊了來。』匡二始曉得是臺基之類。

不一會，娘姨送上煙茶二事，長福叫住，問：『客人是誰？』娘姨道：『是虹口，姓楊，七點鐘來的，這就要走了。他們事多，七八天來一趟。不要緊的。』長福問是何行業。娘姨道：『這倒不曉得他做什麼生意。』

說時，潘三也蹓躂上樓，還蓬著頭，趿著拖鞋，只穿一件捆身子；先令娘姨下頭去，又親點煙燈請用煙。匡二隨向煙榻躺下。長福眼睜睜地看著潘三只是嘻笑。潘三不好意思，問道：『什麼好笑呢？』長福正色道：『我爲了看見你面孔上有一點點齷齪在那兒，在笑。你等會洗臉嚜，記著，拿洋肥皂洗乾淨它。』

潘三別轉頭不理。匡二老實，起身來看。長福用手指道：『你看噥！是不是？不曉得齷齪東西怎麼弄到面孔上去，倒也稀奇了！』匡二呵呵助笑。潘三道：『匡大爺嚜也去上他的當！他們一隻嘴可能算是嘴呀！』長福跳起來道：『你自己去拿鏡子來照，可是我瞎說！』匡二道：『恐怕是頭上洋絨線掉了色了，對不對？』

潘三信是眞的，方欲下樓。只聽得娘姨高聲喊道：『下頭來請坐罷。』長福匡二遂跟潘三同到樓下房裡。潘三忙取面手鏡照看面上，毫無瘢點，叫聲『匡大爺』道：『我當你是好人，這也學壞了！倒上了你的當！』

長福匡二拍手跺腳，幾乎笑得打跌。潘三忍不住亦笑。長福笑止，又道：『我倒不是瞎說；你面孔上齷齪不少在那兒，不過看不出罷了。多揩兩把手巾，那才是正經。』潘三道：『你嘴也要揩揩才好！』匡二道：『我們是

做好人
中

蠻乾淨在這兒！要嚜你面孔齷齪了，連隻嘴也齷齪了！』潘三道：『匡大爺，你嚜還要去學他們，他們這些人再壞也沒有！可是算他們會說？會說也沒什麼稀奇嚜！』長福道：『你聽聽她的話！幸虧生兩個鼻孔，不然要氣死了！』

三人賭嘴說笑。娘姨提水銚子來傾在盆內，潘三始洗面梳頭。時已近午，長福要回家喫飯，匡二只得相與同行。潘三將匡二袖子一拉，說：『等會再來。』長福沒有看見，胡亂答應，和匡二一路而去。

註①妓院女傭投資分擔開辦費。

註②一碰一個白跡，污了衣服，即一經近身就不能再用之意。

第廿七回

攬歡場醉漢吐空喉　證孽冤淫娼燒炙手

按長福匡二同行至四馬路尚仁里口，長福自回祥發呂宋票店覆命。匡二進衖至楊媛媛家探聽主人李鶴汀，雖已起身，尚未洗漱，不敢驚動；外場邀匡二到後面廚房隔壁帳房內便飯，特地燉起一壺紹興酒，大魚大肉，喫了一飽；見盛姐端一盤盛饌向楊媛媛房裡去，連忙趨前，諄囑代稟。

少時，傳喚進見。李鶴汀正和楊媛媛對坐小酌。匡二呈上陳小雲書信。鶴汀閱畢撩下。匡二仍即退出。飯後，轎班也來伺候。匡二私問盛姐有甚事否。盛姐道：『聽說要去坐馬車。』

匡二只得兀坐以待，不料待至三點多鐘尚未去喊馬車。忽見姚季蓴坐轎而來，特地要訪李鶴汀。鶴汀便知必有事故，請姚季蓴到楊媛媛房裡，對坐閒談。季蓴說來說去並未說起甚事。鶴汀忍不住，問他有甚事否。季蓴推說沒事，卻轉問鶴汀：『可有什麼事？』鶴汀也說沒事。季蓴道：『那我們一塊到衛霞仙那兒去打個茶圍，好不好？』

鶴汀不解其意，隨口應諾。惟楊媛媛在旁乖覺，格聲一笑。季蓴不去根問，只催鶴汀穿起馬褂。因相去甚近，兩人都不坐轎，肩隨步行，同至衛霞仙家。一進門口，即有一個大姐迎著笑道：『二少爺，怎麼幾天沒來？』

季蓴笑而不答，同鶴汀一直上樓。衛霞仙也含笑相迎道：『啊唷！二少爺嚜！你幾天關在「巡捕房」裡，今天倒放你出來了？』季蓴只是訕訕的笑。鶴汀詫異問故。霞仙笑指季蓴道：『你問他呀。可是給巡捕拉了去關了幾天？』鶴汀早聞姚奶奶之事，方知為此而發，因就一笑丟開。

大家坐定，霞仙緊靠季蓴身旁悄悄問道：『你老婆在罵我呀，對不對？』季蓴道：『誰說她罵你？』衛霞仙鼻子裡哼了一聲道：『你不要跟我瞎說！你老婆罵兩聲，倒也不要去說它，你嚜還要幫著你老婆說我的壞話，我都知道了！』季蓴道：『是你在這兒瞎說了！你曉得她罵你什麼呀？』霞仙道：『她在這兒就一直罵出去，到了家裡可有什麼不罵的？』季蓴道：『她到這兒來倒不是要來吵架；為了我有點要緊事到吳淞（註①）去了三天，家裡沒曉得，當我在這兒，來問一聲；等到我回來了，曉得在吳淞，不關你事，她也就沒說什麼。』霞仙道：『你說不是來吵架，她一進來就豎起了個面孔（註②），嘆喤嘆喤，下頭鬧到樓上，不是吵架是什麼呀？』季蓴道：『這可以不要說了，她給你說了她好些話，一聲也響不出，你也好氣平了。』霞仙道：『說正經話，她是個奶奶，我可好去得罪她？她自己到這兒來，要挑我的眼，我也只好說她兩聲。可是我說錯啦？』季蓴道：『你說她兩聲說得蠻好，我倒要謝謝你；不然，她只當誰也不敢得罪她，下回打聽我在什麼地方喫酒，她也這樣跑了來了，可不難爲情！』

霞仙本要盡情痛詆，今見如此說，又礙著李鶴汀在旁，只得留些體面，不復多言；停了半晌，叫聲『二少爺』，冷笑道：『我說你也太費心了！你在家裡嘿，要奶奶快活，說我的壞話；到了這兒來，倒說是奶奶不好，應該給我說兩聲；像你這樣費心嘿，可覺得苦啊？』

這幾句正打在季蓴心坎上，無可回答，嘿然而罷。李鶴汀見機，也要想些閒話搭訕開去，因問姚季蓴道：『齊韻叟你可認得？』季蓴道：『同過幾回檯面，稍微認得點。不曉得這時候可在上海。』鶴汀道：『說嘿說在這兒，我是沒碰著。』

當下衛霞仙問及點心。姚季蓴隨意說了兩色，陪著李鶴汀用過。霞仙復請鶴汀吸鴉片煙。不覺天色將晚，匡二帶領轎子來接，呈上一張請客票。鶴汀見係周少和請至公陽里尤如意家的，知是賭局，隨問季蓴：『可高興去玩一會？』季蓴推說不會。鶴汀吩咐匡二回棧看守，不必跟隨：『四老爺若問我，只說在楊媛媛家。』匡二應諾。

於是李鶴汀辭別姚季蓴，離了衛霞仙家。匡二從至門前，看著上轎，直等轎已去遠，方自折回石路長安棧中；喫過晚飯，趁四老爺尚未回來，鎖上房門，獨自一個溜至四馬路居安里潘三家門首，將門上獸環經經擊了三下。娘姨答應開門，詢知潘三在家沒客，匡二不勝之喜，低下頭鑽進房間。

那潘三正躺在榻上吸鴉片煙，知道來的乃是匡二，故意閉目，裝作熟睡樣子。匡二悄悄上前，也橫下身去伏在潘三身上先親了個嘴。潘三仍置不睬。匡二乃伸手去摸，四肢百體，一一摸到。摸得潘三不耐煩起來，睜開眼笑道：『你這人怎麼這樣呀！』

道：『徐茂榮眞的可來？』潘三道：『來不來不關你事嘿。你問它做什麼？』匡二道：『不行的！』潘三道：『我跟你說了罷：我老底子客人是姓夏的。夏嘿同徐一塊來，徐同你一塊來，大家差不多，什麼不行呀？』

正是引手搓挪，整備入港的時候，猛可裡彭的一聲，敲門聲響。娘姨在內高聲問：『什麼人？』外邊應說：『是我！』竟像是徐茂榮聲音。匡二驚惶失措，起身要躲。潘三一把拉住道：『你這人怎麼這樣呀？』匡二搖搖手，連說：『不行的！不行的！』竟掙脫身子，躡足登樓。樓上黑魆魆地，暗中摸著高椅坐下，側耳靜聽。聽得娘姨開出門去，只有徐茂榮一人，已喫得爛醉，即於門前傾盆大吐，隨後跟蹌進房。潘三作怒聲道：『到哪去找樂子，喫了酒，到這兒來發酒瘋！』

徐茂榮不敢言語。娘姨做好做歹，給他叫杯熱茶。茂榮要吸鴉片煙。潘三道：『我們鴉片煙也有在那兒，你喫好了嘿。』茂榮道：『你替我裝一筒㖿。』潘三道：『你酒嘿別地方會喫的，鴉片煙倒不會裝了！』茂榮跳起來大聲道：『你可是姘了戲子了，在討厭我？』潘三亦大聲道：『誰討厭你呀？我就姘子戲子嘿，可挨得著你來管我？』茂榮倒不禁笑了。

匡二在樓上揣度徐茂榮光景不肯就去，不如迴避，因而躡手躡腳踅下樓梯，卻又轉至後面廚房內，悄悄向娘姨說：『我走了。』娘姨喫一大驚，反手抓了匡二衣襟，說道：『不要走㖿！』匡二急道：『我明天來。』娘姨不放道：『不要！你走了等會小姐要說我的嘿！』匡二道：『那你去喊小姐來，我跟她說句話。』

娘姨不知就裡，眞的去喊潘三。匡二早一溜煙溜至天井，拔去門閂，一跳而出；不意踏

攪歡場醉漢
吐空喉
十五

著徐茂榮所吐酒菜，站不住，滑塌一交，連忙爬起，更不回頭，一直回至長安客棧。棧使送上兩張京片。匡二看時，係陳小雲請兩位主人於明日至同安里金巧珍家喫酒的，尚不要緊，且自收藏起來；料道大少爺通宵大賭，四老爺燕爾新歡，都不回來的了，竟然關門安睡；心中卻想潘三好事將成，偏生遇這寃家沖散，害得我竟夕悽惶；又想到大少爺白花了許多洋錢在楊媛媛身上，反不若潘三的多情；再想到四老爺打著這野雞倒搨了個便宜貨，此時不知如何得趣；顛來倒去，那裡還睡得著；由想生恨，由恨生妒：『四老爺背地做的好事，我偏要去戳破他，看他如何見我！』主意已定。

次日早晨，匡二起身洗臉打辮喫點心；捱到九點鐘時候，帶了陳小雲請帖，逕往四馬路西首大興里，踅到轉彎處石庫門前，再相度一遍，方大著膽舉手敲門。開門出來，仍是昨日所見的那個老婆子，一見匡二，盛氣問道：『到這來做什麼？』匡二朗朗揚聲道：『四老爺可在這兒？大少爺叫我來看他。』

那老婆子聽說『四老爺』，怔了一怔，不敢怠慢，令匡二等候，忙去樓上低聲告訴李實夫。實夫正吸著鴉片煙，還沒有過早癮，見諸三姐報說，十分詫異，親自同諸三姐下樓來看。匡二上前叫聲『四老爺』，呈上陳小雲請帖。實夫滿面慚愧，且不去看請帖，笑問匡二道：『你怎麼曉得我在這兒？』匡二尚未回言，諸三姐在旁拍手笑道：『他是昨天跟四老爺一塊來的呀。四老爺可是不曉得？』說著，又指定匡二呵呵笑道：『幸虧我昨天沒罵你。爲了你問得奇怪，我想總是認得點我們的人，不然，還要給兩個嘴巴子你喫呢！』

去。李實夫也自訕訕的笑，手持請帖，仍上樓去。匡二待要退出。諸三姐慌道：『來了嘿，怎麼就走啦？請坐會嘛。』一手挽了匡二臂膊，挽進客堂，捺向高椅坐下，隨取一支水煙筒奉敬，並篩一杯便茶，和匡二問長問短，親熱異常。匡二也問問生意情形。諸三姐遂湊近匡二身邊，悄地長談道：『我們起先不是做生意的呀；爲了今年一樁事，過不下去，這才做起的生意。剛剛做生意，第一戶客人就碰著四老爺，也總算是我們運氣。四老爺是規矩人，不歡喜許多空場面。像我們這兒，老老實實，清清爽爽，四老爺倒蠻對勁。不過我們做了四老爺，外頭人都說是做著了好生意，跟我們喫醋，說我們多少壞話，說給四老爺聽。我們這兒算得老實的了，他們說我們是假的；我們這兒算得清爽的了，他們倒說我們不乾淨。聽了這種話，眞正氣人！這時候四老爺也不去聽他們。我們總有點不放心。萬一四老爺聽了他們的話，我們這兒不來了，我們是沒有第二戶客人的，娘兒倆不是要餓死了？我爲此要拜托你匡大爺，勸勸四老爺不要去聽別人的話。匡大爺說比我們自己說的靈。』

匡二不知就裡，一味應承。談彀多時，匡二始起身告別。諸三姐送至門首，說道：『沒什麼公事嘿，此地來坐會好了。』匡二唯唯而去。

諸三姐關門回來，照常請李實夫點菜便飯。諸十全雖與實夫同喫，卻因忌口，不喫飯館菜，另用素饌相陪。

飯後，李實夫照常往花雨樓去開燈。堂倌早爲留出一榻，並裝好一口煙在槍上。實夫吸了一會，陸續上市。須臾賣個滿堂，來者還絡繹不絕。忽見那個郭孝婆偏又擠緊眼睛摸索而來。只緣見過實夫一面，早被她打聽明白，摸至榻前，即眉花眼笑的叫聲『四老爺』，問：『十全那兒可去？』

實夫只點點頭，堂倌見郭孝婆搭腔，便搶過來，坐在煙榻下手，看定郭孝婆，目不轉睛。郭孝婆冷笑一聲，低頭走開。堂倌乃躺下給實夫燒煙，問實夫：『你在哪去認得個郭孝婆？』實夫道：『就在諸三姐那兒看見她。』堂倌道：『諸三姐嘿也不好！這種殺胚，還去認得她做什麼！你看她這麼大年紀，眼睛都瞎了，她本事大得很喏！眞正不是個好東西！』實夫笑問爲何。堂倌道：『就前年寧波人家一個千金小姐，她會去騙出來在租界上做生意！給縣裡捉了去，辦她拐逃，打二百籐條，收了長監；不曉得什麼人去說了個情，這時候倒放她出來了。』

實夫初不料其如此稔惡，倒不禁慨嘆一番。堂倌燒成煙泡，授與實夫，另去應酬別榻。迨至實夫匣中煙盡，見喫客漸稀，也就逐隊而散；既不去金巧珍家赴席，又不回長安客棧，竟一直往諸十全家來。

自李實夫做諸十全之後，五日再宿，祕而不宣；今既爲匡二所見，遂不復隱瞞，索性留連旬日不返。惟匡二逐日探望一次。有時遇見諸十全臉暈緋紅，眼圈烏黑，匡二十分疑惑，因暗暗告訴主人李鶴汀。鶴汀兀自不信。

這日四月初間，天氣驟熱，李實夫適從花雨樓而回，尚未坐定，復聞推門響聲，卻是匡二，報說：『大少爺來了。』

諸三姐一聽，著了慌，正要請實夫意旨，李鶴汀已款步進門。諸三姐只得含笑前迎，說：『四老爺在樓上。』鶴汀乃令匡二在客堂伺候，自己逕上樓來與實夫叔姪相見。諸十全也起身叫聲『大少爺』，掩在一旁，跼蹐不安。實夫問鶴汀何處來。鶴汀說：『在坐馬車。』實夫道：『那麼楊媛媛哦？』鶴汀道：『她們先回去了。』

說時，諸三姐送上一蓋碗茶；又取一隻玻璃高腳盆子，揩抹乾淨，向床下瓦罐內撈了一把西瓜子，授與諸十全。諸十全沒法，靦靦腆腆，敬與鶴汀。鶴汀正要看諸十全如何，看得諸十全羞縮無地，越發連脖項漲得通紅。實夫覺著，想些閒話來搭訕，即問鶴汀道：『這兩天應酬可忙？』鶴汀道：『這兩天還算好，這再下去「結帳路頭」，家家有點檯面了。』

諸十全趁此空隙竟躲出外間。諸三姐偏死命的拖進來，要她陪伴，卻自往床背後提出一串銅錢，在手輪數。實夫看見，問她『做什麼？』諸三姐又說不出。實夫道：『你可是去買點心？』鶴汀忙道：『點心不要去買，我剛剛喫過。』諸三姐笑說：『總要的。』轉身便走。實夫復叫住道：『點心嘿眞的不要去買，你去買兩盒紙煙罷。』

諸三姐才答應下樓。鶴汀道：『紙煙也有在那兒嘿。』實夫道：『我曉得你有在那兒，讓她再買點好了。一點都不買什麼，她心裡終究不舒服的。』說得諸十全愈加慚愧。

比及諸三姐買紙煙歸來，早到上燈時候。鶴汀沒甚言語，告辭要行。實夫問：『到哪去？』鶴汀說是：『東合興里去喫酒，王蓮生請的。』諸十全聽說，忙上前幫著挽留。鶴汀趁勢去拉諸十全的手，果然覺得手心滾熱。諸十全同實夫送至樓梯邊。

鶴汀到了樓下，諸三姐從廚房內跑出來，嘴裡急說：『大少爺，不要走嘛。這兒喫便飯了呀。』鶴汀道：『謝謝了，我要喫酒去。』諸三姐沒法，只得送出。匡二也跟在後面。同至門首，諸三姐還說：『大少爺到這兒來是眞正

怠慢的嘛。』鶴汀笑說：『不要客氣。』帶著匡二，趕出大興里，往東至石路口，鶴汀令匡二去喊轎班打轎子來。匡二應命自去。鶴汀獨行，到了東合興里張蕙貞家，客已齊集。王蓮生便命起手巾。

註①上海的海口。

註②即拉長了臉，如豎立木板或竿，極言其長。

第廿八回

局賭露風巡丁登屋　鄉親削色嫖客拉車

按李鶴汀至東合興里張蕙貞家赴宴係王蓮生請的，正爲燒『結帳路頭』。當晚大腳姚家各房間皆有檯面，蓮生又擺的是雙檯，因此忙亂異常，大家沒甚酒興，草草終席。王蓮生暗暗約下洪善卿，等諸客一散，即乞善卿同行。張蕙貞慌問：『到哪去？』蓮生說不出。蕙貞只道蓮生生氣要走，拉住不放。洪善卿在旁笑道：『王老爺忙著要去消差，你不要瞎纏，誤他公事。』蕙貞雖不解『消差』之說，然亦知其爲沈小紅而言，遂不敢强留。

蓮生令來安轎班都回公館，與善卿緩步至西薈芳里沈小紅家，阿珠在客堂裡迎見，跟著上樓，只見房裏暗昏昏地，沈小紅和衣睡在大床上。阿珠忙去低聲叫『先生』，說：『王老爺來了。』連叫四五聲，小紅使氣道：『曉得了！』阿珠含笑退下，嘴裡卻咕嚕道：『喊你一聲倒喊錯了！生意不好嘿也叫沒法子！別人家去眼熱個什麼！』說著，旋亮了保險燈，自去預備煙茶。

小紅慢慢起身，跨下床沿，俄延半晌，

彳亍前來，就高椅坐下，匿面向壁，一言不發。蓮生善卿坐在煙榻，也自默然。阿珠復問小紅：『可要喫晚飯？』小紅搖搖頭。蓮生聽說，因道：『我們晚飯也沒喫，去叫兩樣菜，一塊喫了。』阿珠道：『你酒也喫過了嘿，什麼沒喫飯啊？』蓮生說：『眞的沒有。』阿珠乃轉問小紅：『那麼叫了來一塊喫點，要不要？』小紅大聲道：『我不要呀！』阿珠笑而站住，道：『王老爺，你自己要喫嘿去叫；我們先生館子裡菜也不喫，讓她等會喫口稀飯罷。』

蓮生只得依了。洪善卿知無所事，即欲興辭。蓮生不再挽留。小紅緣善卿是極脫熟朋友，竟不相送，連一句客氣套話都沒有說，倒是阿珠一直送下樓去。

善卿去後，蓮生方過去，揑在小紅身旁，一手揣住小紅的手，一手勾著小紅頸項，扳轉臉來。小紅嗔道：『做什麼！』蓮生央告道：『不要嘛！我們到榻床上去躺躺，我跟你說句話。』小紅掙脫道：『你有話說好了嘿！』蓮生道：『我也沒什麼別的話，就不過要你快活點。我隨便什麼時候來，你總沒有一點點快活面孔。我看見你不快活嘿，心裡就說不出的多難過！你總算照應點我，不要這樣好不好？』小紅道：『我是自然沒什麼快活！你心裡難過嘿，到好過的地方去！』蓮生不禁長嘆一聲道：『我這樣跟你說，你倒還是說蠻話！』說到此處，竟致咽住。兩人並坐，寂靜無言。

多時，小紅始答道：『我這時候是沒說你什麼，得罪你；你在說我不快活，又說是說蠻話，你嘿說了別人倒自己不覺得！別人聽了可快活得出？』

蓮生知道小紅回心，這話分明是遁辭，忙陪笑道：『總是我說得不好，害你不快活！這也算了，下回我再要不好，你索性打我罵我，我倒沒什麼，總不要這樣不快活。』一面說，一面就攙了小紅過來。小紅不由自主，向榻床並臥，各據一邊。

蓮生又道：『我還要跟你商量。我朋友約嚜約定了，約在初九。為了這兩天「路頭酒」實在多：初七嚜周雙珠那兒，初八嚜黃翠鳳那兒，都是「路頭酒」。他們說此地不燒路頭嚜，就初九喫了罷。我倒答應了。你說好不好？』小紅道：『那也隨便好了。』

蓮生見小紅並無違拗，愈覺喜歡；喫不多幾口煙就慫恿小紅喫稀飯。小紅道：『我們是自己燉的火腿粥；你可要喫？』蓮生說：『蠻好。』小紅乃喊阿珠搬上稀飯。阿金大也來幫著伺候。稀飯喫畢，蓮生復吸足煙癮，便和小紅收拾同睡。

次日——初七——十二點鐘，來安領轎來接。王蓮生喫了中飯，坐轎而去；幹些公事，天色已晚，再到沈小紅家點卯，然後往公陽里周雙珠家赴宴。先到的，主人洪善卿以外，已有葛仲英 姚季蓴 朱藹人 陳小雲四位。洪善卿因對過周雙玉房裡檯面擺得極早，即說：『我們也起手巾罷。』王蓮生問：『還有什麼人？』善卿道：『李鶴汀不來，就不過羅子富了。』當下入席，留出一位。周雙珠敬過瓜子問王蓮生：『可要叫本堂局？』蓮生道：『她有檯面在那兒，不叫了。』

比及上過魚翅第一道菜，金巧珍出局依然先到。隨後羅子富帶了黃翠鳳同來。子富已略有酒意，興致愈高，一到便叫拿雞缸杯來擺莊；偏又揀中姚季蓴划拳，說是上回輸與季蓴拳酒，至今尚不甘心，再交交手看如何。姚季蓴也不肯相讓，揎袖攘臂而出。無如初划三拳是羅子富輸的。黃翠鳳要代酒，子富不許，自已將來一口呷乾，伸手再划。此次三拳，季蓴輸了兩拳。

那時叫的局——林素芬吳雪香沈小紅衛霞仙——陸續齊集，霞仙因代飲一杯。羅子富卻嚷道：『代的不算！』霞仙道：『誰說噠？我們是要代的！你代不代隨你便！』黃翠鳳遂把羅子富手中一杯搶去，授與趙家媽，說道：『你這傻子嘍，還要自己喫哩！』

羅子富適見妝檯上有一隻極大的玻璃杯，劈手取來，指與姚季蓴道：『我們這可說好了：自己喫，不許代！』隨把酒壺親自篩在玻璃杯內，尚未滿杯，壺中酒罄，一面就將酒壺令巧囡去添酒，一面先和姚季蓴划拳。季蓴勃然作氣，旗鼓相當，眞正是羅子富勁敵。反是檯面上旁觀的替兩人捏著一把汗。

兩人正待交手，只聽得巧囡在當中間內急聲喊道：『快點呀！有個人在那兒呀！』合檯面的人都喫一大驚，只道是失火，爭先出房去看。巧囡只往窗外亂指，道：『哪！哪！』衆人看時，並不是火，原來是一個外國巡捕直挺挺的立在對過樓房脊樑上，渾身元色號衣，手執一把鋼刀，映著電氣燈光，閃爍耀眼。

洪善卿十猜八九，忙安慰衆人道：『不要緊的，不要緊的。』陳小雲要喊管家長福問個端的，卻爲門前七張八嘴，嘈嘈聒耳，喊了半天喊不著。張壽倒趁此機會飛跑上樓稟說：『是前衖尤如意那兒捉賭，不要緊的。』

衆人始放下心。忽又見對過樓上開出兩扇玻璃窗，有一個人鑽出來，爬到陽台上要跨過隔壁披屋逃走；不料後面一個巡捕飛身一跳，追過陽台，掄起手中短棍乘勢擊下，正中那人腳踝；那人站不穩，倒栽葱一交從牆頭跌出外面，連兩張瓦豁琅琅卸落到地。周雙玉慌張出房，悄地告訴周雙珠道：『衖堂裡跌死個人在那兒！』衆人皆爲嗟訝。

洪善卿見雙玉的喫酒客人業經盡散，便到她房裡靠在樓窗口望下窺覷，果然那跌下來的賭客躺在牆脚邊，一些不動，好像死去一般。衆人也簇擁進房，爭先要看。惟吳雪香膽小害怕，拉住葛仲英衣襟，道：『我們回去罷！』仲英道：『這時候走嘿，給巡捕拉了去了嘘！』雪香不信道：『你瞎說！』周雙珠亦阻擋道：『倒不是瞎說；巡捕守在門口，外頭不許去呀。』雪香沒法，只得等候忍耐。洪善卿因道：『我們去喫酒去。讓他們捉好了。沒什麼好看。』當請諸位歸席。

周雙珠親往樓梯邊喊巧囝拿酒來。巧囝正在門前趕熱鬧，那裡還聽見。雙珠再喊阿金，也不答應。喊得急了，阿金卻從亭子間溜出，低首無言，竟下樓去。雙珠望亭子間內，黑黝黝地並無燈燭，大怒道：『成什麼樣子呀！眞正離譜了！』阿金自然不敢回嘴。雙珠一轉身，張壽也一溜煙下樓。雙珠裝作不覺，款步回房。

比及阿金取酒壺送上洪善卿，衆人要看捉賭，無暇飲酒。俄而衖堂內一陣脚聲，自西徂東，勢如風雨。洪善卿也去一望，已將那跌下的賭客扛在板門上前行，許多中外巡捕押著出衖，後面更有一羣看的人跟隨圍繞，指點笑語，連樓下管家相幫亦在其內。一時門前寂靜。

樓上衆人看罷退下，洪善卿方一一招呼攏來洗盞更酌。羅子富歇這半日，宿酒全醒，不肯再飲。姚季蓴爲歸期近限，不復划拳。衆人即喊乾、稀飯。吳雪香急忙先行。其餘出局也紛紛各散。

忙亂之中，仍是張壽獻勤，打聽得捉賭情形，上樓稟說：『尤如意一家，連二三十個老

爺們，都捉去了。房子也封掉。跌下來的倒沒死，就不過跌壞了一隻腳。』衆人嗟嘆一番。適値阿德保搬乾、稀飯到樓上，張壽只得怏怏下去。

飯罷席終，客行主倦。接著對過房裏周雙玉連擺兩個檯面，樓下周雙寶也擺一檯，重復忙亂起來。

洪善卿不甚舒服，遂亦辭了周雙珠歸到南市永昌參店歇宿；次日傍晚，往北逕至尙仁里黃翠鳳家。羅子富迎見，即說：『李鶴汀回去了，你可曉得？』洪善卿道：『前天晚上碰見他，沒說起嚜。』子富道：『就這一會工夫，我去請他，說同實夫一塊下船去了。』善卿道：『他恐怕有什麼事。』

說著，葛仲英王蓮生朱藹人湯嘯菴次第並至，說起李鶴汀，都道他倏地回家必有緣故。比及陳小雲到，羅子富因客已齊，令趙家媽喊起手巾。小雲問子富道：『你有沒請李鶴汀？』子富道：『說是回去了呀。你可曉得他爲什麼事？』小雲道：『哪有什麼事；就爲了昨天晚上公陽里，鶴汀也在那兒，一塊拉了去，到新衙門裡，罰了五十塊洋錢，新衙門裡出來就下船。我去看看他，也沒看見。』洪善卿急道：『那麼樓上跌下來的可是鶴汀啊？』陳小雲道：『跌下來的是大流氓，起先三品頂戴，轎子扛出扛進，了不起哦！就蘇州去喫了一場官司下來，這時候也在開賭場，抽抽頭。昨天沒跌死，也算他運氣。』羅子富道：『那是周少和嚜！鶴汀怎麼會去認得他？』陳小雲道：『鶴汀也自己不好，要去賭。不到一個月，輸掉了三萬。倘要再輸下去，鶴汀也不得了嘞喨！』子富道：『實夫不對，應該說說他才好。』小雲道：『實夫倒是做人家的人，到了一趟上海，花酒也不肯喫，蠻規矩。』洪善卿笑道：『你說實夫規矩，也不好，太做人家了！南頭一個朋友跟我說起，實夫爲了做人家也有了點小毛病。』

陳小雲待要問明如何小毛病，恰遇金巧珍出局坐定，暗將小雲袖子一拉。小雲回過頭去，巧珍附耳說了些話。小雲聽不明白，笑道：『你倒眞忙嘿！上回嘿宣卷，這時候燒路頭！』巧珍道：『不是我呀。』復附耳分辯清楚。

小雲想了一想，亦即首肯，遂奉請席上諸友，欲翻檯到繪春堂去。衆人應諾，卻問繪春堂在何處。小雲說：『在東棋盤街，就是巧珍的姐姐，也爲了燒路頭，要撐撐場面。』巧珍接說道：『可要叫阿海先去擺起檯面來，一塊帶局過去？』衆人說：『蠻好。』娘姨阿海領命就行。

羅子富因擺起莊來；不意子富划拳大贏，莊上二十杯，打去一半，外家竟輸三十杯。大家計議，挨次輪流，併幫分飲，方把那一半打完。

其時已上至後四道菜，阿海也回來覆命。金巧珍再催請一遍。黃翠鳳尚有樓上下兩個檯面應酬，向羅子富說明，稍緩片時，無須再叫。羅子富葛仲英王蓮生朱藹人曁六個倌人，共是十肩轎子同行。陳小雲先與洪善卿湯嘯菴步行出尚仁里口，令長福再喊兩輛東洋車，小雲自坐包車，嘯菴也坐一輛。

善卿上車時，忽見那車夫年紀甚輕，面龐廝熟，仔細一看，頓喫大驚，失聲叫道：『你是趙樸齋嘿！』那車夫回頭見是洪善卿，即拉了空車沒命的飛跑西去。善卿還招手喊叫，那裡還肯回來。這一氣，把個洪善卿氣得發昏，立在街心，瞪目無語。那陳湯兩輛車已自去

鄉親削色撲
客在車

遠，沒人照管，幸而隨後十肩轎子出衖，爲跟轎的所見，阿金阿海上前拉住善卿，問：『洪老爺在做什麼？』善卿纔醒過來，並不回言，再喊一輛東洋車，跟著轎子到東棋盤街口停下，仍和衆人同進繪春堂。

那金愛珍早在樓門首迎接。衆人見客堂樓中已擺好檯面，卻先去房內暫坐。愛珍連忙各敬瓜子，又向煙榻燒鴉片煙。金巧珍叫聲『姐姐』道：『你裝煙不要裝了，喊下頭起手巾罷，他們都等不及在那兒。』愛珍乃笑說：『哪一位老爺請用煙？』大家不去兜攬，惟陳小雲說聲：『謝謝你。』愛珍抿嘴笑道：『陳老爺好客氣！』

巧珍不耐煩，先自出房閒逛。迨愛珍喊外場起上手巾，衆人亦即入席，連帶來出局皆已坐定，金愛珍和金巧珍並坐在陳小雲背後，愛珍和準琵琶，欲與巧珍合唱。巧珍道：『你唱罷，我不唱了。』愛珍唱過一支京調，陳小雲也攔說：『不要唱了。』愛珍不依，再要和絃。巧珍道：『姐姐怎麼這樣呀，唱一支嚜好了嚜。』愛珍纔將琵琶放下。

愛珍唱後，並無一人接唱。卻值黃翠鳳出局繼至。羅子富便叫取雞缸杯。娘姨去了半日，取出一隻絕大玻璃杯。金愛珍嗔道：『不是呀！』慌令娘姨調換。羅子富見了喜道：『玻璃杯蠻好，拿來。』愛珍慌又奉上，揎袖前來，舉酒壺篩滿一玻璃杯。羅子富拍案道：『我來擺五杯莊！』衆人見這大杯，不敢出手。陳小雲向葛仲英商量道：『我們兩個人拚一杯，好不好？』仲英說『好。』

小雲乃與羅子富划了一拳，竟輸一杯。金愛珍即欲代酒。陳小雲分與一小杯，又分一小杯轉給金巧珍。巧珍道：『你要划，你自己去喫，我不代。』愛珍笑說：『我來喫。』伸手要接那一小杯。巧珍急從斜刺裡攔住，大聲道：『姐姐，不要嘛！』愛珍吃驚釋手。小雲笑而不辯，取杯呷乾。葛仲英亦取半玻璃杯飲訖。

接下去朱藹人和湯嘯菴合打，王蓮生和洪善卿合打，周而復始，至再至三。五杯打完之後，羅子富雖自負好量，玉山將頹，外家亦皆酩酊，遂覺酒興闌珊，只等出局鬨散。衆人都不用乾、稀飯，隨後告辭。

其時未去者，客人惟洪善卿一人，倌人惟金巧珍一人。陳小雲金愛珍乃請二人房裡去坐。

第廿九回

隔壁鄰居尋兄結伴　過房親眷挈妹同遊（註①）

按洪善卿跟著陳小雲，金巧珍跟著金愛珍，都到房裡。外場送進檯面乾濕，愛珍敬過，便去煙榻燒鴉片煙。小雲躺在上首，說：『我來裝。』愛珍道：『陳老爺，不要喥，我來裝好了嘿。』小雲笑道：『不要客氣。』遂接過籤子去。愛珍又道：『洪老爺，榻床上來躺躺嘛。』善卿亦即向下首躺下。愛珍親自移過兩碗茶放在煙盤裡，偶見巧珍立在梳妝檯前照鏡掠鬢，愛珍趕過去取抿子替她刷得十分光滑，因而道長論短，秘密談心。

這邊善卿捉空將趙樸齋之事訴與小雲，議個處置之法。小雲先問善卿主意。善卿道：『我想托你去報巡捕房，教包打聽查出哪一輛車子，拿他的人關到我店裡去，不許他出來，你說好不好？』小雲沉吟道：『不對；你要他到店裡去做什麼？你店裡有拉東洋車的親眷，可不坍臺呀？我說你寫封信去交代他們娘，隨便他們好了，不關你事。』

善卿恍然大悟，煩惱胥平，當即起身告別。金巧珍向小雲道：『我們也走囉。』小雲乃丟下煙槍。慌得金愛珍一手按住，道：『陳老爺，不要走嘛。』一手拉著巧珍道：『你忙什麼呀？是不是我們小地方，一定不肯坐一會了？』巧珍趔趄著腳兒，只說：『走了。』被愛珍攔腰一抱，嗔道：『你走嘛！你走了嘿，我也不來看你了！』小雲在旁呵呵訕訕的笑。洪善卿便道：『你們倆再坐會，我先走。』說著逕辭陳小雲出房。金愛珍撇過金巧珍，相送至樓梯邊，連說：『洪老爺，明天來。』

善卿隨口答應，離了繪春堂，行近三茅閣橋喊部東洋車拉至小東門陸家石橋，緩步自回鹹瓜街永昌參店，連夜寫起一封書信，敍述趙樸齋浪游落魄情形，一早令小夥計送與信局寄去鄉間。

這趙樸齋的母親洪氏，年僅五十，耳聾眼瞎，柔懦無能。幸而樸齋妹子，小名二寶，頗能當家。前番接得洪善卿書信，只道樸齋將次回家，日日盼望，不想半月有餘，毫無消息。忽又有洪善卿書信寄來，央隔壁鄰居張新弟拆閱。

張新弟演說出來，母女二人登時驚詫羞急，不禁放聲大哭一場。卻爲張新弟的姊姊張秀英聽見，趕過這邊問明情由，婉言解勸。母女二人收淚道謝。大家商量如何。張新弟以爲須到上海尋訪回家，嚴加管束，斯爲上策。趙洪氏道：『上海租界上，陌生地方，哪能彀去嘛？』趙二寶道：『不要說媽不能彀去，就去了教媽到哪去找呀？』張秀英道：『那麼找個妥當點人，教他去找，找了來就給他兩塊洋錢也沒什麼。』洪氏道：『我們再去托誰呀？要嘿還是舅舅囉。』新弟道：『舅舅信上爲他不好，坍了台，恨死了的了，可肯去找啊！』二寶道：『舅舅起先就靠不住。托人去找也沒用，還是我同媽一塊去。』洪氏嘆口氣道：『二寶，你倒說得好。你一個姑娘家，沒出過門，到上海再給拐子拐了去嘿，怎麼樣呢？』二寶道：『媽嘿還要瞎說！人家騙騙小孩子，說不要給拐子拐了去，可是眞有什麼拐子呀！』新弟道：『上海拐子倒沒有的，不過要認得個人一塊去才好。』秀英道：『你說節上要到上海去呀？』新弟道：『我一到上海就到店裡去，哪還有工夫。』

二寶聽見這話，藏在肚裡，卻不接嘴。張新弟見無成議，辭別自去。趙二寶留下張秀英，邀到臥房裡，——那秀英年方十九，是二寶閨中密友，無所不談。——當下私問：『新弟到上海去做什麼？』秀英道：『是翟先生教去做夥計。』二寶道：『你可去？』秀英道：『我不做什麼生意，去做什麼？』二寶道：『我說你同我們一塊到上海，我去找哥哥，你嘿租界上玩玩，不是蠻好？』

秀英心中也喜歡玩，只爲人言可畏，躊躇道：『不行的嘛。』二寶附耳低言，如此如此。秀英領會笑諾，即時趑回家裡。張新弟問起這事。秀英攢眉道：『她們想來想去沒法子，倒怪上了我們哥哥，說給我們小村哥哥合了夥去用完了洋錢，沒臉見人，這時候倒要我們一塊去找我們小村哥哥。』

道言未了，趙二寶亦過來，叫聲『秀英姐姐』，道：『你不要裝糊塗！你哥哥做的事，我自然要找著你。你一塊去找到了小村哥哥，就不關你事。』新弟在旁道：『小村哥哥在上海，你自己去找好了。』二寶道：『我上海不認得，要同她一塊去。』新弟道：『她去不行的；我來同你去好不好？』二寶道：『你男人家同我們一塊到上海算什麼樣子呀？她不肯去嘿，我一定鬧得她不安生。』

新弟目視秀英，問如何。秀英道：『我一

剛辭
鄉居
尋友
結伴

點事都沒有，到上海去做什麼？人家聽見了，只當我們去玩，不是笑話？』二寶道：『你嘿怕人笑話，我哥哥拉東洋車不關你事了，對不對？』新弟笑勸秀英道：『姐姐就去一趟好了；找著了回來，也不多幾天。』

秀英尚自不肯，被新弟極力慫恿，勉強答應。於是議定四月十七日啓行，央對門剃頭師傅吳小大妻子吳家媽看守房屋。

趙二寶回家告訴母親趙洪氏，洪氏以爲極好。當晚吳小大親至兩家先應承看房之託，并言聞得兒子吳松橋十分得意，要趁便船自去尋訪。兩家也就應承。

至日，僱了一隻無錫網船，趙洪氏趙二寶張新弟張秀英及吳小大，共是五人，搬下行李，開往上海。不止一日。到日輝港停泊。吳小大並無鋪蓋，背上包裹，登岸自去。趙二寶緣趙樸齋住過悅來客棧，說與張新弟，即將行李交明悅來棧接客的，另喊四輛東洋車，張新弟和張秀英趙洪氏趙二寶坐了，同往寶善街悅來客棧，恰好行李擔子先後挑到，揀得一間極大房間，卸裝下榻。

安置粗訖，張新弟先去大馬路北信典鋪謁見先生翟掌櫃，翟掌櫃派在南信典鋪中司事。張新弟回棧來搬鋪蓋，因問趙二寶：『可要一塊去找我們小村哥哥？』二寶搖手道：『找到你哥哥也不相干嘿。你到鹹瓜街上永昌參店裡教我們舅舅此地來一趟再說。』新弟依言去了。這晚張秀英獨自一個去看了一本戲；趙二寶與母親趙洪氏愁顏相對，並未出房。

次日一早，洪善卿到棧相訪，見過嫡親姊姊趙洪氏，然後趙二寶上前行禮。善卿略敍數年闊別之情，說到外甥趙樸齋，從實說出許多下流行事，并道：『此刻我教人去找了來，以後再有什麼事，我不管帳！』二寶插嘴道：『舅舅找了來最好，以後請舅舅放心；可好再來驚動舅舅呃！』善卿又問問鄉下年來收成豐歉，方始告辭。張秀英本未起身，沒有見面。

飯後，果然有人送趙樸齋到門。棧使認識通報。趙洪氏趙二寶慌忙出迎。只見趙樸齋臉上沾染幾搭烏煤，兩邊鬢髮長至寸許（註②）；身穿七拼八補的短衫褲，暗昏昏不知是甚顏色；兩足光赤，鞋襪俱無，儼然像乞丐一般。妹子二寶友于誼篤，一陣心酸，嗚嗚飲泣。母親洪氏看不清楚，還問：『在哪啊？』棧使推樸齋近前，令他磕頭。洪氏猛喫一驚，頓足大哭道：『我兒子怎麼這樣的呀！』剛哭出這一聲，氣哽喉嚨，幾乎仰跌。幸有張秀英在後攙住，且復解勸。二寶爲棧中寓客簇擁觀看，羞愧難當，急同秀英扶母親歸房，手招樸齋進去，關上房門，再開皮箱搜出一套衫褲鞋襪令樸齋向左近浴堂中剃頭洗澡，早去早來。

不多時，樸齋遵命換衣回棧，雖覺面龐略瘦，已算光彩一新。秀英讓他坐下。洪氏二寶著實埋怨一頓。樸齋低頭垂淚，不敢則聲。二寶定要問他緣何不想回家，連問十數遍，樸齋終吶吶然說不出口。秀英帶笑代答道：『他回來嚜，好像難爲情，對不對？』二寶道：『不對；他要曉得難爲情，倒回來了！我說他一定是捨不得上海，拉了個東洋車，東望望，西望望，好開心！』

幾句說得樸齋無地自容，回身對壁。洪氏忽有些憐惜之心，不復責備，轉向秀英二寶計議回家。二寶道：『教棧裡相幫去叫隻船，明天回去。』秀英道：『你教我來玩玩，我一趟都沒去，你倒就要回去了，不成功！』二寶央及道：『那再玩一天好不好？』秀英道：『玩了一天再說。』洪氏只得依從。

喫過晚飯，秀英欲去聽書。二寶道：『我們先說好了，書錢我來會；倘若你客氣嚜，我索性不去了。』秀英一想，含糊笑道：『那也行；明天晚上我請還你好了。』

秀英二寶去後，惟留洪氏樸齋在房。洪氏困倦早睡。樸齋獨坐，聽得寶善街上東洋車聲如潮湧，絡繹聒耳；遠遠地又有錚錚琵琶之聲，髣髴唱的京調，是清倌人口角，但不知為誰家。樸齋心猿不定，然又不敢擅離。棧使曾於大房間後面小間內為樸齋另設一床，樸齋乃自去點起瓦燈臺，和衣暫臥；不意隔壁兩個寓客在那裡吸鴉片煙，又講論上海玩的情景，津津乎若有味焉，害樸齋火性上炎，欲眠不得，眼睜睜地等到秀英二寶聽書回來，重復下床出房，問：『唱得可好聽？』

二寶咳了一聲道：『我就像沒聽！今天晚上剛剛不巧，碰到他們姓施的親眷。我們進去泡好茶嚜，書錢就給施會了去，買了多少點心水果，請我們喫。你說可難為情？明天還要請我們去坐馬車。我是一定不去！』秀英道：『在上海地方有什麼要緊啊！他請我們嚜，我們樂得去！』二寶道：『你自然沒什麼要緊，熟羅單衫都有在那兒，去去好了；我好像個叫化子，坍臺死了！』

二寶無心說出這話，被秀英『格』聲一笑。樸齋不好意思，仍欲迴避。二寶忽叫住道：『哥哥，慢點去。』樸齋忙問甚事。二寶打開手巾包，把書場帶來的點心水果分給樸齋，并讓秀英同喫。秀英道：『我們再喫筒鴉片煙。』二寶道：『你不要在這兒糊塗了！喫上了癮好！』秀英笑而不依，向竹絲籃內取出一副煙盤，點燈燒煙，卻燒得不得法，斗門澀滯，呼吸不靈。樸齋湊趣道：『可要我替你裝？』秀英道：『你也會裝煙了？你去裝喨。』說著讓開。

樸齋遂將燒僵的一筒煙發開裝好，捏得精光，掉轉槍頭，送上秀英。秀英略讓一句，便呼呼呼一氣到底，連聲讚道：『倒裝得出色的哦！哪兒去學來的啊？』樸齋含笑不答，再裝一筒。秀英偏要二寶去喫，二寶沒法，喫了。裝到第三筒，係樸齋自己喫的。隨後收起煙盤，各道安置。樸齋自歸後面小間內歇宿。

翌日午後，突然一個車夫到棧，說是：『施大少爺喊了來的馬車，請太太同兩位小姐一塊去。』二寶本不願坐他馬車，秀英不容分說，諄囑樸齋看房，硬拉洪氏二寶同遊明園。樸齋在棧無事，私下探得那副煙盤並未加鎖，竟自偷喫一口，再打兩枚煙泡。可巧張小村聞信而來，特訪他同堂弟妹，見樸齋如此齊整，以為稀奇。樸齋追思落魄之時曾受小村奚落，故不甚款洽，逕將煙盤還放原處。小村沒趣，辭別。樸齋怕羞不出，並未相送。

待至天色將晚，馬車未回，樸齋不耐煩，溜至天井跂望，恰好秀英二寶扶著洪氏下車進門。樸齋迎見即訴說張小村相訪。二寶默然。秀英卻道：『我們哥哥也不是好人，這以後不要去理他！』

樸齋唯唯，跟到大房間內。二寶去身邊摸出一瓶香水給樸齋估看。樸齋不識好歹，問價若干。二寶道：『說是兩塊洋錢呢。』樸齋吐舌道：『去買了做什麼呀？』二寶道：『我本來不要呀，是他們瑞生哥哥一定要買，買了三瓶：他自己拿了一瓶，一瓶送了姐姐，一瓶說送給我。』樸齋也就無言。

秀英二寶各述明園許多景致，并及所見倌人大姐面目衣飾，細細品評。秀英道：『你照相樓上沒去；我說，我們幾個人拍它一張倒不錯。』二寶道：『瑞生哥哥也拍在那兒，那是笑死人了！』秀英道：『都是親眷，熟了點沒什麼要緊。』二寶道：『瑞生哥哥倒蠻隨便的人，一點脾氣都沒有，聽見我們叫媽他也叫媽，請我們媽喫點心，一塊去看孔雀，倒好像是我們媽的兒子。』洪氏喝住道：『你說說嘿就沒譜子！』

二寶咬著指頭匿笑。秀英也笑道：『他今天晚上請我們大觀園看戲呀。你可去？』二寶哆口做表情道：『我終有點難為情，讓哥哥去罷。』秀英道：『同哥哥一塊去蠻好。』樸齋說道：『他沒請我，我算什麼？』二寶道：『他請倒都請的，剛才還在說起「坐馬車為什麼不一塊兒來？」我們說：「棧裡沒人。」他這就說：「等會請他去看戲。」』秀英道：『這時候六點半鐘，恐怕就要來請了，我們喫飯罷。』乃催棧使開飯。四人一桌。

須臾喫畢，只見一個人提著大觀園燈籠，高擎一張票，趕上階沿，喊聲『請客』。樸齋忙去接進，逐字念出：太太少爺，兩位小姐，總寫在內，底下出名僅一『施』字。二寶道：『這可怎麼回他嘛？』秀英道：『自然說就來！』

樸齋揚聲傳命，請客的遂去。二寶佯嗔道：『你說就來，我看戲倒不高興！』秀英道：『你嘿是眞刁，做個人爽爽氣氣，不要這樣！』連催二寶換衣裳。二寶道：『那麼慢點嘛，忙什麼呀！』先照照鏡子，略施一些脂粉，纔穿上一件月白湖縐單衫。

事畢欲行，樸齋道：『我謝謝囉。』秀英聽說，倒笑起來道：『你可是學你妹子？』樸齋強辯道：『不是呀，我看見大觀園戲單，幾齣戲都看過了，沒什麼好看。』秀英道：『他是包著一間包廂，就不過我們幾個人，你不去，戲錢也省不了。就不好看也看看好了。』

樸齋本自要看，口中雖說謝謝，兩隻眼只

過房親眷

覷母親妹子的面色。二寶即道：『姐姐叫你看嚜，你就看看好了。——媽，對不對？』洪氏亦道：『姐姐說，當然去看，看完了一塊回來，不要到別處去。』

秀英又請洪氏。洪氏眞的不去。樸齋乃鼓起興致，討了悅來棧字號燈籠，在前引導。張秀英趙二寶因路近，即跟趙樸齋步行至大觀園。

註①吳語稱乾娘爲『過房娘』。

註②當時制定男子髮型，兩鬢剃光；久未理髮，長出短髮來。

第三十回

新住家客棧用相幫　老師傅茶樓談不肖

按趙樸齋領妹子趙二寶及張秀英同至大觀園樓上包廂。主人係一個後生，穿著雪青紡綢單長衫，寶藍茜紗夾馬褂，先在包廂內靠邊獨坐。樸齋知是施瑞生，但未認識。施瑞生一見大喜，慌忙離位，滿面堆笑，手攙秀英二寶上坐憑欄，又讓樸齋。樸齋放下燈籠，退坐後排。瑞生堅欲拉向前邊。樸齋相形自愧，跼蹐不安。幸而瑞生只和秀英附耳說話，秀英又和二寶附耳說話，將樸齋擱在一邊，樸齋倒得自在看戲。

這大觀園頭等角色最多，其中最出色的乃一個武小生，名叫小柳兒，做工唱口絕不猶人。當晚小柳兒偏排著末一齣戲，做『翠屏山』中石秀。做到潘巧雲趕罵，潘老丈解勸之際，小柳兒唱得聲情激越，意氣飛揚；及至酒店中，使一把單刀，又覺一線電光，滿身飛繞，果然名不虛傳！

『翠屏山』做畢，天已十二點鐘，戲場一時閧散，看的人紛紛恐後爭先，擠塞門口。施瑞生道：『我們慢慢的好了。』隨令趙樸齋掌燈前行，自己擁後，張秀英趙二寶夾在中間，同至悅來客棧。二寶搶上一步，推開房門，叫聲『媽』。趙洪氏歪在床上，欻地起身。樸齋問道：『媽爲什麼不睡？』洪氏道：『我等著。睡了嘿，誰來開門哪？』秀英道：『今天晚上蠻好的好戲，媽不去看。』瑞生道：『戲嘿禮拜六晚上最好；今天禮拜三，再歇兩天，同媽一塊去看。』

洪氏聽是瑞生聲音，叫聲『大少爺』，讓坐致謝。二寶喊棧使沖茶。秀英將煙盤鋪在床上，點燈請瑞生吸鴉片煙。樸齋不上臺盤，遠遠地掩在一邊。洪氏乃道：『大少爺，這可眞正對不住！兩天工夫請了我們好幾趟——明天一定要回去了！』瑞生急道：『不要走嘛；媽嘿總是這樣！上海難得來一趟，自然多玩兩天。』洪氏道：『不瞞大少爺說，此地棧房裡，四個人房飯錢要八百錢一天呢，開消太大，早點回去的好。』瑞生道：『不要緊的；我有法子，比在鄉下還要省點。』

瑞生只顧說話，籤子上燒的煙淋下許多，還不自覺。秀英看見，忙去上手躺下，接過籤子，給他代燒。二寶向自己床下提串銅錢，暗地交與樸齋，叫買點心。樸齋接錢，去廚下討只大碗，並不呼喚棧使，親往寶善街上去買；無如夜色將闌，店家閉歇，只買得六件『百葉』（註①）回來，分做三小碗，搬進房內。二寶攢眉道：『哥哥嘿也眞是的！去買這種東西！』樸齋道：『沒有了呀！』瑞生從床上崛起，看了道：『「百葉」蠻好，我倒喜歡喫的。』說著，竟不客氣，取雙竹筷，努力喫了一件。二寶將一碗奉上洪氏，并喊秀英道：『姐姐來陪陪嘛。』秀英反覺不好意思，嗔道：『我不要喫！』二寶笑道：『那麼哥哥來喫了罷！』樸齋遂一股腦兒喫完，喊棧使收去空碗。

瑞生再吸兩口鴉片煙，告辭而去。樸齋始問秀英和施瑞生如何親眷。秀英笑道：『他們親眷你哪曉得啊。瑞生哥哥的娘嚜就是我乾娘。我認乾娘時候剛剛三歲，去年在龍華（註②）碰見了，大家不認得，說起來倒蠻對，這就教我到他們家裡住了三天，這時候倒算是親眷了。』樸齋默然不問下去。一宿無話。

瑞生於次日午後到棧，棧中纔開過中飯，收拾未畢。秀英催二寶道：『你快點㖠！我們今天買東西去呀。』二寶道：『我東西不要買，你去好了。』瑞生道：『我們也不買什麼東西，一塊去逛逛。』秀英道：『你不要去跟她說！我曉得她的脾氣，等會總去就是了。』

二寶聽說，冷笑一聲，倒在床上睡下。秀英道：『可是說了你生氣了？』二寶道：『誰有閒工夫來跟你生氣呀？』秀英道：『那麼去㖠？』二寶道：『不然嚜去也沒什麼，這時候給你猜着了，一定不去！』

秀英稔知二寶拗性，難於挽回，回顧瑞生，努嘴示意。瑞生嘻皮笑臉挨坐床沿，妹妹長，妹妹短，搭訕多時，然後勸她出去玩。二寶堅臥不起。秀英道：『我嚜得罪了你，你看瑞生哥哥面上，就寃屈點，好不好？』二寶又冷笑一聲，不答。洪氏坐在對面床上，聽不清是什麼，叫聲『二寶』，道：『不要㖠；瑞生哥哥在說呀，快點起來㖠。』二寶使氣道：『媽不要作聲，你曉得什麼呀！』

瑞生覺得言語離題遠了，呵呵一笑，岔開道：『我們也不去了；就這兒坐會，講講話，倒蠻好。』因即站起身來。偶見樸齋靠窗側坐，手中擎著一張新聞紙，低頭細細看，瑞生問：『可有什麼新聞？』樸齋將新聞紙雙手奉上。瑞生接來，揀了一段，指手劃腳，且念且講，秀英樸齋同聲附和，笑做一團。

二寶初時不睬，聽瑞生說得逗笑，再忍不住，因而欻地下床，去後面樸齋睡的小房間內小遺。秀英掩口暗笑。瑞生搖手止住。等到二寶出房，瑞生丟開新聞紙，另講一件極好笑的笑話，逗引得二寶也不禁笑了。秀英故意偷眼去睃睃她如何。二寶自覺沒意思，轉身緊傍洪氏身旁坐下，一頭撞在懷裡撒嬌道：『媽，你看喨！他們在欺負我！』秀英大聲道：『誰欺負你呀？你倒說說看！』洪氏道：『姐姐可會來欺負你？你不要這樣瞎說！』瑞生只是拍手狂笑，樸齋也跟著笑一陣，纔把這無端口舌揭過一邊。

瑞生重復慢慢的慫恿二寶出去玩。二寶一時不好改口應承，只裝作不聽見。瑞生揣度意思是了，便取一件月白單衫，親手替二寶披上。秀英早自收拾停留。於是三人告稟洪氏而行，惟留樸齋陪洪氏在棧。洪氏夜間少睡，趁此好歇中覺，樸齋氣悶不過，手持水煙筒，踅出客堂，踞坐中間高椅和帳房先生閒談。談至上燈以後，三人不見回來，棧使問：『可要開飯？』樸齋去問洪氏。洪氏叫先開兩客。

母子二人喫飯中間，忽聽棧門首一片笑聲，隨見秀英拎著一個衣包，二寶捧著一捲紙裹，都喫得兩頰緋紅，嘻嘻哈哈進房。洪氏先問晚飯。秀英道：『喫過了，在喫大菜呀！』二寶搶步上前道：『媽，你喫喨。』即撿紙裹中捲的蝦仁餃，手拈一隻，喂與洪氏。洪氏僅咬一口，覺得喫不慣，轉給樸齋喫。樸齋問起施瑞生。秀英道：『他有事，送我們到門口，坐了東洋車走了。』

迨洪氏樸齋晚飯喫畢，二寶復打開衣包，將一件湖色茜紗單衫與樸齋估看。樸齋見花邊雲滾，正係時興，吐舌：『恐怕要十塊洋錢吶嚥！』二寶道：『十六塊呢。我不要它呀，姐姐買了，嫌它短了點，我穿嘜倒蠻好，就教我買。我說沒洋錢。姐姐說：「你穿著，過兩天再說。」』樸齋不作一聲。二寶翻出三四件紗羅衣服，說是姐姐買的。樸齋更不作一聲。

這夜大家皆沒有出遊。樸齋無事早睡。秀英二寶在前間唧唧說話，樸齋並未留心，沉沉睡去，朦朧中聽得妹子二寶連聲叫『媽』。樸齋警醒呼問。二寶推說：『沒什麼。』洪氏醒來，和秀英二寶也唧唧說話。樸齋那裡理會，竟安然一覺，直至紅日滿窗，秀英二寶已在前間梳頭。樸齋心知睡過了頭，慌的披衣走出。及見母親洪氏擁被在床，始知天色尚早，喊棧使舀水洗臉。二寶道：『我們點心喫過了。哥哥要喫什麼，叫他們去買。』樸齋說不出。秀英道：『可要也買兩個湯糰罷？』樸齋說：『好。』棧使受錢而去。

樸齋因桌上陳設梳頭奩具，更無空隙，急取水煙筒往客堂裡坐；喫過湯糰，仍和帳房先生閒談。好一會，二寶在房內忽高聲叫『哥哥』，道：『媽喊你。』樸齋應聲進房。

其時秀英二寶妝裹粗完，並坐床沿。洪氏亦起身散坐。樸齋旁坐候命。八目相視，半日不語。二寶不耐，催道：『媽跟哥哥說嘛。』洪氏要說，卻『咳』的嘆口氣道：『她們瑞生哥哥嘜也眞太熱絡了，叫我們再多玩兩天。我說：「棧房裡房飯錢太貴。」瑞生哥哥這就說：「清和坊有兩幢房子空在那兒，沒人租，叫我們搬了去，說是爲了省點的意思。」』秀英搶說道：『瑞生哥哥的房子，房錢就不要了，我們自己做飯吃，一天不過兩百個銅錢，比棧房裡可是要省多少噠！我是昨天答應他了。你說好不好？』二寶接說道：『這兒一天房飯錢，四個人要八百呢，搬了去嘜省六百，可有什麼不好啊?』樸齋如何能說不好,僅低頭唯唯而已。

飯後,施瑞生帶了一個男相幫來棧,問:『可收拾好了?』秀英二寶齊笑道:『我們嘿哪有多少東西收拾呀!』瑞生乃喊相幫來搬。樸齋幫著捆起箱籠,打好鋪蓋,叫輛獨輪車,與那相幫押後,先去清和坊鋪房間。趙樸齋見那兩幢樓房,玻璃瑩澈,花紙鮮明,不但竈下釜甑齊備,樓上兩間房間并有兩副簇簇新新的寧波家具;床榻桌椅位置井井,連保險燈穿衣鏡都全;所缺者惟單條字畫簾幙帷幃耳。隨後施瑞生陪送趙洪氏及張秀英趙二寶進房。洪氏前後踅遍,嘖嘖讚道:『我們鄉下哪有這種房子呀!大少爺,這可眞正難爲你!』瑞生極口謙遜。當時聚議:秀英二寶分居樓上兩間正房,洪氏居亭子間,樸齋與男相幫居於樓下。

須臾天晚,聚豐園挑一桌豐盛酒菜送來,瑞生令擺在秀英房內,說是煖房。洪氏又致謝不盡。大家團團圍坐一桌圓檯面,無拘無束,開懷暢飲。

飲至半酣之際,秀英忽道:『我們剛才倒忘了,沒去叫兩個出局來玩玩,倒不錯!』二寶道:『瑞生哥哥去叫嘛,我們要看呀!』洪氏喝阻道:『二寶,不要;你嘿還要出花樣!瑞生哥哥老實人,堂子裡沒去玩過,怎麼好叫啊!』樸齋亦欲有言,終爲心虛忸怩,頓住了嘴。瑞生笑道:『我一個人叫也沒什麼意思。明天我約兩個朋友在這兒喫晚飯,教他們都去叫了來,那才熱鬧點。』二寶道:『我哥哥也去叫一個,看她們來不來。』秀英手拍二寶肩背道:『我也叫一個,就叫個趙二寶!』二寶道:『我趙二寶的名字倒沒有過,你張秀英嘿有了三四個了!都是時髦倌人,一直在給人家叫出局!』

幾句說得秀英急了，要擰二寶的嘴。二寶笑而走避。瑞生出席攔勸，因相將向榻床吸鴉片煙。洪氏見後四道菜登席，就叫相幫盛飯來。樸齋悶飲，不勝酒力，遂陪母親同喫過飯，送母親到亭子間，逕往樓下點燈弛衣，放心自睡；一覺醒來，酒消口渴，復披衣趿鞋，摸至廚房尋得黃沙大茶壺，兩手捧起，嘓嘓呼飽；見那相幫危坐於水缸蓋上垂頭打盹，即叫醒他，問知酒席雖撤，瑞生尚在。樸齋仍摸回房來，聽樓上喁喁切切，笑語間作，夾著水煙鴉片煙呼吸之聲。樸齋剔亮燈芯，再睡下去，這一覺冥然無知，儼如小死。直至那相幫床前相喚，樸齋始驚起，問相幫：『有沒睡一會？』相幫道：『大少爺走，天也亮了。還好再睡？』樸齋就廚下洗個臉，躡足上樓。洪氏獨在亭子間梳頭，前面房裡煙燈未滅，秀英二寶還和衣對臥在一張榻床上。樸齋掀簾進房，秀英先覺，起坐，懷裡摸出一張橫披請客單，令樸齋寫個『知』字。樸齋看是當晚施瑞生移樽假座，請自己及張新弟陪客，更有陳小雲莊荔甫兩人；沉吟道：『今天晚上我眞的謝謝了。』秀英問：『爲什麼？』樸齋道：『我碰見了難爲情。』秀英道：『可是說我們新弟？』樸齋說：『不是。』秀英道：『那麼什麼呀？』樸齋又不肯實說。適二寶聞聲繼寤，樸齋轉向二寶耳邊悄悄訴其緣故。二寶點頭道：『也不錯。』秀英乃不便強邀，喊相幫，交與請客單，照單齎送。

樸齋延至兩點鐘，涎臉問妹子討出三角小洋錢，稟明母親，大踱出門；初從四馬路兜個圈子，兜回寶善街，順便往悅來客棧，擬訪帳房先生，與他談談；將及門首，出其不意，一個人從門內劈面衝出，身穿舊洋藍短衫褲，背負小小包裹，翹起兩根短鬚，滿面憤怒，如不

可遏。

樸齋認得是剃頭師傅吳小大，甚爲驚詫。吳小大一見樸齋，頓換喜色道：『我來看你呀。搬到了哪去啦？』樸齋約略說了。吳小大攜手並立，刺刺長談。樸齋道：『我們拐彎那兒去喫碗茶罷。』吳小大說『好』，跟隨樸齋至石路口松風閣樓上泡一盌『淡湘蓮』。吳小大放下包裹，和樸齋對坐，各取副杯，分騰讓飲。

吳小大倏地瞋目攘臂，問樸齋道：『我要問你句話：你可是跟松橋一塊在玩？』樸齋被他突然一問，不知爲著何事，心中突突亂跳。吳小大拍案攢眉道：『不是呀！我看你年紀輕，在上海，怕你去上他當！就像松橋這殺胚嘿，你總不要去認得他的好！』樸齋依然目瞪口呆，沒得回答。吳小大復鼻子裡哼了一聲道：『我跟你說了罷：我這親生爹，他還不認得哩！還認得你這朋友！』

樸齋細味這話稍有頭路，笑問究竟緣何。吳小大從容訴道：『我做個爹，窮嘿窮，還有碗把苦飯喫喫的哩。這時候到上海來，不是要想兒子的什麼好處，是爲我兒子發了財嘿，我來看看他，也算體面體面。哪曉得這殺胚，這麼個樣子！我連去三趟，帳房裡說不在那兒，倒也罷了；第四趟我去，在裡頭不出來，就帳房裡拿四百個銅錢給我，說教我趁航船回去罷！我可是等你四百個銅錢用！我要回去，做叫化子討飯嘿也回去了，我要用你四百個銅錢！』一面訴說，一面竟號啕痛哭起來。

樸齋極力勸慰寬譬，且爲吳松橋委屈解釋。良久，吳小大收淚道：『我也自己不好，教他上海做生意！上海租界上不是個好地方！』

樸齋假意歎服。喫過五六開茶，樸齋將一

角小洋錢會了茶錢。吳小大順口鳴謝，背上包裹，同下茶樓，出門分路。吳小大自去日輝港覓得裡河航船回鄉。趙樸齋彳亍寶善街中，心想這頓晚飯如何喫法。

註①湯裡煮的『千張』（一種布紋豆腐皮）包肉捲，比春捲粗大。

註②上海近郊名勝。

第卅一回

長輩埋冤親情斷絕　方家貽笑臭味差池

按趙樸齋自揣身邊僅有兩角小洋錢，數十銅錢，只好往石路小飯店內喫了一段黃魚及一湯一飯，再往寶善街大觀園正桌後面看了一本戲，然後散場回家。那時敲過十二點鐘，清和坊各家門首皆點著玻璃燈，惟自己門前漆黑，兩扇大門也自緊閉。樸齋略敲兩下，那相幫開進。樸齋便問：『樓面有沒散？』相幫道：『散了有一會了。就剩大少爺一個人在那兒。』樸齋見樓邊添掛一盞馬口鐵壁燈，倒覺甚亮，於是款步登樓；聽得亭子間有說話聲音，因即掀簾進去，只見母親趙洪氏坐在床中尚未睡下，張秀英趙二寶並坐在床沿正講得熱鬧。見了樸齋，洪氏先問：『有沒喫晚飯？』樸齋說：『喫過了。』樸齋問：『瑞生哥哥可是走了？』秀英道：『沒走，睡著了。』二寶搶說道：『我們新用一個小大姐在這兒，你看好不好？』說著，高聲叫『阿巧。』

阿巧應聲，從秀英房裡過來，站立一邊。樸齋打量這小大姐面龐廝熟，一時偏想不起；忽想著『阿巧』名字，方想起來，問她：『可是在衛霞仙那兒出來？』阿巧道：『衛霞仙那兒做過兩個月，這時候在張蕙貞那兒出來。你在哪看見我？倒忘記掉了嘿。』

樸齋卻不說出，付之一笑。秀英二寶亦未盤問。大家又講起適纔檯面上情事。樸齋問：『叫了幾個局？』秀英道：『他們一人叫一個，我們看了都沒什麼好。』二寶道：『我說倒是么二上兩個稍微好點。』樸齋問：『新弟有沒叫？』秀英道：『新弟沒工夫，也沒來。』樸齋問：『瑞生哥哥叫的什麼人？』二寶道：『叫陸秀寶；就是她嘿稍微好點。』樸齋喫驚道：『可是西棋盤街聚秀堂裡的陸秀寶？』秀英二寶齊聲道：『正是；你怎麼曉得？』

樸齋只是訕訕的笑，如何敢說出來。秀英笑道：『上海來了兩個月，倌人大姐倒給你都認得了！』二寶鼻子裡哼了一聲道：『認得點倌人大姐嘿可算什麼體面呀！』

樸齋不好意思，趔趄著腳兒退出亭子間，卻輕輕溜進秀英房中，只見施瑞生橫躺在煙榻上打鼾，滿面醺醺然都是酒氣；前後兩盞保險燈還旋得高高的，映著新糊花紙，十分耀眼；中間方桌罩著一張油晃晃圓檯面，尚未卸去；門口旁邊掃攏一大堆西瓜子殼及雞魚肉等骨頭。樸齋不去驚動，仍舊下樓，歸至自己房間。那相幫早直挺挺睡在旁邊板床上。樸齋將床前半桌上油燈芯撥亮，便自寬衣安置。

比及一覺醒來，日光過午，樸齋慌的爬起。相幫給他舀盆水洗過臉，阿巧即來說道：『請你樓上去呀。』樸齋跟阿巧到樓上秀英房裡，施瑞生正吸鴉片煙，雖未擡身，也點首招呼。秀英二寶同在外間梳頭。

須臾，阿巧請過趙洪氏，取五副杯筷擺在圓檯。相幫搬上一大盤，皆是席間剩菜，係爊蹄套鴨南腿鯡魚四大碗，另有一大碗雜拌，乃各樣湯炒小碗相併的。瑞生洪氏樸齋隨意坐定。秀英二寶新妝未成，並穿著藍洋布背心，額角邊叉起兩支骨簪攔住鬢髮，聯步進房。瑞生舉杯說請。秀英二寶堅卻不飮，令阿巧盛飯來，與洪氏同喫，惟樸齋對酌相陪。樸齋呷酒在口，攢眉道：『酒太燙了。』瑞生道：『我好像有點傷風，燙點倒也好。』秀英道：『你自己不好嘿。阿巧來喊你，叫你床上去睡，你爲什麼不去睡呀？』二寶道：『我們兩個人睡在外頭房間裡，天亮了還聽見你咳嗽。你一個人在做什麼？』

瑞生微笑不言。洪氏嘮叨道：『大少爺，你嘿身體也單薄點，你自己要當心的嘛。像前天夜裡天亮時候，你還要回去，不冷嗎？在這兒蠻好嘿。』瑞生整襟作色道：『媽說得不錯呀，我哪曉得當心啊！自己會當心倒好了！』秀英道：『你傷風嘿，酒少喫點罷。』二寶道：『哥哥也不要喫了。』瑞生樸齋自然依從。

大家喫畢午飯，相幫阿巧上前收拾。樸齋早溜去樓下廚房，胡亂絞把手巾揩了手，持一支水煙筒，踱出客堂，擱起腿膀，巍然獨坐，心計如何借個端由出門逛逛以破岑寂。

正在顚思倒想之際，忽然有人敲門，樸齋喝問何人。門外接口答應，聽不清楚，只得丟下水煙筒，親去看看。誰知來者不是別人，即係樸齋的嫡親舅舅洪善卿。樸齋頓時失色，叫聲『舅舅』，倒退兩步。善卿毫不理會，怒吽吽喝道：『喊你媽來！』

樸齋諾諾連聲，慌的通報。那時秀英二寶打扮齊整，各換一副時式行頭，奉洪氏陪瑞生閒談。樸齋訴說善卿情形。瑞生秀英心虛氣餒，不敢出頭。二寶恐母親語言失檢，跟隨洪氏下樓見了善卿。

善卿不及寒暄，盛氣問洪氏道：『你可是年紀老了，昏了頭了！你這時候不回去，還要做什麼？這兒淸和坊，你曉得是什麼地方？（註①）』洪氏道：『我們是本來要回去呀，巴不得這時候就回去嘿最好；就爲了個秀英小姐還要玩兩天，看兩本戲，坐坐馬車，買點零碎東西。』二寶在旁聽說得不著筋節，忙搶步上前，叉住道：『舅舅，不是呀，我媽是——』剛說得半句，被善卿拍案叱道：『我跟你媽講話，挨不著你來說！你自己去照照鏡子看，像什麼樣子！不要臉的丫頭！』

二寶喫這一頓搶白，羞得兩頰通紅，掩過一旁，嚶嚶細泣。洪氏長吁一聲，慢慢接說道：『也是他們這瑞生哥哥嘿實在太熱絡了！……』善卿聽說，更加暴跳如雷，跺腳大聲道：『你還要說瑞生哥哥！你女兒給他騙去了，你可曉得？』連問幾遍，直問到洪氏臉上。洪氏也嚇得目瞪口呆，說不下去。大家嘿然無言。

樓上秀英聽得作鬧，特差阿巧打探。阿巧見樸齋躲在屏門背後暗暗窺覷，也縮住腳，聽客堂中竟沒有一些聲息。

隔了半日，善卿氣頭過去，向洪氏朗朗道：『我要問你：你到底想回去不想回去？』洪氏道：『怎麼不想回去呀！這可教我怎麼樣回去嘛？四五年省下來幾塊洋錢給這畜生去花光了；這時候我們出來再虧空了點，連盤費也不著槓嘿！』善卿道：『盤費有在這兒！你去叫隻船，這時候就去！』

洪氏頓住口，躊躇道：『回去是最好了；不過有了盤費嘿，秀英小姐那兒借的三十洋錢也要還給她的嘿。到了鄉下，家裡大半年的柴米油鹽一點都沒有，那跟誰去商量啊？』善卿著實嘆口氣道：『你說來說去嘿總是不回去的了！我也沒什麼大家當來照應外甥，隨便做什麼，不關我事！從此以後，不要來找我，坍我臺！你就算沒有我這個兄弟！』說畢起身，絕不回頭，昂藏逕去。

洪氏癱在椅上，氣得發昏。二寶將手帕遮臉，嗚咽不止。樸齋阿巧等善卿去遠方從屏門背後出來。樸齋蚩蚩侍立，欲勸無從。阿巧訝道：『我當是什麼人，是洪老爺嚜。怎麼這樣呀！』

洪氏令阿巧關上大門，喚過二寶，說：『我們樓上去。』樸齋在後跟隨，一同上樓，仍與瑞生秀英會坐。秀英先問洪氏：『可要回去？』洪氏道：『回去是應該回去，舅舅的話終究不錯，我算嚜倒難㖠。』二寶帶泣嚷道：『媽嚜還要說舅舅好！舅舅光會埋怨我們兩聲，說到了洋錢就不管帳，走了！』樸齋便也道：『舅舅的話也說得稀奇：妹妹一塊坐在這兒，倒說給人騙了去了！騙到哪去啦？』瑞生冷笑道：『不是我在瞎說：你們這舅舅眞正豈有此理！我們朋友們，不得了的時候，也作興通融通融，你做了個舅舅倒不管帳！這種舅舅就不認得他也沒什麼要緊！』

大家議論一番，丟過不提。瑞生重復解勸二寶，安慰洪氏，并許爲樸齋尋頭生意，然後告辭別去。秀英挽留不住，囑道：『等會還到這兒來喫晚飯。』

瑞生應諾，下樓出門，行過兩家門首，猛然間一個絕俏的聲音喊『施大少爺』。瑞生擡頭一望，原來是袁三寶在樓窗口叫喚，且招手道：『來坐會㖠。』

瑞生多時不見三寶，不料長得如此豐滿，想要趁此打個茶圍，細細品題。可巧另有兩個

客人，劈面迎來，趄進袁三寶家，直上樓去，瑞生因而止步。袁三寶亦不再邀，回身轉而接見兩個客人。

三寶只認得一個是錢子剛；問那一個尊姓，說是姓高。茶煙瓜子照例敬過。及坐談時，錢子剛趕著那姓高的叫『亞白哥』。三寶想著京都雜劇中『送親演禮』這齣戲，不禁格聲一笑。子剛問其緣故，三寶掩口葫蘆，那高亞白倒不理會。

俄延片刻，高亞白錢子剛即起欲行。袁三寶送至樓梯邊。兩人並肩聯袂，緩步逍遙，出清和坊，轉四馬路，經過壺中天大菜館門首。錢子剛請喫大菜，亞白應承進去，揀定一間寬窄適中的房間。堂倌呈上筆硯。子剛略一凝思，隨說：『我去請個朋友來陪陪你。』寫張請客票，付與堂倌。亞白見寫的是『方蓬壺』，問：『可是蓬壺釣叟？（註②）』子剛道：『正是；你怎麼認得他的呀？』亞白道：『因為他喜歡作詩，新聞紙上時常看見他大名。』

不多時，堂倌回道：『請客就來。』子剛再要開局票，問亞白：『叫什麼人？』亞白顰蹙道：『隨便好了。』子剛道：『難道上海多少倌人，你一個也看不中？你心裡要怎麼樣的一個人？』亞白道：『我自己也說不出。不過我想她們做了倌人，「幽嫻貞靜」四個字用不著的了；或者像王夫人之林下風，卓文君之風流放誕，庶幾近之。』子剛笑道：『你這樣大講究，上海不行的！我先不懂你的話！』亞白也笑道：『你也何必去懂它？』

說時，方蓬壺到了。亞白見他花白鬍鬚，方袍朱履（註③），儀表倒也不俗。蓬壺問知亞白姓名，呵呵大笑，豎起一隻大指道：『原來也是個江南大名士！幸會！幸會！』亞白他顧不答。

子剛先寫蓬壺叫的尙仁里趙桂林及自己叫的黃翠鳳兩張局票。亞白乃道：『今天去過的三家，都去叫了個局罷。』子剛因又寫了三張，係袁三寶李浣芳周雙玉三個。接著取張菜單，各揀愛喫的開點幾色，都交堂倌發下。蓬壺笑道：『亞白先生可謂博愛矣！』子剛道：『不是呀，他的書讀得實在太通了，沒有對勁的倌人，隨便叫叫。』蓬壺抵掌道：『早點說了嘛！有一個在那兒，包你蠻對！』子剛道：『什麼人哪？去叫了來看。』蓬壺道：『在兆富里，叫文君玉。客人爲了她眼睛高不敢去做，就像留以待亞白先生的品題。』亞白因說得近情，聽憑子剛寫張局票後添去叫。

須臾，喫過湯魚兩道，後添局倒先至。亞白留心打量那文君玉僅二十許年紀，滿面煙容，十分消瘦，沒甚可取之處，不解蓬壺何以劇賞。蓬壺向亞白道：『你等會去，看見君玉的書房，那才收拾得出色！這面一排都是書箱；一面四塊掛屏，客人送給她的詩都裱在那兒。上海堂子裡哪有呀！』

亞白聽說，恍然始悟，爽然若失。文君玉接嘴道：『今天新聞紙上，不曉得什麼人，有兩首詩送給我。』蓬壺道：『這時候上海的詩，風氣壞了！你倒是請教高大少爺作兩首出來替你揚揚名，比他們不知好多少吶！』亞白大聲喝道：『不要說了！我們來划拳！』

子剛應聲出手，與亞白對壘交鋒。蓬壺獨自端坐，搖頭閉目，不住咿唔。亞白知道此公詩興陡發，只好置諸不睬。迨至十拳划過，子剛輸的，正要請蓬壺捉亞白贏家。蓬壺忽然呵呵大笑，取過筆硯，一揮而就，雙手奉上亞白道：『如此雅集，不可無詩；聊賦俚言，即求法正。』亞白接來看，那張紙本是洋紅單片，把詩寫在粉背的，便道：『蠻好一張請客票！

可是外國紙？倒可惜！』說畢，隨手撩下。

子剛恐蓬壺沒意思，取那詩朗念一遍。蓬壺還幫著拍案擊節。亞白不能再耐，向子剛道：『你請我喫酒呀，我這時候喫了的酒要還給你了噥！』子剛一笑，搭訕道：『我再跟你划十下！』亞白說：『好！』這回是亞白輸了。只為出局陸續齊集，七手八腳爭著代酒，亞白自己反沒得喫。文君玉代過一杯酒先去。

蓬壺揣知亞白並不屬意於文君玉，和子剛商量道：『我們兩個人總要替他找一個對勁點的才好；不然，未免辜負了他的才情了嘿。』子剛道：『你去替他找罷，這個媒人，我做不了。』黃翠鳳插嘴道：『我們那兒新來的諸金花好不好？』子剛道：『諸金花，我看也沒什麼好，他哪對勁呀！』亞白道：『你這話先說錯了：我對不對倒不在乎好不好。』子剛道：『那我們一塊去看看也行。』

當下喫畢大菜，各用一杯咖啡，倌人客人一鬨而散。蓬壺因趙桂林有約，同亞白子剛步行進尚仁里，然後分別。方蓬壺自往趙桂林家。高亞白錢子剛並至黃翠鳳家。翠鳳轉局未歸，黃珠鳳黃金鳳齊來陪坐。子剛令小阿寶喊諸金花來。小阿寶承令下去。

子剛先向亞白訴說諸金花來由道：『諸金花嘿是翠鳳娘姨諸三姐（註④）的討人。諸三姐親生女兒叫諸十全，做著了姓李的客人，借了三百洋錢買的諸金花，這時候寄放在這兒，過了節，到么二上去了。』

話未說完，諸金花早來了，敬過瓜子，侍坐一旁。亞白見她眉目間有一種淫賤之相，果然是么二人材，兼之不會應酬，坐了半日，寂然無言。亞白坐不住，起身告別。子剛欲與俱行。黃金鳳慌的攔住道：『姐夫，不要走噥！姐姐要說的呀！』

子剛沒法，只得送高亞白先去。金鳳請子剛躺在榻床上，自去下手取籤子替子剛燒鴉片煙。子剛一面吸煙，一面和金鳳講話。吸過三五口，只聽得樓下有轎子進門，直至客堂停下，料道是黃翠鳳回家。

翠鳳回到房裡，換去出局衣裳，取支銀水煙筒向靠窗高椅而坐，不則一聲。金鳳乖覺，竟拉了黃珠鳳同過對面房間，只有諸金花還呆臉兀坐，如木偶一般。

註①最有名的清一色長三戶的里巷。

註②蓬壺即蓬萊，『海外三神山』之一。當時實有一個很有名的文人用蓬壺釣叟筆名。

註③醒世恆言『勘皮靴單證二郎神』小說中，太師有個門生新點知縣，衣履敝舊，太師贈『圓領一襲，……京靴一雙……』中國古時都是斜領，圓領自西域傳入，到宋明顯然成為較貴重的服裝。斜領使袍褂下緣參差不齊，圓領衣服下襬平齊，兩邊成直角，所以稱『方袍』，看上去較整潔俐落。斜領逐漸被淘汰，成為『道袍』。圓領也可能僧俗都能穿。警世通言『白娘子』故事中，法海禪師初出場，『眉清目秀，圓頂方袍。』人類都是『圓顱方趾』，『圓頂』不是特點，疑是抄手筆誤，應作『圓領』，『領』『頂』二字筆劃讀音都相近。滿清帶來豎立的衣領，但還是挖的圓領口，也還是『圓領方袍』。『朱履』是早已沒有男人穿了。不過富貴人家的老翁有時候愛穿老古董，遲至一九一〇年間，北京還有老人穿滿幫繡壽字的大紅鞋。書中此處的『方袍朱履』大概不過是襲用明人小說詞句，表示是古色古香的裝束。

註④顯然諸三姐曾經在黃二姐處幫傭。她們就是有名的『七姊妹』——如果不是諸三姐吹牛的話——黃二姐僱用她也還是照顧一個不得意的義妹，結拜的事當然隱去不提了。

第卅二回

諸金花效法受皮鞭　周雙玉定情遺手帕

按黃翠鳳未免有些秘密話要和錢子剛說，爭奈諸金花坐在一旁，可厭已甚。翠鳳眼睜睜看她半日，不禁好笑，問道：『你坐這兒幹什麼？』金花道：『錢大少爺喊我上來的呀。』翠鳳方才會意，卻嘆口氣道：『錢大少爺喊你上來嘿，替你做媒人呀！你可曉得？』金花茫然道：『錢大少爺沒說嘿。』翠鳳冷笑道：『——好！』子剛連忙搖手道：『你不要怪她；高亞白的脾氣，我本來說不對勁的，一會都坐不住，教她也無法應酬起。』翠鳳別轉臉道：『要是我的討人，像這樣子，一定一下子擰死了（註①）拉倒！』子剛婉言道：『你要教教她的嘛；她剛出來，沒做過生意嘿哪會呀！』

翠鳳從鼻子裡嘆出一聲道：『看著我們娘姨要打她嘿，好像可憐；哪曉得打過了，隨便跟她去說什麼話，她總不聽你的了，你說可氣人！』金花忙答道：『姐姐說的話，我都記著，要慢慢的學起來的呀；對不對？』翠鳳倒又笑而問道：『你在學什麼呀？』金花堵住口，說不出。子剛亦自粲然。

翠鳳吸過兩口水煙，慢慢的向子剛道：『她這人生來是賤胚！她見了打嚜，也怕的，那你巴結點㖏；碰上她了嚜，說一聲，動一動！』說著，轉向金花道：『我跟你說了罷：照這樣子，還要好好的打兩回才行哩！』

金花聽說，嗚咽飲泣，不敢出聲。翠鳳卻也有些憐惜之心，復嘆口氣道：『你做討人，還算你運氣；碰上了我們的媽，你去試試看！珠鳳比你還要乖覺點，不要說什麼打兩下，裹腳腳指頭就少掉了三隻！』金花仍一聲兒不言語。

翠鳳且自吸水煙；艮久，又向子剛道：『論起來，她們做老鴇，買了我們討人要我們做生意來喫飯的呀；我們生意不會做，她們不要餓死了？自然要打了嚜。我們生意好了點，她們可敢打呀？應該來拍拍我們馬屁。就是像她這種鏟頭倌人，替老鴇做了生意還要給老鴇打，我總不懂她為什麼這樣賤！』

說話之時，只聽得樓下再有一肩轎子進門，接著外場報說：『羅老爺來。』黃金鳳早於樓梯邊迎接，叫聲『姐夫，到這兒來㖏。』羅子富逕往對過房間。

這裡錢子剛即欲興辭。黃翠鳳一把拉住，喝令諸金花：『對過去陪陪！』金花去後，子剛方悄問翠鳳道：『你沒跟媽說過？』翠鳳道：『沒有。這時候去說，怕說僵了倒不好，過了節再看。這兒的事，你不要管，話嚜我自己去說。羅出了身價，你替我衣裳頭面家具辦好了就是了。』

子剛應諾遂行。翠鳳並不相送，放下水煙筒，向簾前喊道：『過來好了。』於是金鳳手挈羅子富，珠鳳跟在後面，小阿寶隨帶茶碗及脫下的衣裳一齊擁至房裡，惟諸金花去樓下為黃二姐作伴。

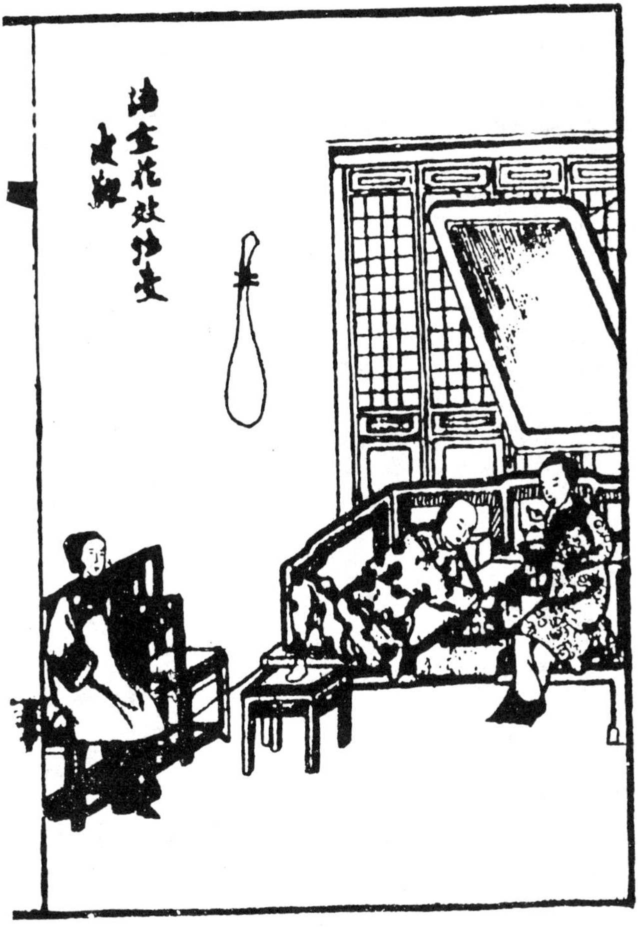

子富見壁上掛鐘敲了十下，因告訴翠鳳明晨有事，要早點回去睡覺。翠鳳道：『就在這兒，你也早點睡好了嘿。我有話跟你說，不要回去。』

子富自然從命，令高升和轎班回寓。翠鳳喊趙家媽來收拾停當，打發子富睡下。趙家媽暨金鳳珠鳳小阿寶陸續散出。翠鳳料定沒有出局，也就安置；在被窩中與子富交頭接耳，商量多時，不必明敘。

高升知道次日某臣家喜事，借聚豐園請客，主人需去道喜，故絕早打轎子伺候。等到子富起身，乘轎往聚豐園，已是冠裳滿座，燈綵盈門。

喫過喜筵，子富不復坐轎，約同陶雲甫陶玉甫朱藹人朱淑人兩家弟兄，出聚豐園，散步閒行，適遇洪善卿，拱手立談。朱藹人忽想起一事，只因聽見湯嘯菴說善卿引著兄弟淑人曾於周雙玉家打茶圍，恐淑人年輕放蕩，難於防閑，有心要試試他，便和洪善卿說：『好幾天沒看見貴相知，可好一塊去探望探望她？』善卿亦知其意，欣然願導。陶雲甫道：『我們不去了嚜。多少人跑了去，算什麼呀？』朱藹人道：『我自有道理，不礙事的。』

當時洪善卿領了羅子富及陶朱弟兄，共是六人，並至公陽里周雙珠家。雙珠見這許多人，不解何故，迎見請坐，復喊過周雙玉來。

朱藹人一見雙玉，即向淑人道：『你叫了兩個局，沒喫過酒，今天朋友齊了，都在這兒，我替你喊個檯面下去，請請他們。』朱淑人應又不好，不應又不好，忸怩一會，不覺紅脹於面。羅子富最爲高興，連說：『蠻好，蠻好。』催大姐巧囡：『快點去喊嚜。』淑人著急，立起身來阻擋道：『我們還是到館子裡去喫，叫個局罷。』子富嚷道：『館子我們不要喫，這兒好。』不由分說，逕令巧囝去喊：『就這時候擺起來。』陶雲甫向朱藹人道：『你這老哥哥倒不錯，可惜淑人不像你會玩。我們玉甫做了你兄弟，那才一塊玩玩，對勁了。』陶玉甫見說到自己，有些不好意思。

朱藹人正色道：『我們住家在租界上，索性讓他們玩玩。從小看慣了，倒也沒什麼要緊；不然，一直關在書房裡，好像蠻規矩，放出來了，來不及的去玩，那倒壞了！』洪善卿接說道：『你話是不錯，那也要看人起。淑人嘿沒什麼要緊。倘若喜歡玩的人，終究玩不得。』說得朱淑人再坐不住，假做看單條字畫，掩過一邊，匿面向壁；連周雙玉亦避出房外。周雙珠笑道：『他們兩個人一樣的脾氣：話嘿一句都沒有，肚子裡蠻乖覺吶。』大家呵呵一笑，剪住話頭。

迨至檯面擺好，阿金請去入席，衆人方踅過對面周雙玉房間，即時發局票，起手巾，無需推讓，隨意坐定。朱淑人雖係主人，也不敬酒，也不敬菜，逕自斂手低頭，嘿然危坐。周雙玉在旁，也只說得一句：『請用點。』衆人舉杯道謝，淑人又含羞不應。阿德保奉上第一道魚翅，衆人已自遍嘗，獨淑人不曾動箸。羅子富笑道：『你這主人要客人來請你的！』因即擎起牙筷，連說：『請，請，請。』羞得淑人越發回過頭去。朱藹人道：『你越是去說他，他越不好意思；索性讓他去罷。』爲此朱淑人落得一概不管。幸有本堂局周雙珠在座代爲應酬，頗不寂寞。

一時，黃翠鳳林素芬覃麗娟李漱芳陸續齊集。羅子富首先擺莊。賓主雖止六人，也覺興致勃勃。朱淑人捉空斜過眼梢望後偷覷，只見周雙玉也是嘿然危坐，袖中一塊元色熟羅手帕拖出半塊在外。淑人趁檯面上划拳熱鬧，暗暗伸過手去要拉她手帕；被雙玉覺著，忙將手帕縮進袖中，依然不睬。淑人沒奈何，自己去腰裡解下一件翡翠猴兒扇墜，暗暗遞過雙玉懷裡。雙玉縮手不迭。淑人只道雙玉必然接受，將手一放，那猴兒便滴溜溜滾落樓板上。周雙珠聽見聲響，即問：『丟掉了什麼東西？』令巧囝去桌下尋覓。淑人心慌，親自去拾，不料雙玉一腳踹住那猴兒，遮在袴腳管內，推說『沒什麼』，隨取酒壺轉令巧囝去添酒，因此掩飾過去。

適臨著淑人打莊，羅子富伸拳候教。淑人匆促應命，連輸五拳。淑人取酒欲飲，忽聽周雙珠高聲喚道：『雙玉喲？來代酒呀。』淑人回身去看，果然周雙玉已不在座，連樓板上翡翠猴兒也不知去向。淑人始放下心。巧囝適取酒進房，代飲兩杯，再喚雙玉來代。雙玉代過酒，仍是嘿然危坐。淑人再去偸覷，只見雙玉袖中另換一塊湖色熟羅手帕，也拖出半塊在外。淑人會意，又暗暗伸過手去要拉。雙玉正呆著臉看檯面上划拳，全不覺得，竟爲淑人所得，揣在懷裡，不勝之喜，意欲出席背地取那手帕來賞鑒賞鑒，又恐別人見疑，姑且忍耐。

無如羅子富興致愈高，自己擺莊之後，定要每人各擺一莊。後來陶玉甫不勝酒力，和李漱芳先行。林素芬覃麗娟隨後告辭。黃翠鳳上前撤去酒杯，按住羅子富不許再鬧，方纔散席。黃翠鳳催著羅子富同去。朱藹人陶雲甫向榻床對面躺下，吸煙閒談。洪善卿趕過周雙珠房間。剩下朱淑人，獨自一個溜出客堂，掏取懷裡那手帕，隨手一抖，好像一股熱香氤氳噴鼻，仔細一聞，卻又沒有什麼。淑人看那手帕乃是簇新的湖色熟羅，四圍繡著茶青狗牙針，不知是否雙玉所繡；翻來覆去，騃想一回，然後摺疊起來，藏好在荷包袋內。正欲轉身，忽見周雙玉立在屏門背後偷覷微笑，淑人又含羞要避。雙玉點首相招。淑人喜出望外，急急趕去。雙玉卻沉下臉咕嚕道：『你此地認得了呀！同多少人一塊來幹什麼？』淑人低聲陪笑道：『那麼過兩天我一個人來。』雙玉道：『你有多少事啊？好忙！還要過兩天！』淑人告罪道：『說錯了，明天來；明天一定來！』雙玉始不言語。淑人亦就回房。

朱藹人陶雲甫各吸兩口煙，早是上燈時候，叫過洪善卿來，並連朱淑人相約同行。周雙珠周雙玉並送至樓梯邊而別。

雙珠歸到自己房間，雙玉跟在後面。雙珠不解其意，相與對坐於煙榻之上。雙玉先自靦腆而笑，取出那翡翠猴兒給姐姐看。雙珠看見那猴兒渾身全翠，惟頭是羊脂白玉，胸前捧著一顆仙桃，卻是翡色，再有兩點黑星，可巧雕作眼睛，雖非希罕寶貝，料想價值匪輕；問雙玉道：『可是五少爺送給你了？』雙玉不答，僅點點頭。雙珠笑道：『那是送給你的表記，拿去好好的收起來。』

雙玉臉色一雌（註②），叫聲『姐姐』，央及道：『不要給洪老爺曉得噥。』雙珠問：『爲什麼？』雙玉道：『洪老爺要告訴他們家裡的呀。』雙珠道：『洪老爺嚜爲什麼去告訴他們家裡呢？』雙玉吶吶然說不出口。雙珠舉兩指頭點了兩點，笑道：『你嚜眞正是外行！你做五少爺是剛做起呀；告訴了洪老爺嚜，隨便什麼事拜託拜託，倘若五少爺不來，也好教洪老爺去請，不是蠻好？爲什麼要瞞他？』雙玉道：『那麼姐姐跟洪老爺說一聲，好不好？』雙珠沈吟道：『我說也行；就不過五少爺的話，你都要說出來，那我就替你說。』雙玉道：『五少爺沒說什麼，就說是明天來。』雙珠沉吟不語。

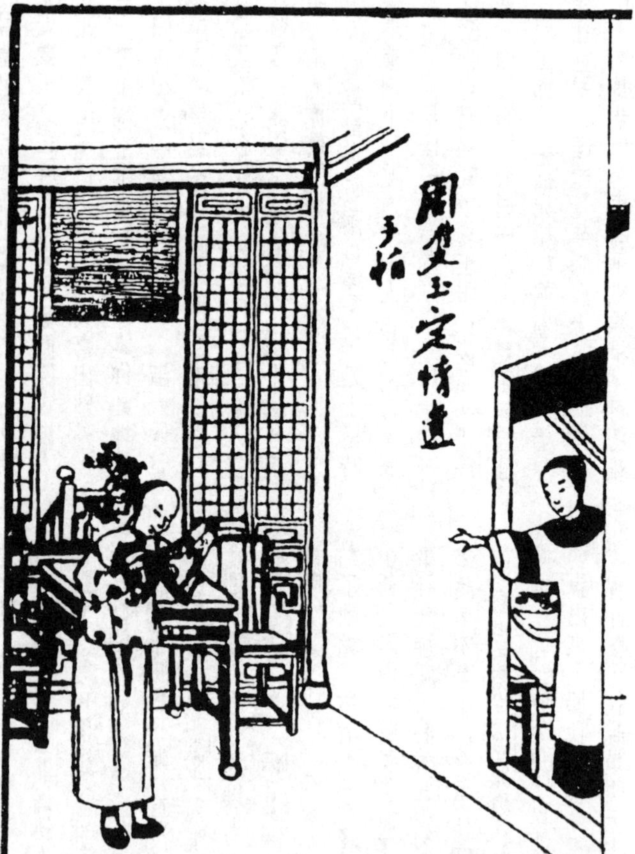
周雙玉定情遺
手帕

雙玉取那翡翠猴兒，復欣欣然下樓，到周蘭房間裡，要給媽看。只見周蘭躺在榻床上，沉沉閉目，煙迷正濃，周雙寶爬在榻床前燒煙。雙玉不敢驚動，正要退出。不想周蘭並未睡著，睜眼叫住，問雙玉：『什麼事？』雙玉爲雙寶在，不肯顯然呈出，含糊混過。周蘭只道雙玉又要說雙寶的不是，因支使雙寶出房。雙寶去後，雙玉然後近前，靠著周蘭腿膀，遞過那翡翠猴兒。周蘭擎在掌中，嘖嘖稱讚。

雙玉滿心歡喜，待要訴說朱淑人如何情形，忽聽得樓梯上咕咕咯咯是雙寶腳聲上樓。雙玉急急收起猴兒，辭了周蘭，躡手躡腳，一直跟到樓上。雙寶逕進雙珠房間。雙玉悄立簾下，暗中竊聽。聽那雙寶帶哭帶說道：『我碰上了前世裡寃家！剛剛鬧了一場什麼，這時候又在說我什麼！我是一定活不了命的了！』雙珠道：『她不是說你嘛。』雙寶道：『怎麼不是呀！不是嘿，爲什麼叫我走開點？』

雙玉聽到這裡，好似一盆燄騰騰炭火端上心頭，欻地掀簾，挺身進去，向靠壁高椅一坐，盛氣說道：『我跟媽說句話，你可是不許我說？我就依了你，從此以後，總不到媽房間裡去說一聲話好了！好不好？』雙珠厭開口舌，攢眉嗔道：『什麼要緊的事呀！』一面調開雙寶，一面按住雙玉。雙玉見姐姐如此，亦就隱忍。

晚餐以後，大家忙亂出局。及十點多鐘，雙珠先回。洪善卿喫得醉醺醺的，接踵而至。雙珠令阿金泡一碗極釅的雨前茶給善卿解渴，隨意講說，提起朱淑人和雙玉來。雙珠先嗤的一笑，然後說道：『這時候的淸倌人比渾倌人花頭還要大！你跟他們一塊在檯面上，可是不曉得？』善卿問故。雙珠遂將淑人贈翡翠扇墜與雙玉之事細述一遍。善卿道：『雙玉也好做大生意了；就讓他來點了大蠟燭罷。』雙珠道：『好的，你做媒人了嘿。』善卿道：『媒人你去做，我嘿幫幫你好了。』雙珠應諾。計議已定，一宿無話。

次日午牌時分，善卿雙珠同時起身，洗了臉，喫些點心，阿金即送上一張請客票。善卿看是王蓮生的，請至張蕙貞家面商事件，送令傳話說：『曉得了。』善卿就要興辭。雙珠囑咐：『等會來。』善卿道：『等會淑人來，我尷尬，倒是不來的好。』雙珠想也不差。

善卿乃離了周雙珠家，出公陽里，經同安里，抄到東合興張蕙貞家，上樓進房。那張蕙貞還蓬著頭，給王蓮生燒鴉片煙。蓮生迎見善卿，當令娘姨去叫菜喫便飯。善卿坐下。蓮生授過一篇帳目，託善卿買辦。善卿見開著一副翡翠頭面，件件俱全，註明皆要全綠。善卿道：『翡翠東西，我跟你一塊去買的好。推扳點，百十洋錢也是一副頭面；倘若要好的，再要全綠，恐怕要千把了哴！』蕙貞插嘴道：『我說一千洋錢還不彀哩。你去算哴。一對手鐲就幾百洋錢也不稀奇嘿。』善卿問蕙貞：『可是你要買？』蕙貞倒笑起來道：『洪老爺說笑話了！我嘿可配呀？金的還沒全哩，要翡翠的做什麼？』善卿料知是爲沈小紅辦的了。

當時蕙貞去客堂窗下梳頭，蓮生躺在榻床上吸煙。善卿移坐下手，問蓮生道：『沈小紅那兒，你今年用掉了不少了呀，還要辦翡翠頭面給她？』蓮生蹙額不語。善卿道：『我說你就回掉了她也沒什麼。』蓮生嘆口氣道：『你先替她辦兩樣再說。』善卿度不可諫，不若見機緘口爲妙。

須臾，娘姨搬上聚豐園叫的四隻小碗并自備的四隻葷碟，又燙了一壺酒來，蓮生請善卿對坐小酌。

註①指擰轉雞頸，殺雞的一法。
註②像要哭的神氣。

國家圖書館出版品預行編目資料

海上花開 / 張愛玲 著.
--初版.--臺北市：皇冠文化. 1992〔民81〕
面；公分（皇冠叢書；第2048種）
（張愛玲全集；10）
ISBN 978-957-33-0548-4 （平裝）

皇冠叢書第2048種
張愛玲全集 10

海上花開

—國語海上花列傳—

作　　者—張愛玲
發 行 人—平雲
出版發行—皇冠文化出版有限公司
台北市敦化北路120巷50號
電話◎02-27168888
郵撥帳號◎15261516號
皇冠出版社(香港)有限公司
香港灣仔告士打道88號19樓
電話◎2529-1778　傳真◎2527-0904
出版統籌—盧春旭
美術設計—吳慧雯・曾繁淵
印　　務—林莉莉・林佳燕
校　　對—曾美珠・謝慧珍・洪正鳳
原始出版日期—1983年11月
典藏版初版日期—1992年06月
典藏版十五刷日期—2007年11月
法律顧問—王惠光律師

讀者服務傳真專線◎02-27150507
電腦編號◎001010
ISBN◎978-957-33-0548-4
Printed in Taiwan
本書定價◎新台幣240元